RECLAM-BIBLIOTHEK

Melanie hat's gerade noch geschafft: Kurz nach ihrem Dreißigsten, an dem das Ticken der biologischen Uhr sie in Panik versetzt hatte, ist es passiert: Sascha tritt in ihr Leben, und Melanie ist am Ziel ihrer Singleträume. Sie lebt mit ihrem Prinzen zusammen, und die beiden haben ein süßes Baby.
Doch ihr Familienidyll sieht nicht ganz so aus wie in der Werbung. Sascha ist selten zu Hause, denn die Arbeit in einem Trendschuppen frißt seine Energiereserven, die er mit diversen Hilfsmitteln aufputscht, was nicht ohne Konsequenzen bleibt – auch für Melanie ... Streß ist vorprogrammiert, und Melanie muß einen Weg finden, um ihren Traum zu retten. Doch bis es zum überraschenden Happy-End kommt, durchlebt sie den Dschungel der Gefühle und einen kleinen Krimi.
Träum weiter, Baby! ist die turbulente, mal witzige, mal melancholische Story eines Paars zwischen München und Venedig, eine Geschichte um Liebe und Verrat, eine unheimliche Entdeckung und die unverwüstliche beste Freundin. Wird es Melanie diesmal wieder schaffen?

Andrea Brown studierte Völkerkunde in Sydney und München. Sie lebt als freie Autorin für Fernsehen und Printmedien in München. 1997 erschien bei Reclam Leipzig ihr Bestseller-Roman »Frösche und Prinzen«.

Andrea Brown

Träum weiter, Baby!

Roman

RECLAM VERLAG LEIPZIG

Für Ditti, meine einzige und daher beste Schwester, und Marci, der heldenhaft einen Krankenhausaufenthalt auf sich genommen hat, um sich den notwendigen Korrekturen zu widmen. Und für Tinka – einfach so!

ISBN 3-379-01650-0

Reclam-Bibliothek Band 1650
2. Auflage, 1999
Reihengestaltung: Hans Peter Willberg
Umschlaggestaltung: Kay Krause und Alexander Fleischmann, Leipzig, unter Verwendung von STEFFI und KEVIN, mit freundlicher Genehmigung von Simba Toys, © by Simba Toys, Fürth.
Gesetzt aus Meridien
Satz: abg satz und bild gmbh, Altenburg
Druck und Bindung: Ebner Ulm
Printed in Germany

gimme gimme gimme

»Du weißt gar nicht, wie gut du es hast«, seufzte Paula, »Single zu sein ist der totale Streß.«

Sie hatte recht. Ich wußte wirklich nicht, wie gut ich es hatte, oder ob ich es besser hatte als sie. Drei Jahre Beziehung sind wie eine Käseglocke. Sie lassen einen den Bezug zum Leben auf der freien Wildbahn verlieren, und ich konnte mich tatsächlich nicht mehr daran erinnern, was so stressig daran gewesen war, daß ich es unbedingt hatte beenden wollen. Im nachhinein kam es mir sogar ganz reizvoll vor. Paula war jedenfalls ständig mit irgendwelchen Männern unterwegs, die zwar, wenn man ihr glauben durfte, alle eine Macke hatten, aber das schien mir abwechslungsreicher, als dauernd zu Hause zu sitzen und sich mit ein und derselben Macke herumzuschlagen. Doch wie erklärte man das einer Frau wie Paula, die fest davon überzeugt war, daß sie nur den mackenlosen Prinzen finden mußte, um dann bis ans Ende ihrer Tage auf rosaroten Wolken zu schweben. Daß sie diesen himmlischen Zustand noch nicht erreicht hatte, lag an den Männern, die sich nach einem vielversprechenden Flirt ausnahmslos als Idioten entpuppten. Mittlerweile hatte Paula die Testphase auf eine Nacht reduziert. Das war sinnvoll, weil sie dadurch Enttäuschungen vermied, aber auf der anderen Seite hatte sie kaum Zeit, sich den Namen des jeweiligen Typen zu merken, geschweige denn, den Test zu vertiefen oder sich möglicherweise zu verlieben.

»Nimmst du ihn jetzt oder nicht?«

Der Typ mit der Pudelmütze wurde ungeduldig.

Wir waren auf dem Flohmarkt im Kunstpark Ost, einer Ansammlung von ehemaligen Fabrikhallen, die weder ein Park noch besonders künstlerisch sind, sondern eine ehemalige Knödelfabrik, in die nach dem Auszug der Teigprodukte Nachtclubs Einzug gehalten hatten. Unter anderen auch der Club, in dem Sascha arbeitete. Tagsüber war auf dem Gelände Flohmarkt.

Ich war hier, um ein Ostergeschenk für Sascha zu suchen. Es sollte diesmal etwas besonderes sein, um den Flop vom letzten Jahr auszugleichen. Ich hatte es witzig gefunden, Schokoeier in Saschas Zimmer zu verstecken, aber Sascha zeigte wenig Fantasie, was Verstecke angeht, so daß er die Eier nur durch Zufall fand, wenn er sich entweder draufsetzte oder -legte. Auf diese Weise hatte ich seine Couch und ein Paar Schuhe ruiniert.

Paula suchte nichts Bestimmtes. Sie war nur mitgekommen, weil sie, als ich bei ihr angerufen hatte, gerade den Testkandidaten der letzten Nacht vor die Tür gesetzt hatte und jemanden zum Reden brauchte, aber inzwischen hatte sie tütenweise Kleinkram sowie eine Lampe in Form einer Ananas für ihre Küche erstanden, die quer über Moritz' Kinderwagen lag. Außerdem zerrte sie einen alten Schaukelstuhl hinter sich her, den sie dringend brauchte, um in Zukunft schaukelnd fernsehen zu können. Ich hätte Paula mal sehen wollen, wenn sie mit dem Vorsatz etwas zu kaufen shoppen ging!

»Hm? Was meinst du, Melanie«, fragte sie jetzt und hielt ihre perfekt manikürte Hand in die Luft, an deren Ringfinger ein glitzernder Klunker hing.

»Ich find ihn klasse«, sagte ich, »und sehr praktisch, wenn du Lichtsignale in andere Galaxien schicken willst.«

»Also, verarschen kann ich mich selber«, meckerte die Pudelmütze.

»Ist schon gut, ich nehme ihn«, sagte Paula kurzentschlossen.

Sie reichte dem Typen einen Schein, dann beachtete sie weder ihn noch den Klunker weiter.

»Kannst du mir mal sagen, warum ich immer nur Nieten kennenlerne«, fragte sie statt dessen. »Ich ziehe sie an wie ein Magnet!«

Sie stöhnte theatralisch und fuhr sich mit der Hand durch die dunkle Mähne.
»Ich weiß nicht, wozu ich mir überhaupt die Mühe mache, die Wohnung zu verlassen. Ich investiere ein Vermögen in Klamotten und Drinks, aber das Ergebnis steht in keinem Verhältnis zum Aufwand. Als ob man den zukünftigen Vater seiner Kinder in einer Bar kennenlernen würde!«
Genau das war mir passiert, und Paula reagierte prompt auf mein Schweigen.
»Ausnahmen bestätigen natürlich die Regel«, korrigierte sie sich schnell, »aber generell ist doch mit Leuten etwas faul, die jeden Abend in der Kneipe rumhängen.«
»Du hängst doch auch jeden Abend in der Kneipe rum«, sagte ich.
Paula lachte.
»Was soll ich denn sonst tun? Du weißt, daß ich nicht kochen kann! Außerdem lerne ich in meiner Küche bestimmt nie jemanden kennen.«
»Dann mach doch ein Fest«, schlug ich vor, »wenn die Bierkästen in der Küche stehen, ist sie garantiert voller Männer.«
»Ich weiß nicht. Die Typen, die ich einladen würde, kenn ich doch alle schon. Entweder beschissen oder besetzt. Meistens beides! Nee, so geht das nicht. Ich sage dir, ich brauch dringend wieder einen Job.«
Für Paula lohnte sich der Aufwand arbeiten zu gehen nur, wenn er mit interessanten Zusatzvergünstigungen verbunden war. In ihrem letzten Job in einer Modeagentur war sie viel gereist, hatte Designerklamotten für Pfennigbeträge bekommen und jede Menge Kandidaten für ihre nächtlichen Eignungstests an Land gezogen. Es war der ideale Job für Paula gewesen, der aber leider vor zwei Monaten zu Ende gegangen war, weil die Agentur pleite gemacht hatte. Paula trug die Arbeitslosigkeit mit Fassung, weil ihr das frühe Aufstehen sowieso auf den Keks gegangen war und außerdem keine finanziellen Einbußen damit verbunden waren, solange sie von ihrem Vater

mehr Geld bekam, als sie jemals selbst verdienen konnte. Das einzige, was Paula wirklich nervte, war, daß sie jetzt ihre Testpersonen aus dem Nachtleben rekrutieren mußte.

»Mein Vater hat mich neulich gefragt, wann ich wieder Arbeit habe«, sagte sie und rollte mit den Augen.

»Als ob du wüßtest, wann die Regierung ihr Wahlversprechen einlöst!«

Paula lachte.

»Sehr witzig! Du hast keine Ahnung, wie schwer es ist, etwas Adäquates zu finden.«

»Besonders, wenn man so bescheidene Ansprüche stellt wie du! Ich frage mich, was man erst tun muß, um einen Job am Fließband zu kriegen?«

Paula lachte und knuffte mich, so gut es geht, wenn man einen Schaukelstuhl schleppt, in die Seite. Dabei rempelte sie einen Typen an, der sich jetzt mit schmerzverzerrtem Gesicht das Schienbein rieb.

»Oh je, hab ich dir weh getan?« fragte Paula.

»Überhaupt nicht«, zischte der Typ zwischen den Zähnen durch und humpelte davon.

Abgesehen von seinem ungelenken Gang sah er ganz nett aus: Dunkelhaarig, groß, genau so, wie ein Typ aussehen mußte, der Paula gefallen könnte, wenn sie ihn nicht vorher mit einem Schaukelstuhl niederstreckte.

»Tut mir leid«, schrie sie hinter ihm her. Dann zuckte sie mit den Achseln. »Also, so eingeschnappt hätte der nicht zu reagieren brauchen! Die Typen haben doch alle 'ne Macke! Ich sage dir, der einzige normale Mann, den ich kenne, ist Moritz.«

Sie beugte sich über den Kinderwagen und küßte meinen Sohn. Moritz grinste sie begeistert an und verkrallte seine kleinen Finger in ihren Locken. Paula befreite sich lachend.

»So ein Süßer! Der hat den Charme seines Vaters geerbt!«

»Ist das gut oder schlecht?«

Sie lachte.

»Ich hätte auch gerne so ein Knuddelteil«, sagte sie dann

allen Ernstes, »obwohl ich natürlich keinen Bock auf die Krampfadern und die Schmerzen bei der Geburt habe.«
»Ich hab keine Krampfadern!«
»Mel, du weißt, was ich meine. Ich seh doch an dir, wie es ist, ein Kind zu haben. Aber du könntest mir Moritz mal öfter leihen. Zum Üben!«
»Du kannst sofort damit anfangen«, sagte ich.
Ich war wie immer unausgeschlafen und hätte ein paar Stunden babyfreie Zone gut gebrauchen können. Das Knuddelteil wäre bestimmt einverstanden gewesen, aber Paula schüttelte den Kopf.
»Nicht heute! Ich bin total fertig, die Nacht war echt lang!«
»Hat es denn wenigstens Spaß gemacht?«
»Wenn es Spaß ist, neben einem Typen aufzuwachen und sich zu fragen, wie der in deine Wohnung gekommen ist.«
»Ich weiß genau, was du meinst.«
Paula lachte. »Soll das ein Witz sein? Du liebst deinen Sascha doch! Und wenn er dich mal nervt, dann hast du ja immer noch die Kleinausgabe.«
Die Kleinausgabe fing jetzt an zu quengeln, weil er hungrig war, und ich dachte, daß sein Vater vermutlich zu Hause dasselbe tat. Ich hatte Sascha versprochen, etwas zum Frühstück mitzubringen, und wahrscheinlich wartete er inzwischen schon darauf. Also entschied ich mich kurzerhand, über meinen Schatten zu springen und kaufte bei einem Kollegen der Pudelmütze eine alte Cabriobrille als Osterei für Sascha. Er würde sich bestimmt freuen, und ich könnte vielleicht aufhören, mich darüber zu ärgern, daß er so viel Geld für einen Sportwagen ausgegeben hatte, weil ich die Aktion durch den Kauf der Brille sozusagen im nachhinein legitimierte.
Als wir fertig waren, verstauten wir Paulas Errungenschaften in ihrem Auto und fuhren zum Viktualienmarkt, wo der allsamstägliche Run auf die Stände seinen Höhepunkt erreicht hatte. Da man mit einem sperrigen Kinderwagen schlechte Startchancen hat, wartete Paula mit

Moritz im Auto, bis ich ein paar Grundnahrungsmittel erkämpft hatte.
Als ich zurückkam, weinte Moritz, und Paula sah erschöpft aus.
»Was hat der Kleine bloß«, fragte sie in einem Tonfall, der darauf schließen ließ, daß sie ihre spontane Kinderwunschattacke überwunden hatte.
»Hunger«, sagte ich, »wir müssen nach Hause. Kommst du noch auf einen Kaffee mit?«
»Nee, ist schon gut, ich will die junge Familie nicht stören.«
»Du störst doch nicht!«
»Ich weiß, aber ich brauch dringend meinen Schönheitsschlaf«, grinste sie.
Sie küßte Moritz, der sich inzwischen beruhigt hatte, umarmte mich, und dann brauste sie davon.
Während ich den Kinderwagen nach Hause schob, versuchte ich wieder, mich daran zu erinnern, was am Single-Dasein eigentlich so stressig war. Es fiel mir nicht ein.

er gehört zu mir

Als ich nach Hause kam, dröhnte Metallica aus der Küche. Sascha stand mit dem Rücken zu mir am geöffneten Kühlschrank und starrte hinein. Auf dem Herd brutzelte etwas, und das Öl spritzte auf die Kacheln an der Wand.

»Hallo!«

»Wo kommst du denn her?« fragte Sascha ohne sich umzudrehen.

»Vom Einkaufen mit Paula.«

»Wie geht's ihr?« fragte Sascha geistesabwesend.

»Sie hat die Männerkrise. Ich hab Brötchen mitgebracht, magst du welche?«

»Hmhm! Ike auch.«

Ike war anscheinend der Typ, der am Küchentisch saß und mit der flachen Hand auf den Boden der Ketchupflasche schlug. Als ich hereinkam, guckte er auf und sagte:

»Hi!«

Dann widmete er sich wieder der Ketchupflasche.

»Hi«, sagte ich zu dem Gesicht hinter der Flasche.

Sascha nahm mir die Tüte mit den Brötchen aus der Hand und gab sie Ike, der die Flasche abstellte und sich bediente. Dann unterhielten sich die beiden auf englisch über irgendwelche Leute, die ich nicht kannte. Ich blieb unschlüssig in der Tür stehen und überlegte, ob ich mich dazusetzen oder ins andere Zimmer gehen sollte. Eigentlich hatte ich vorgehabt, Moritz zu füttern, aber da es in der Küche rauchig und laut war, schob ich ihn erst mal ins Wohnzimmer und zog ihm den Anorak aus, was er mit einem genervten Gesichtsausdruck quittierte.

»Ich weiß, du hast Hunger und findest den Service hier etwas lahm, aber keine Sorge, ich arbeite daran!«

Moritz schien nicht überzeugt, im Gegenteil: Seine Unterlippe schob sich nach vorne und seine Stirn zog sich in bedrohliche Falten. Es war klar, daß ich dringend Maßnahmen ergreifen mußte, um den Supergau zu verhindern, deshalb hielt ich Moritz eine Schneekugel aus meiner Sammlung vor die Nase. Normalerweise darf er die zerbrechlichen Dinger, für die ich wertvolle Urlaubsstunden geopfert hatte, um verkitschte Souvenirläden zu durchstöbern, nicht anfassen, aber dies war ein Notfall. Ich schüttelte die Kugel, so daß der Grand Canyon im Schneegestöber verschwand, und Moritz grinste zufrieden. Dann streckte er seine Hände aus, und im nächsten Moment hielt er die Erinnerung an den letzten Urlaub mit meinen Eltern in seinen Wurstfingerchen und schüttelte sie so kräftig, daß er einen roten Kopf bekam. Die Chancen standen gut, daß sein Interesse zumindest so lange anhalten würde, bis ich das Fläschchen fertig hatte.
Als ich wieder in die Küche kam, hatte Sascha gerade eine Flasche Champagner geköpft und reichte Ike ein Glas.
»Cheers«, sagte Ike.
Sie stießen mit den Gläsern an, und Ike nahm einen Schluck. Das Zeug beflügelte ihn anscheinend, denn er fing plötzlich an ›o sole mio‹ zu singen und hob sein Glas in die Luft. Sascha grinste und prostete zurück. Ich rührte den Brei an und stellte das Fläschchen in den Wärmer. Währenddessen überlegte ich, wann ich das letzte Mal mit Sascha Schampus getrunken hatte. Es fiel mir nicht ein.
»Gibt es einen Anlaß?« erkundigte ich mich.
Sascha antwortete nicht.
»Willst du auch?« fragte er statt dessen.
Ich schüttelte den Kopf.
»Ein Kaffee wäre mir lieber. Wir müssen ja heute noch die Möbel schleppen.«
»Welche Möbel?«
Sascha guckte mich erstaunt an.
»Na, die Kindermöbel für Moritz' Zimmer! Du weißt doch, wir hatten mit Nicole verabredet, daß wir sie heute holen!«

»Das war doch nicht heute?«
»Doch.«
»Quatsch!«
»Nein, im Ernst!«
»Sag mal, willst du behaupten, daß ich Termine nicht auf die Reihe kriege, oder was?«
Sascha guckte verärgert.
»Das habe ich nicht gesagt.«
»Aber gemeint!«
»Wenn du keine Zeit hast, holen wir die Möbel eben ein andermal ab!«
»Darum geht es nicht«, sagte Sascha.
»Ach, nicht?«
»Nein. Du kapierst einfach nicht, daß ich in meinem Job flexibel sein muß! Ike ist aus London hier, und ich muß mich um ihn kümmern. Job ist Job, verstehst du?«
»Ja. Aber warum hast du mir nicht früher gesagt, daß du keine Zeit hast?«
»Ich wußte es selbst nicht. Tut mir leid, daß ich nicht in einer Bank arbeite!«
Die Vorstellung von Sascha, der von morgens halb neun bis um fünf Überweisungszettel ausfüllte, war so absurd, daß es sich nicht lohnte, darüber zu diskutieren. Sascha kam kaum rechtzeitig aus dem Bett, um seine eigenen Überweisungen zu machen, geschweige denn die anderer Leute.
Ich seufzte.
»Oder willst du, daß ich meinen Job vernachlässige?«
»Schon gut! Ich rufe Nicole an und sage ihr, daß wir ein andermal kommen.«
Sascha grinste.
»Ich kann mir vorstellen, wie du hinter meinem Rücken über mich ablästerst! Der Typ ist unzuverlässig, mecker, mecker.«
»Ich weiß nicht, wie du darauf kommst, daß ich so über dich rede? Ausgerechnet mit Nicole!«
Sascha hatte keine Ahnung. So sehr ich hin und wieder jemanden zum Reden gebraucht hätte, meine Schwester

wäre der letzte Mensch gewesen, dem ich mein Herz ausgeschüttet hätte.
Ike stand auf und drückte die Zigarette auf dem Teller aus.
»Let's get going«, sagte er.
Sascha nickte und nahm seine Jacke.
»Mach dir einen schönen Tag, Mel!«
Er ging mit Ike in den Flur, ich hinterher.
»Und was habt ihr so vor?«
»Wir drehen erst mal eine Runde mit dem Cabrio durch die Stadt. Ike war noch nie in München.«
»Und danach?«
»Weiß ich noch nicht.«
»Wann kommst du ungefähr nach Hause?«
»Ist das ein Verhör?«
»Ich wollte nur wissen, ob wir uns am Abend sehen.« Ich hatte keine Lust, schon wieder den ganzen Abend alleine rumzusitzen. »Wenn du keine Zeit hast, sag's mir einfach, dann mach ich was anderes!«
Das war reines Wunschdenken, denn in der Realität ist mit einem Säugling der Aktionsradius für abendliche Unternehmungen stark eingeschränkt, so daß mir meistens nichts anderes übrigblieb als zu Hause herumzusitzen, aber ich wollte zumindest das Gefühl haben, daß ich etwas planen könnte, wenn ich es wollte.
»Ich melde mich später«, sagte Sascha.
Ich nickte.
Sascha guckte mich prüfend an, dann legte er den Arm um meine Taille und sagte zu Ike, der in der Türe stand, er solle schon mal runtergehen. Als Ike weg war, zog Sascha mich ganz nah an sich heran.
»Hey Baby, ich kann es doch auch nicht ändern. Meinst du etwa, mir macht es Spaß, diesen Typen zu babysitten?«
Ich zuckte unschlüssig mit den Schultern.
»Na ja, er wirkt nicht gerade umgänglich!«
Sascha grinste. »Das ist auch nicht sein Job.«
»Was soll das denn heißen?«
»Nichts! Nur, daß ich den Abend auch lieber bei dir verbringen würde!«

Er guckte mir tief in die Augen. Sascha hatte die schönsten blauen Augen, die ich jemals gesehen hatte.
»Ich tu das für uns, Mel. Sobald wir im Lotto gewonnen haben, schmeiß ich den Job!«
»Sehr witzig!«
Sascha lachte: »So gefällst du mir schon besser!«
Dann küßte er mich, bis ich Schmetterlinge im Bauch hatte, und im nächsten Moment stürmte er die Treppe hinunter.
»Ich ruf dich an«, rief er als er unten angekommen war.
Kurz darauf hörte ich, wie der Turbo aufheulte und aus dem Hof fuhr.
Ich riß das Küchenfenster auf, damit der Qualm abziehen konnte. Dann fütterte ich Moritz und legte ihn schlafen. Während ich die Küche aufräumte, telefonierte ich mit Nicole.
»Wie, Sascha hat keine Zeit?« fragte sie verständnislos.
Das war zu erwarten gewesen. Nicole lebte in einer anderen Welt. Auf ihrem Planeten kamen die Männer abends pünktlich nach Hause und hatten das dringende Bedürfnis, den Müll runterzubringen und mit ihren Frauen über ihre Gefühle zu reden. Wenn das nichts half, kauften die Männer ihnen Gucci-Taschen. Die Kinder schliefen in dieser Welt gleich nach der Geburt nachts durch und trugen selbstreinigende Designer-Klamotten, und Au-pair-Mädchen putzten die Küche, so daß man selbst genügend Zeit hatte, sich seiner aufregenden Karriere zu widmen. Man konnte nicht erwarten, daß jemand aus Nicoles Welt Verständnis dafür hatte, wie es jenseits der Grenzen zuging, und jeder Versuch, es ihr zu erklären, erschien mir zwecklos.
»Was ist denn los«, wollte sie wissen, »gefallen euch die Sachen nicht? Ich weiß, wir haben nicht den gleichen Geschmack ...«
»Doch, natürlich, die Möbel sind toll!«
Das entsprach nicht ganz der Wahrheit. Es war sogar schamlos übertrieben, denn die Möbel waren klobige Holzklötze, die Fred Feuerstein gefallen würden, aber

nach der Steinzeit etwas aus der Mode geraten waren. Doch darum ging es nicht. Moritz war inzwischen einfach zu groß für sein Babybettchen. Er lag darin wie ein Braten in der Kasserolle. Da unser Konto aber von der Anschaffung des Cabrios noch sehr strapaziert war, war es geradezu ein Glücksfall, daß Nicole das Zimmer ihrer Töchter umgestalten wollte und uns die pädagogisch wertvollen Holzklumpen, die sie gekauft haben mußte, als Schwangerschaftshormone ihr Gehirn attackiert und die Kontrolle über ihren Geschmackssinn übernommen hatten, gegen Selbstabholung überlassen wollte.
Nicole seufzte. »Dann hol sie endlich ab! Du weißt jetzt schon lange genug, daß wir das Kinderzimmer leerkriegen müssen, weil die neuen Sachen kommen. Sag mal, wieso kriegt ihr das nicht auf die Reihe?«
»Es tut mir leid«, sagte ich zum hundertsten Mal, »Sascha ist was Geschäftliches dazwischengekommen.«
»Ich möchte mal sehen, daß dem was Familiäres dazwischenkommt«, meckerte Nicole.
»Wieso sagst du das? Es gehört zu seinem Job, die DJs zu betreuen, die im Club auflegen. Er kann sich das ja auch nicht aussuchen.«
»Man kann sich aber seine Zeit einteilen. Sascha hat einfach noch nicht kapiert, daß er Familie hat!«
Da mir kein Argument einfiel, das die Behauptung entkräften konnte, bediente ich mich kurzerhand in Saschas Sprüchesammlung.
»Job ist Job«, warf ich ein, »das verstehst du doch, oder?«
»Ach, ich hab keine Lust, mit dir zu streiten«, sagte Nicole, »und, was machst du heute abend?«
»Nichts Besonderes. Arbeiten.«
Ich korrigierte zur Zeit das Manuskript für ein Buch über Magritte. Es war korrekt geschrieben, und die historischen Angaben stimmten, soweit ich das recherchiert hatte auch, so daß man das bißchen Komma-Einsetzen kaum als Arbeit bezeichnen konnte, davon abgesehen, daß man nicht darüber nachdenken durfte, ob es Sinn machte, den x-ten Bildband über diesen Menschen herauszugeben.

Aber das Komma-Einsetzen gab mir das Gefühl, noch mit der Welt jenseits der Windeln verbunden zu sein, und außerdem konnten wir das Geld gut gebrauchen.
»Und wo ist Sascha?«
»Im Club.«
»Aha!«
»Ich dachte, du wolltest nicht streiten!«
»Ich habe nichts gesagt. Wenn du Lust hast, komm doch zu uns. Wir haben ein paar Leute zum Essen eingeladen.«
»Schön! Und was gibt's?«
»Keine Ahnung. Jörg kocht.« Nicole lachte. »Es wird dir schmecken. Er veranstaltet zwar immer das totale Chaos in der Küche, aber das Ergebnis rechtfertigt den Aufwand.«
Ich konnte nur hoffen, daß Nicoles derzeitiges Au-pair-Mädchen das genauso sah, wenn sie das Chaos beseitigte.
»Also was ist, kommst du?«
»Ich weiß nicht. Sascha wollte mich nachher anrufen. Ich guck mal, was er sagt.«
»Also, ich will mich ja nicht einmischen, aber ich finde, du solltest deine eigenen Pläne machen!«
»Das ist mein Plan!«
»Wie du meinst«, sagte Nicole, »Sascha kann auch gerne nachkommen, wenn er mit dem DJ fertig ist, solange es ihn nicht stört, daß Matthias auch da ist!«
Matthias war mein Ex und ein guter Freund von Nicole. Wenn es nach ihr gegangen wäre, hätte ich ihn geheiratet und wäre jetzt die gutsituierte Ehefrau eines Anwalts, der abends pünktlich auf der Matte stand, um den Müll runterzubringen, sowie stolze Besitzerin mehrerer Gucci-Taschen.
Matthias war nett, aber irgendwie hatte es zwischen uns nicht geklappt. Ich hatte ihn auf meinem neunundzwanzigsten Geburtstag kennengelernt. Nicole und Jörg hatten ihn mitgebracht. Ich hatte eine ziemlich wilde Party veranstaltet, zu der ich so gut wie jeden Menschen eingela-

den hatte, der mir irgendwann mal seine Telefonnummer gegeben hatte, weil ich richtig abfeiern wollte, bevor ich nächstes Jahr unwiderruflich die Schallmauer durchbrechen würde. Meine Freunde hatten mir Antifaltencremes, Vitaminaufbaupillen und andere nette Aufmerksamkeiten mitgebracht, die mir deutlich machen sollten, daß man das Älterwerden mit Humor nehmen mußte, aber spätestens nach dem Öffnen der Geschenke fühlte ich mich wie eine überreife Frucht, die einer Zukunft auf dem Komposthaufen entgegenvegetiert, wenn sie nicht bald Blüten trägt. Meine biologische Uhr tickte, und Matthias war der einzige Mensch in Sicht, der mich vor der Kompostierung bewahren konnte. Er war ein Lottogewinn, und ich tat mein Bestes, um mich in ihn zu verlieben. Meine Freundinnen beglückwünschten und beneideten mich, und Nicole meinte anerkennend, endlich hätte ich mal einen normalen Mann aufgegabelt. Matthias machte seinen Job in der Kanzlei, ich mein Praktikum im Verlag, und abends trafen wir andere Juristen auf ein Bier und am Wochenende seine Eltern zum Golfen. Meine Freunde trafen wir nicht so oft, weil Matthias sie unreif fand, wohingegen er es unheimlich reif fand, auf getrennten Rechnungen zu bestehen, wenn wir zu zweit essen gingen. Aber ich hatte keine Schmetterlinge im Bauch, wenn ich ihn küßte, und nach ein paar Wochen vergeblicher Versuche mir einzureden, daß ich mit dem Lottogewinn eine Familie gründen könnte, traf ich Sascha. Nicole konnte sich nicht mit der Tatsache abfinden, daß sie jetzt statt eines Anwalts einen Nachtclubfritzen in der Familie hatte, doch da Sascha und ich nicht verheiratet waren, gab sie die Hoffnung nicht auf.

»Wann gibst du endlich auf?«

»Ich weiß nicht, was du meinst«, sagte Nicole scheinheilig, um dann weiterzusticheln, »aber wenn Sascha den Abend mit einer anderen verbringt, darfst du das auch!«

»Doro ist Saschas Chefin. Sie arbeiten zusammen, das ist was anderes. Matthias flirtet mich dauernd an!«

»Hast du was gegen Männer, die nett zu dir sind?«

Sie raubte mir den letzten Nerv. Wie konnte Sascha nur denken, daß ich mich ausgerechnet bei Nicole ausheulte?
»Ich bin mit Sascha zusammen!«
»Genau deshalb frage ich ja!«
Ich schwieg beleidigt.
»Entschuldige«, sagte Nicole, »das war gemein.«
»Allerdings!«
»Also, wenn dir die Decke auf den Kopf fällt, komm mit Moritz vorbei! Ansonsten wünsch ich dir einen schönen Abend, und du meldest dich und sagst mir, wann der Terminplan deines Liebsten es erlaubt, daß ihr die Möbel abholt, o. k.?«
»O. k.!«
Nachdem ich aufgelegt hatte, wischte ich den Herd. Die Jungs hatten ein ziemliches Chaos in der Küche hinterlassen, aber die Bewirtung von DJs gehörte nun mal zu Saschas Job, und ich wollte ihn darin unterstützen. Hinter jedem Bill stand schließlich eine Hillary. Es war für Sascha stressig genug, Ike den ganzen Tag zu babysitten, da sollte er nicht noch abends, wenn er nach Hause kam, eingetrocknete Ketchupflecken vom Küchentisch kratzen müssen.
Normalerweise war Sascha ein ordentlicher Typ, besonders wenn es um sein Zimmer ging. Im Gegensatz zur übrigen Wohnung sah es dort aus wie in einem Hotelzimmer. Sascha war zu selten zu Hause, um dort Unordnung zu machen, und außer ihm benutzte das Zimmer keiner. Es war als Büro gedacht gewesen, aber dann hatten sie im Club einen Computer aufgestellt, und das war praktischer, als zu Hause zu arbeiten, weil Sascha sich direkt mit Doro absprechen konnte. Wenn es Fragen gab, mußte er nur die Treppe hoch gehen, denn sie wohnte in der Wohnung über dem Club. Moritz und ich hielten uns nie in Saschas Zimmer auf. Ich stehe nicht auf Hotelatmosphäre, und Sascha mochte es nicht, wenn Moritz' Spielsachen oder meine Manuskripte in seinem Zimmer herumlagen. Er brauche einen neutralen Raum zum Abspannen, sagte er, da die ganze restliche Wohnung von

Moritz und mir belegt sei, und er sich im Club auch nicht zurückziehen könne. Ich ließ ihm sein Reich, zumal seine dreckigen Socken an strategisch wichtigen Punkten des Zimmers, zum Beispiel neben der Couch, herumlagen, so daß man gar nicht erst auf den Gedanken kam, es sich dort gemütlich zu machen. Ich benutzte das Zimmer nur als Durchgang zum Balkon, und Sascha schlief manchmal dort. Seit Moritz auf der Welt war, schlief er oft in seinem Zimmer, damit ich nicht wach wurde, wenn er von der Arbeit spät nach Hause kam, weil ich wegen Moritz ziemlich früh aufstehen mußte.

Als ich mit der Küche fertig war, goß ich die Blumen auf dem Balkon. Auf Saschas Schreibtisch lag ein Flyer mit den News aus dem Nachtleben. Ich dachte, es könnte nicht schaden, mal reinzugucken, um wenigstens aus zweiter Hand zu erfahren, was in der Welt so abging. Als ich den Flyer in die Hand nahm, fiel der Ersatzschlüssel vom Club, der anscheinend darunter gelegen war, auf den Boden. Sascha ist ein Meister im Verlieren von Schlüsseln, deshalb verstaute ich den Schlüssel in einem Kästchen im Flurregal, das ich ziemlich kitschig fand, aber nicht wegwerfen wollte, weil mein Vater es mir aus Indien mitgebracht hatte, und ging mit dem Flyer in die Küche.

Inzwischen hatte ich Hunger, aber keine Lust, etwas zu kochen, weil sich der Aufwand für eine Person nicht lohnt. Daher nahm ich einen Schokopudding aus dem Kühlschrank und setzte mich, da ich nicht gern alleine esse, damit vor den Fernseher.

Bärbel grinste mir entgegen.

Ich grinste zurück und nahm genüßlich einen Löffel Pudding, während Bärbels Gäste sich gegenseitig in der Luft zerfetzten. Es ging um Mütter, die ihren Töchtern den Freund ausgespannt hatten. Das Thema ließ mich kalt, weil ich mir nicht vorstellen konnte, daß meine Mutter und Sascha sich ineinander verlieben könnten. Also schaltete ich um zu Arabella. Die quetschte gerade einen gutaussehenden Typen zu seinen Erfahrungen mit Desi-

gnerdrogen aus. Ich blieb bei Arabella, weil ihr Gast hübscher aussah als die fehlgeleiteten Mamis.
»Ich habe keine Lust, dauernd vernünftig zu sein«, sagte er zu Arabella, »das Leben ist kurz und ich will meinen Spaß haben.«
Das Publikum klatschte, und Arabella strahlte den Spaßvogel begeistert an. Er sah wirklich umwerfend aus.
»Ich will Party machen«, sagte er, »wozu leben wir denn sonst?«
Arabella lächelte unverbindlich. Sie lebte unter anderem, um mit Leuten wie ihm Geld zu machen.
»Und hattest du schon mal einen Blackout?« Sie zeigte ihr Zahnpastalächeln. Der Spaßvogel guckte sie verständnislos an.
»So, daß du dich am nächsten Tag an nichts erinnerst«, erklärte Arabella.
»Ach so, klar«, sagte der Typ, »das ist Berufsrisiko.«
Das Publikum klatschte.
»Ich finde das wirklich klasse, daß du so ehrlich bist«, sagte Arabella mit ernstem Gesicht. »Jetzt schauen wir mal, was unser Experte dazu zu sagen hat.«
Sie hielt das Mikro einem Mittvierziger mit fettigen Haaren unter die Nase. Schmalzlocke war Drogenberater und fand es weniger klasse, was der hübsche Spaßvogel so von sich gab.
»Jeder Blackout zerstört Unmengen von Gehirnzellen«, gab er zu bedenken.
Das tat mir leid für den Hübschen, zumal er ohnehin nicht aussah, als verfüge er über besonders viele davon. Auch Arabella und das Publikum schwiegen bedrückt. Aber der Hübsche trug es mit Fassung.
»Na und«, sagte er, »wir benutzen sowieso nur zehn Prozent unserer Gehirnmasse, den Rest kann ich doch zerstören, wie ich will!«
Da hatte er auch wieder recht. Das Publikum klatschte.
Schmalzlocke fing wieder an zu schwafeln, und ich schaltete zurück zu Bärbel. Dann klingelte das Telefon, aber als ich abhob, war niemand dran. Am anderen Ende wurde

aufgelegt, und dann tutete mir das Freizeichen ins Ohr. Zu spät! Ich schaltete den Anrufbeantworter an und ging zurück ins Wohnzimmer, wo gerade die Werbung lief. Eine Mami in weißen gebügelten Jeans und einem pinken gebügelten T-Shirt stand in der Tür und winkte einem Mann in einem schnittigen Auto zu. Sie hielt ein ebenfalls gebügeltes Baby im Arm. Der Mann brauste davon, und sie winkte ihm hinterher. Eine glückliche Familie, dachte ich, sofern der Vater nicht demnächst einen Verkehrsunfall hat, was mehr als wahrscheinlich war, denn statt auf die Straße zu achten, winkte er seinen Lieben zu. Wenn das mal gutging! Der nächste Spot spielte in einem traumhaften Loft, dessen Renovierung so kostspielig gewesen sein mußte, daß es sich auf keinen Fall um die Werbung für einen Bausparvertrag handeln konnte, es sei denn, die Bank wollte sich selbst in den Ruin treiben. Eine schöne Frau lag im Bett und küßte den Vater ihrer Kinder oder einen anderen gutaussehenden Mann, während die lieben Kleinen aus Frühstücksmargarine einen Kuchen zusammenmanschten. Als er fertig war, stürmten sie das Schlafzimmer und zeigten Mami und dem gutaussehenden Mann ihr kulinarisches Machwerk. Die beiden grinsten hocherfreut in die Kamera, was darauf schließen ließ, daß der gutaussehende Mann der Liebhaber war, denn kein Mann, der länger mit einer Frau zusammen ist, bemüht sich so sehr, nicht genervt zu wirken, wenn er beim Sex gestört wird. Ich versuchte mir vorzustellen, wie Sascha nach einer langen Nacht im Club mit Restalkohol und Rückständen anderer Chemikalien im Blut reagieren würde, wenn Moritz sein Bett stürmen und ihm einen fettigen Margarinekuchen unter die Nase halten würde. Er würde vermutlich draufkotzen. Unser Leben lief leider völlig anders ab als in der Werbung.

Ich schaltete zurück zu Arabella. Der Experte laberte irgendwas über Stimmungsschwankungen und emotionale Defizite. Er hatte eine so einschläfernde Stimme, daß ich zurück zu Bärbel zappte. Da ging es heiß her. Eine Mut-

ter und eine Tochter stritten sich um einen grinsenden Fettmops, der anscheinend das Objekt ihrer Begierde war. Ich konnte nicht begreifen, was sie an dem Typen fanden, aber das passierte einem ja öfter.
»Von dir habe ich mir lange genug den Spaß am Leben nehmen lassen«, keifte die Mutter, »damit ist jetzt Schluß!«
Das Publikum tobte.
Eigentlich hatte ich mir vorgenommen, weniger zu fernsehen, damit mein Gehirn von den vielen Talkshows nicht restlos aufgeweicht wurde. Auf dem Couchtisch lag der Magritte und machte mir ein schlechtes Gewissen. Ich versteckte ihn unter dem ›Gott der kleinen Dinge‹, den ich mir als Fitnesstraining für meine grauen Zellen angeschafft hatte. Jetzt glotzte mir das Buch vorwurfsvoll entgegen. Ich nahm es in die Hand und wollte es gerade aufschlagen, als die Tochter sagte, die Mutter habe ihr bis jetzt jeden Mann weggenommen, einschließlich ihres Vaters, den die Mutter anscheinend böswillig verlassen hatte. Ich legte das Buch weg und streckte mich auf der Couch aus. Talkshows waren einfacher zu konsumieren als Bücher und gaben einem das Gefühl, unter Leuten gewesen zu sein, selbst wenn der einzige Ansprechpartner, den man an dem Tag hatte, ein sieben Monate altes Baby war. Außerdem konnte ich oft nicht mehr als ein paar Seiten am Stück lesen, weil dann Moritz garantiert aufwachte. Er hatte einen Riecher dafür, mich im entscheidenden Moment zu unterbrechen. Beim ›Gott der kleinen Dinge‹ war das ständig passiert, und immer, wenn ich das Buch das nächste Mal wieder aufschlug, hatte ich vergessen, wer mit wem verwandt oder verschwägert war, und inzwischen war es mir völlig egal, wer von der Sippschaft für Sophie Molls Tod verantwortlich war.
Ich mußte eingeschlafen sein, denn als ich Moritz quäken hörte, flimmerte Ilona über den Bildschirm. Sie hatte ein paar Exhibitionisten eingeladen, die übereinstimmend erklärten, daß ihre Mütter für ihre Neigung verantwortlich waren, weil sie in der analen Phase irgendwas vermurkst

hatten. Ich schaltete die Glotze aus und ging zu Moritz. Er hatte die Windel voll und meckerte.
»Das ist kein Drama«, beruhigte ich ihn, »wir werden deine anale Phase prima meistern, und du mußt später nicht im Trenchcoat in Parks rumstehen und Leuten deinen Pipi zeigen, o. k.?«
Moritz lächelte zum Zeichen seines Einverständnisses und ließ sich ohne zu protestieren wickeln.
Da das Wetter einigermaßen war und ich sowieso nichts besseres vorhatte, beschloß ich, mit ihm spazieren zu gehen.
Als wir an die Isar kamen, stellte ich beruhigt fest, daß ich nicht die einzige Mutter war, die wieder mal keine bessere Idee gehabt hatte, was sie mit ihrem Kind an so einem Nachmittag unternehmen sollte. Es waren lauter Familien mit Kleinkindern unterwegs. Ich fragte mich, wo die Massen alleinerziehender Mütter waren, von denen immer gesprochen wird. In dieser Grünanlage jedenfalls nicht, denn hier hatte jede Mutti einen zugehörigen biologischen oder später erworbenen Papi neben sich herlaufen. Sie unterhielten sich. Ich hätte mich auch gerne mit jemandem unterhalten, aber Moritz döste vor sich hin, und Sascha mußte sich ja leider mit Ike unterhalten. Ich hoffte für ihn, daß der Typ nach dem Frühstück etwas aufgetaut war, sonst würde das ein ziemlich mühsames Gespräch werden. Aber es gehörte nun mal zu Saschas Job, DJs oder andere Leute aus der Branche zu betreuen, wenn sie hier waren. Er zeigte ihnen dann die Stadt, zumindest den Teil, den man aus einem Cabrio, das mit überhöhter Geschwindigkeit von Kneipe zu Kneipe düst, erkennen kann, und nachdem er sie mit Essen und Getränken ordentlich abgefüllt hatte, führte er sie ins Allerheiligste: Den Club! Dort übernahm dann Doro und handelte die Verträge aus, und Sascha war entlassen. Aber wenn die Typen zickten, mußte er ihr helfen, sie zu bebauchpinseln und dann konnte es eine lange Nacht werden, bis er sie gegen Morgen im Hotel abgeliefert hatte. Lange Nächte gehörten zu Saschas Job. Wie Koks oder

Speed. Ohne war das Programm nicht zu schaffen. Wenn Sascha dann nach Hause kam, war er auf hundertachtzig und brauchte Bier, um wieder auf sein normales Level runterzukommen. Das Ganze war so stressig, daß ich um nichts in der Welt mit ihm hätte tauschen wollen. Im Vergleich dazu war es eine leichte Übung, ein Baby durch die Isarauen zu schieben, und anstatt deprimiert darüber zu sein, daß unser Familienleben nicht so ablief wie in der Werbung, wollte ich etwas in diese Richtung unternehmen.

Ich schob den Kinderwagen zum Vietnamesen, um für den Fall, daß Sascha den unkommunikativen Ike nicht die ganze Nacht an der Backe kleben hatte, eine Alternative vorbereitet zu haben, die die Tusse aus dem Margarinespot alt aussehen lassen würde.

Das Restaurant war noch recht leer, an der Bar standen nur zwei Typen im Anzug und tranken Cocktails. Die Gerichte auf der Speisekarte hörten sich verlockend an, bestens geeignet für ein romantisches Dinner zu zweit.

»Ich nehme die Sieben: Nudeln in Austernsauce mit Shrimps, zum Mitnehmen bitte«, sagte ich zu dem Kellner.

»Alles klar! Sieben mal Nudeln in Austernsauce«, schrie der Mann in die Küche.

»Die Nudeln hätte ich gerne einmal, und dann noch einmal die Fünfzehn, Spezialität aus dem Mekong-Delta. Ist das gut?«

»Es ist eine Spezialität!«

»Aha! Dann nehme ich es.«

»Also einmal Nudeln Nummer sieben und einmal die Fünfzehn?«

Ich nickte.

»Möchten Sie etwas trinken, während Sie warten?«

Ich war nicht durstig, aber die Frage ließ vermuten, daß ich es werden würde, bis die Gerichte fertig waren. Wer es eilig hat, sollte eben keine Spezialitäten bestellen. Ich hatte Zeit, daher guckte ich wieder in die Karte.

»Wir haben seit neuestem eine Happy Hour«, informierte mich der Kellner, »möchten Sie einen Cocktail probieren?«
Um ihm zu zeigen, daß ich die Innovation unterstützte, bestellte ich einen Alabama, obwohl mich Alkohol auf nüchternen Magen immer müde macht. Aber ich hatte ja nichts Besonderes vor, um die Zeit, bis Sascha nach Hause kam, zu überbrücken, außer Moritz ins Bett zu bringen und vielleicht am Manuskript zu arbeiten, wenn nichts in der Glotze kam. Wartezeiten überbrückt man am besten mit Tätigkeiten, die man jederzeit abbrechen kann. Wie Fernsehen. Ich war die Königin des Wartens. Zuerst hatte ich mein halbes Leben darauf gewartet, meinen Prinzen zu treffen, und jetzt, wo ich ihn hatte, wartete ich darauf, daß er nach Hause kam.
»Na, du süßer Kleiner!«
Einer der Typen im Anzug beugte sich über den Kinderwagen.
Paula behauptete immer, daß Babys die reinsten Männermagneten seien, noch wirkungsvoller als Hunde. In beiden Fällen kann der Mann die Frau mit ein paar abgedroschenen Platitüden in ein Gespräch verwickeln, aber der Vorteil von Babys ist, daß sie der lebende Beweis dafür sind, daß die Frau ihren Fortpflanzungstrieb bereits anderweitig unter Kontrolle gebracht hat, so daß der Mann nicht befürchten muß, nach der zweiten Verabredung in eine Diskussion über Heirat und Familienplanung verwickelt zu werden.
»Mädchen oder Junge?«
Der Anzugtyp lächelte Moritz an, der nicht ahnen konnte, daß er ein anziehendes Metall war.
»Meinen Sie das Baby oder mich?«
Der Typ lachte.
»Es ist nicht zu übersehen, daß Sie eine Frau sind, noch dazu eine sehr attraktive!«
»Ein Junge«, sagte ich.
Der Typ überschlug sich fast.
»Wie nett, und wie heißt er?«

»Karl-Gustav!«
Der Typ ließ sich nichts anmerken.
»Das ist ein sehr spezieller Name«, schleimte er, »wie sind Sie denn darauf gekommen?«
»Das ist bei uns Tradition. Mein Mann heißt auch so.«
»Interessant«, sagte der Typ.
Dann drehte er sich um und unterhielt sich weiter mit dem anderen Anzugtypen. Ich schlürfte meinen Cocktail, und als das Essen kam, zahlte ich und schob Moritz nach Hause.

girl left alone

Auf dem Anrufbeantworter war eine Nachricht von Paula, und einmal hatte jemand aufgelegt. Paula hatte ihren Schönheitsschlaf hinter sich, und jetzt war ihr langweilig, deshalb wollte sie wissen, ob sie vorbeikommen könnte. Sascha hatte nicht angerufen. Er hatte ja gesagt, daß er sich später melden würde, und jetzt war es wohl noch nicht spät genug.

Ich ließ ein Kinderschaumbad für Moritz und mich ein, und wir planschten im warmen Wasser herum und spielten Gummiente-Versenken, bis er müde wurde und ich ihn fütterte und in die Kasserolle zum Schlafen legte.

Dann widmete ich mich einer Generalüberholung meines Körpers, denn die gebügelten Mamis aus der Werbung hatten bestimmt keine Haare auf den Beinen. Als ich fertig manikürt, pedikürt, parfümiert und eingecremt war, hüllte ich mein runderneuertes Ich in einen blauen Wickelrock und ein frisches weißes Shirt, das ich sogar bügelte. Als ich in den Spiegel guckte, fand ich mich richtig hübsch.

Natürlich würde ich nie so gut aussehen wie Nicole, damit hatte ich mich abgefunden. Schon als Kind war sie das, was die Freunde meiner Eltern eine klassische Schönheit nannten. Nicoles Haare waren blonder als meine, dazu hatte sie keine hellen sondern dunkelblaue Augen, und als wir älter wurden, bekam sie die längeren Beine und den größeren Busen. Erschwerend kam hinzu, daß sie in allem besser war als ich, weil sie drei Jahre mehr Zeit zum Üben hatte. Sie spielte schon perfekt ›American Pie‹ auf der Gitarre, als ich mich noch mit der Blockflöte herumquälte, und als unsere Eltern sich scheiden ließen, durfte Nicole für ein Jahr nach Kalifornien, während ich zu Hause bleiben und meiner Mutter zuhören mußte, wie

sie sich am Telefon über meinen Vater ausheulte. Nicole war mir einfach immer voraus, und als ich mich noch in der Steinzeitphase der beziehungsgeschichtlichen Entwicklung mit den Jäger-und-Sammlertypen herumärgerte, die, nachdem sie mich erlegt hatten, mit Siegesgeschrei davonliefen, um nie wieder gesehen zu werden, heiratete sie ganz in Weiß. Mein einziger Trost war, daß Nicole früher Falten bekommen würde als ich.
Ich deckte den Tisch im Wohnzimmer mit Stoffservietten und Kerzen und dekorierte ihn mit den Schneekugeln aus meiner Sammlung, die eine relaxte und romantische Stimmung ausstrahlten, wie zum Beispiel die mit den Delphinen, die ich aus Miami mitgebracht hatte, oder die mit der Skyline von Manhattan bei Nacht. Die Kugel mit dem goldenen Herz, die Paula mir zu Weihnachten geschenkt hatte, stellte ich vor Saschas Teller.
Als der Tisch fertig war, fühlte ich mich wie eine dieser perfekten Frauen in der Werbung und war sogar motiviert genug, mich an den Magritte zu setzen und Interpunktionsfehler zu suchen. Der Energieschub reichte bis zur Mitte des fünften Kapitels. Beim sechsten schwirrte mir der Kopf und als ich anfing, darüber nachzudenken, ob subrealistisch ein Tippfehler oder ein geniales Wortspiel war, das sich auf subtil bezog, was zu Magrittes Gemälden passen würde, legte ich mich auf die Couch und schlug den ›Gott der kleinen Dinge‹ auf. Schließlich zeichnet sich die perfekte Frau nicht nur durch enthaarte Beine und einen Nebenjob aus, sondern auch durch ihre umfassende Bildung, die sie zu einer interessanten Gesprächspartnerin macht.
Wer zum Teufel war Chacko? Der Name war schon mal vorgekommen, aber ich wußte nicht mehr, ob er der Vater oder der Onkel war. Ich legte das Buch wieder weg. Schließlich war ich auch ohne zu wissen, wer Chacko ist, gebildet genug, um ein interessantes Gespräch zu führen. Für Sascha reichte es allemal. Er hatte noch weniger Ahnung von Literatur als ich, weil er außer Musikzeitschriften und Flyern mit Up-dates der Clubszene nichts las.

Außerdem war Lesen nicht die einzige Möglichkeit, sich weiterzubilden. Eine Fernsehsendung in den Öffentlich-rechtlichen erfüllte denselben Zweck. Ich schaltete die Glotze an und zappte mich durch die Kanäle auf der Suche nach einer weiterbildenden Sendung. Es lief etwas über eine Primatenart, bei denen sich die Väter genauso um den Nachwuchs kümmern wie die Mütter. Schade, daß Sascha und ich nicht zu diesen Primaten gehören, dachte ich, dann müßte ich nicht den ganzen Tag alleine zu Hause rumhocken. Der Vorteil war, daß wir keine Maden essen mußten.
Die Primaten waren noch mitten in ihrer Mahlzeit, als die Werbung kam. Abends sind die gebügelten Muttis durch Vamps ersetzt, die mit roten spitzen Krallen ihre verführerischen Spitzendessous von den drallen Silikonbrüsten streifen, während sie lüstern in die Kamera linsen. Die perfekte Frau ist tagsüber Kätzchen und nachts Tigerin. Wenn sie nicht gerade mit dieser aufwendigen Metamorphose beschäftigt ist, arbeitet sie in ihrem Job in einer leitenden Position oder sitzt mit ihren glücklichen Kindern und dem netten Ehemann im Garten und trinkt koffeinfreien Kaffee. Darüber hinaus geht sie jeden Tag ins Fitness-Studio und einmal in der Woche zu ihrem Liebhaber. Wo nimmt sie nur die Zeit her?
Da ich weder einen tollen Job noch einen Garten oder einen Liebhaber hatte, standen die Chancen, mich auf die Schnelle in eine perfekte Frau zu verwandeln, schlecht. Aber das mußte mich ja nicht davon abhalten, zumindest den Eindruck zu erwecken. Wen kümmert schon der Inhalt, solange die Verpackung stimmt?
Ich ging ins Schlafzimmer und durchsuchte meinen Kleiderschrank nach etwas, das den Tigerinnendessous aus der Fernsehwerbung ähnlich war. Die Auswahl war deprimierend, mein aktuellstes Stück war der Still-BH! Schließlich entschied ich mich für einen schwarzen String-Tanga, dessen Alterserscheinungen bei gedämpftem Licht nicht auffallen würden, und einen passenden schwarzen BH mit Spitzenträgern. Da es inzwischen

schon spät war, und überhaupt keine Muttis mehr in der Werbung auftauchten, fand ich den Wickelrock und das gebügelte Shirt unpassend für die Tageszeit und wählte statt dessen ein schwarzes bauchfreies Top und dazu eine schwarze Hose. Meine blonden Spaghettifransen steckte ich zu einer Wurst am Hinterkopf hoch und zupfte ein paar Strähnchen raus. Sascha konnte kommen, die Tigerin war bereit!

Aber er kam nicht und rief auch nicht an.

Inzwischen hatte ich Hunger. Da ich nicht ohne Sascha mit dem Essen anfangen wollte, rief ich bei Paula an, um mir die Zeit zu vertreiben. Es ging nur der Anrufbeantworter ran. Paula hatte anscheinend schon ein anderes Mittel gegen ihre Langeweile gefunden. Bestimmt klapperte sie die Bars auf der Suche nach dem zukünftigen Vater ihrer Kinder ab, um sich dann in den Armen eines Jägers und Sammlers darüber hinwegzutrösten, daß sie ihn wieder nicht gefunden hatte.

Heute abend hatte jeder etwas vor, nur ich saß runderneuert in heißen Dessous alleine zu Hause herum. Kinderkriegen ist eine einsame Sache – natürlich nicht der Anfang, aber nach der Empfängnis entwickelt es sich dahin. Während die zukünftige Mutter zur Kugel mutiert und Probleme beim Treppensteigen hat, erklimmt der zukünftige Vater leichtfüßig die Karriereleiter. Das Ende vom Lied ist, daß sie abends alleine zu Hause sitzt, während er mit Geschäftspartnern im Cabrio durch die Stadt kutschiert.

Bei dem Gedanken drohte ich in Selbstmitleid zu versinken, und das wollte ich auf keinen Fall zulassen. Die perfekte Frau und Tigerin läßt sich nicht unterkriegen. Sie fährt ihre Krallen aus und nimmt ihr Schicksal in die Hand – in meinem Fall den Telefonhörer.

Ich mußte es ziemlich lange klingeln lassen, doch dann nahm Doro ab.

»Laß mich raten«, sagte sie, »du suchst mal wieder Sascha?«

»Ist er da?«

»Er ist gerade was essen gegangen.«
»Mit Ike?«
»Mhm.«
»Kommt er nachher wieder?«
»Woher soll ich das wissen?«
»Weil er vielleicht was gesagt hat!«
»Hat er aber nicht!«
Sie war freundlich wie immer. Ich hatte keine Lust, mich weiter von ihr herunterziehen zu lassen, deshalb bedankte ich mich für ihre Hilfe und legte auf.
Sascha ißt gerade, also würde er später keinen Hunger mehr haben. Ich blies die Kerzen aus und räumte die Teller weg. Wenn ich Glück hatte, schaffte ich es noch rechtzeitig zur Nachspeise zu Nicole. Ich schrieb Sascha einen Zettel, daß ich bei Nicole sei und er nachkommen solle. Dann verfrachtete ich den schlafenden Moritz vorsichtig in seinen Kinderwagen und ging zur U-Bahn.
»Schön, daß du doch noch kommst«, sagte Nicole, »aber du hättest dich nicht so in Schale werfen müssen.«

machsoweita

Es war spät geworden. Als ich nach Hause kam, wollte ich nichts wie ins Bett. Die Tigernummer mußte auf ein andermal verschoben werden, jetzt brannten mir die Augen vor Müdigkeit und der String-Tanga scheuerte, so daß ich bei jedem Schritt fürchten mußte, morgen einen Pavianhintern zu haben. Nicht sehr tigerinnengemäß!

»Wo warst du?«

Sascha stand in der Küche und aß die Nudeln in Austernsauce aus dem Alubehälter. Soviel zum romantischen Dinner.

»Psst! Der Kleine wacht auf«, sagte ich zur Begrüßung.

Ich schob Moritz in sein Zimmer, hob das Oberteil des Kinderwagens ab und stellte es auf den Boden. Ich war darin so geübt, daß ich an der Olympiade hätte teilnehmen können, sobald die Disziplin ›Kinderwagenzerlegen‹ eingeführt wurde, während Sascha immer noch nicht kapiert hatte wie es funktionierte, ohne daß Moritz aufwachte. Von wegen, Männer sind technisch begabter als Frauen.

»Wo warst du?«

Sascha stand in der Tür. Er lächelte breit wie Arabella, aber seine Augen waren glasig und blickten schräg an mir vorbei. Sein Oberkörper schwankte und es sah aus, als könnte er sich kaum auf den Beinen halten. Nicht nur das Lächeln war breit, er war es auch. In der Verfassung war ein Gespräch mit ihm überflüssig, deshalb versuchte ich einen schnellen Abgang. Ich schloß die Tür zum Kinderzimmer und ging auf den Flur.

»Ich war bei Nicole, und jetzt bin ich total müde. Kommst du auch ins Bett?«

Ich wertete es als Zustimmung, daß er nicht antwortete, und verschwand in Richtung Bad.

»Wo warst du? Antworte mir!«
Saschas Stimme bohrte sich wie ein Pfeil in meinen Rücken. Alarmstufe rot. Augenblicklich legte mein talkshow-bedingt unterfordertes Gehirn den schnellstmöglichen Gang ein, und mein lahmer Kreislauf versuchte, das Tempo zu halten. Jetzt nur aufpassen, daß ich nichts Falsches sage, dachte ich, und wenn ich es schon nicht verhindern kann, daß er ausflippt, dann bitte nicht im Flur, wo Moritz uns hören kann. Wenn er um diese Zeit aus dem Schlaf gerissen wurde, war die Nacht für mich gelaufen.
Also ging ich zurück in die Küche und zündete mir eine Zigarette an, um den Kreislauf zu putschen. Außerdem fand ich, daß Rauchen die Gelassenheit ausstrahlte, die ich zwar in dem Moment nicht besaß, die aber dringend notwendig war, damit Sascha nicht ausflippte. Sascha war kein streitsüchtiger Typ, aber wenn er dicht war, konnte ihn ein falsches Wort zur Raserei bringen. Und er war dicht bis unter die Haarwurzeln.
»Ich war bei meiner Schwester«, antwortete ich und pustete den Rauch betont gelassen aus, »ich hab dir einen Zettel hinterlegt.«
Der Zettel lag noch auf dem Küchentisch. Ich hob ihn auf und hielt ihn Sascha unter die Nase. Beweisstück Nummer eins, die Angeklagte ist unschuldig, jedes Ausflippen ist hiermit überflüssig. Sascha sah das leider nicht so. Er packte meinen Arm und zog mich dicht an sich heran. Ich konnte seinen Atem auf meinem Gesicht spüren. Er roch nach Bier und Zigaretten.
»Das ist doch gelogen!«
Tropfen seiner Spucke benetzten mein Gesicht. Als ich hochschaute, konnte ich seine Augen nicht sehen. Alles was ich sah, waren Lippen, ein weit aufgerissener Mund. Speichel und Lippen. Ich bewegte meinen Kopf vorsichtig ein paar Zentimeter nach hinten, genug, um dem Biergeruch auszuweichen, doch ohne mich körperlich zu entziehen, weil dadurch ein Gerangel entstanden wäre, aus dem ich als Verliererin hervorgegangen wäre. Als ich einmal versucht hatte, mich aus Saschas Würgegriff zu

befreien, war er nur noch wütender geworden, und das mußte ich jetzt nicht unbedingt haben.
»Nein! Ich war bei Nicole.«
Er wich ein paar Zentimeter zurück und versuchte, mich mit seinen glasigen Augen zu fixieren. Seine Pupillen waren auf Stecknadelgröße zusammengeschrumpft. Trotzdem hatte er Probleme zu fokussieren und kniff die Augenlider zusammen, so daß ich nur zwei dunkle Schlitze sah. Schweigend starrten wir uns an. Raubtiere vor dem Sprung. So hatte ich mir die Tigernummer nicht vorgestellt.
Auf einmal fielen meinem Tiger die Augen zu. Langsam und schwer, wie flügellahme Motten zu Boden taumeln, senkten sie sich. Sein Kopf senkte sich mit und fiel auf die Brust. So blieb er stehen, und ich sah ihn sich mit letzter Kraft auf seine Couch schleppen und einschlafen. Das konnte passieren, wenn er zu viel abgekriegt hatte. Ich mußte ihn dann nur zudecken und konnte ins Bett gehen. Aber Sascha war noch nicht soweit. Er hielt meinen Arm immer noch fest umfaßt und plötzlich, als hätte ihn ein Traum aufgeschreckt, riß er die Augen weit auf und starrte mich wieder an. Seine Pupillen wollten aber nicht so wie er und wanderten immer wieder zu einem Punkt oberhalb meines Kopfes. Ich seufzte. Warum ließ er es nicht gut sein für heute?
»In den Klamotten«, fragte er plötzlich.
In den Klamotten – was? Da das Gespräch nicht gerade flüssig vor sich hin geplätschert war, kapierte ich den Zusammenhang nicht sofort. Was sollte die Frage? Wollte er wissen, ob ich vorhatte, in den Klamotten ins Bett zu gehen? Sascha half mir auf die Sprünge.
»Warst du in den Klamotten aus?«
Ich nickte. Dachte er etwa, ich hatte mich im Treppenhaus umgezogen?
»Klar, in welchen denn sonst?«
Daß eine Unterhaltung schwachsinnig war, hatte Sascha noch nie gestört. Wahrscheinlich bemerkte er es nicht einmal, wenn das Schneegestöber sein Gehirn umnebelte.

»Hast du dich gut amüsiert«, fragte er dann mit sanfter Stimme, »ohne mich?«
Er lächelte die Wand oberhalb meines Kopfes an, bis ihm die Lider wieder schwer wurden.
»Es war ganz nett«, sagte ich zu seinen geschlossenen Augen.
Es sah so aus, als sei er diesmal zu kaputt, um sich aufzuregen, doch man konnte nie sicher sein, ob er sich nicht noch mal berappelte. Er konnte innerhalb von Sekunden von null auf hundert beschleunigen, denn seine Wut mußte irgendwie raus.
Diesmal wollte ich stark bleiben, keine Angst zeigen, die Wut einfach an mir abprallen lassen. Vielleicht flog sie dann ja wie ein Bumerang zu ihm zurück.
»Es war bestimmt besonders nett, weil ich nicht dabei war!«
Die Wut war noch da. Brodelnde Lava, die sich durch das Gestein frißt. Der Berg explodiert, die Lava ergießt sich über die umliegenden Dörfer und begräbt sie unter sich. Nachdem sich der Staub gelegt hat, sieht man nichts als schwarze Krusten. Verbrannte Erde.
»War Matthias auch da?« Sascha drückte meinen Arm jetzt so fest, daß es wehtat.
Mein Herz raste, und es dröhnte so laut in meinen Ohren, daß ich an nichts denken konnte. Ich fühlte nur den Schmerz in meinem Arm.
»Sascha, laß mich los!«
Er reagierte nicht. Ich wußte, daß er nicht von mir ablassen würde, bis ich etwas sagte, das ihm als Zündstoff für seine Wut diente, so daß sie explodierte und er von ihr befreit war.
Er stand regungslos vor mir und erwartete eine Antwort. Ich spürte, daß mir die Tränen in die Augen traten. Bloß nicht weinen, dachte ich und schluckte. Wenn Sascha dicht war, haßte er es, wenn ich weinte. Heulsuse, sagte er dann, du bist eine erwachsene Frau, also heul nicht wie ein Kind.
»Antworte. War er da oder nicht?«

Er war ungeduldig geworden. Sein Kopf war die ganze Zeit keinen Zentimeter von meinem Gesicht gewichen. Er erwartete jetzt eine Aussage. Sofort. Wenn er dicht war, hatte er das Gefühl, daß er nicht an mich rankam. Wenn du ewig nicht antwortest, obwohl ich dich etwas frage, brauchst du dich nicht zu wundern, daß ich aggressiv werde! Er hatte kein Problem zuzugeben, daß er aggressiv werden konnte, weil es nicht seine Schuld war. Es war meine. Hast du schon mal darüber nachgedacht, warum ich aggressiv werde, hatte er gefragt. Ich dachte oft darüber nach und hatte nur eine Erklärung dafür: Es war das Kokain. Seit er das Puder nahm, war er ein anderer Mensch geworden. Aber Sascha war anderer Meinung. Du machst mich aggressiv, sagte er, mit deinem arroganten Schweigen. So was treibt jeden auf die Palme.
Also nahm ich mir vor, wenn er wieder mal dicht war, mit ihm zu reden, aber das ist leichter gesagt als getan, wenn einem jemand den Arm zerquetscht. Auch diesmal schaffte ich es nicht.
Ich weiß nicht, wie lange wir so regungslos voreinander standen, es kam mir vor wie eine Ewigkeit. Schließlich räusperte Sascha sich.
»Aha, ist es wieder soweit«, sagte er dann mit dem pseudo-nachsichtigen Tonfall eines Lehrers einer bockigen Schülerin gegenüber, »du redest also nicht mehr mit mir. Wie du willst.«
Er ließ meinen Arm mit einer ruckartigen Bewegung los, dann ging er einen Schritt zurück und fixierte mich mit seinen glasigen Augen.
»Ich hatte jedenfalls einen tollen Abend! Im Club.«
Natürlich, dachte ich, wo denn sonst? Du lebst ja praktisch im Club, denn nur dort wird der Film gespielt, in dem du die strahlende Hauptrolle hast. Du bist der Held der Nacht, du läßt die Puppen tanzen, und sie danken es dir mit der Portion Bewunderung und Achtung, die du so dringend brauchst wie das Gift, das du dir die Nase hochjubelst. Außer mir weiß keiner wie du bist, wenn die Wirkung nachläßt.

»Schön für dich«, sagte ich und krampfte mir ein Lächeln ab.
Das war der Auslöser. Die Ader an seinem Hals schwoll an.
»Lach nicht so hochnäsig«, brüllte er, »das kann ich nicht ab!«
Mein Herz raste wie wild.
»Warum warst du nicht hier, als ich gekommen bin? Du hast mich abgehängt, damit du den Abend mit deinem Ex verbringen kannst, gib's doch zu!«
»Ich bin weggegangen, weil du nicht gekommen bist«, sagte ich betont ruhig.
»Schau mich an«, schrie Sascha, »ich bin hier! Du bist eben erst zur Türe hereingekommen, oder irre ich mich?«
Bieratem schlug mir entgegen.
»Sascha, bitte! Laß uns morgen darüber reden!«
»Erst antwortest du mir! Haben wir gesagt, daß wir uns heute abend noch sehen?«
»Es war nicht sicher. Du wolltest anrufen!«
»Haben wir darüber gesprochen, ja oder nein?«
»Ja.«
»Na siehst du! Also haben wir darüber gesprochen?«
»Ja.«
»Und warum bist du dann nicht hier gewesen?«
»Weil ich dachte, du kommst nicht mehr!«
»Obwohl ich gesagt habe, ich komme?«
»Das hast du nicht gesagt. Du hast gesagt, du rufst an!«
»Ich habe gesagt, ich komme später!«
»Nein, du hast gesagt, du meldest dich später.«
»Das beantwortet meine Frage nicht!«
»Was war noch mal die Frage?«
»Willst du mich verarschen?«
»Nein!«
»Dann antworte endlich.«
»Schrei nicht so, du weckst Moritz auf.«
»Versteck dich nicht hinter dem Kind. Antworte mir!«
»Ich weiß nicht, was ich sagen soll?«

»Aber vorhin wußtest du es noch, ja?«
»Ich weiß überhaupt nichts mehr. Bitte laß uns jetzt schlafen gehen!«
»Du willst nicht mit mir reden? Auch gut.«
Er stürmte aus der Küche und knallte die Tür hinter sich zu.
Ich ließ mich auf einen Stuhl fallen und vergrub den Kopf in den Armen. Ich war so erschöpft, als hätte ich einen Marathonlauf hinter mir, und gleichzeitig hellwach.
Als ich hörte, daß Sascha auf dem Klo war, ging ich ins Wohnzimmer und legte mich auf die Couch. Fernsehen war jetzt genau das richtige, um auf andere Gedanken zu kommen. Es liefen ein paar Polizeiserien und die Wiederholung von Arabella von heute nachmittag. Es war tröstlich, ein bekanntes Gesicht zu sehen.
Plötzlich stand Sascha in der Tür.
»Mach mir nie wieder Vorwürfe, daß ich nicht mit dir rede! Nie wieder! Ich habe das Gespräch angefangen, aber du wolltest nicht reden. Ich geb dir jetzt noch eine Chance, wenn du wieder nichts sagst, sprech ich dich nicht mehr drauf an!«
Ich kann nicht behaupten, daß mich die Drohung schreckte. Ich hatte überhaupt keine Lust, mit Sascha zu reden, bis er seinen Rausch nicht ausgeschlafen hatte.
»O. k., ich werde morgen meine Sachen packen und ausziehen, ganz wie du willst«, setzte er nach.
Warum konnte er nicht einfach die Klappe halten, bis das Schneegestöber in seinem Kopf vorbei war?
»Ich will doch nicht, daß du ausziehst«, sagte ich und richtete mich auf.
»Dann rede mit mir!« schrie er und kam näher.
»Ich kann nicht mit dir reden. Du bist dicht.«
»Na klar! Du bist die tolle kultivierte Dame, und ich der Drogenabhängige. Weißt du was, es ist mir scheißegal, was du denkst! Ich hab wenigstens ein Leben, im Gegensatz zu dir.«
Da war was dran. Ich seufzte.
Er drehte sich um und ging zur Tür.

»Ich schlafe in meinem Zimmer«, sagte er und zog die Tür hinter sich zu.
Ich konnte aufatmen, denn das war der bekannte Schlußakkord von Saschas Lied, von dem ich heute die Discoversion zu hören bekommen hatte.
Ich war hundemüde, aber an Schlaf war jetzt nicht mehr zu denken. Mir schwirrte der Kopf. Obwohl Arabella ihr Bestes tat, um mich abzulenken, konnte ich mich nicht auf das Gequassel konzentrieren und schaltete zu einer der Polizeiserien. Eine verstümmelte Leiche lag in einer dunklen Straße unter einem Haufen Müllbeuteln. Ein Lustmord, meinte der Polizist. Er beugte sich, ohne die Miene zu verziehen, über den blutigen Körper der Toten und stocherte mit einer Pinzette daran herum. Dann steckte er irgendwelche Miniaturbeweisstücke, die der Zuschauer nicht erkennen konnte, in eine kleine Plastiktüte. Als er sich wieder aufrichtete, machte er ein besorgtes Gesicht, doch sein Blick strahlte die Entschlossenheit aus, die man brauchte, um solche Fälle zu lösen. Langsam beruhigte sich mein Puls. Umschnitt: große Villa, Tag. Der Polizist und der Ehemann der Toten. Der Polizist ließ sich ausnahmsweise im Dienst einen Cognac einschenken und behauptete dann in aller Seelenruhe, daß die ermordete Frau einen Nebenjob als Prostituierte gehabt habe. Ich fragte mich, woher er das wissen konnte. Auf mich wirkte der Polizist nicht sehr seriös. Aber im Gegensatz zu mir glaubte ihm der Ehemann unbesehen und bekam einen Nervenzusammenbruch.
»Warum hat sie das getan«, heulte er, »sie hatte doch alles was sie wollte.«
Anscheinend nicht, dachte ich. Der Polizist schien dasselbe zu denken und schwieg.
Dann kam die Werbung, und ich schaltete zurück zu Arabella.
»Na und«, sagte der Hübsche wieder, »wir benutzen sowieso nur zehn Prozent unserer Gehirnmasse, den Rest kann ich doch zerstören, wie ich will!«
Das Publikum klatschte wieder, und ich überlegte, woher

der Hübsche so sicher war, daß ein Blackout nicht ausgerechnet die zehn aktiven Prozent seines Gehirns zerstörte. Dann fing der Experte mit den fettigen Haaren wieder an zu schwafeln.
»Du bestimmst dein Leben nicht«, behauptete er, »sondern du läßt dich von den Drogen bestimmen.«
Ich war gespannt, wie der Hübsche auf diese esoterische Weisheit reagieren würde.
»Das ist doch Schwachsinn«, sagte er, »ich nehme nur was, wenn ich es will, also bestimme ich!«
Das Publikum reagierte nicht, deshalb war jetzt Schmalzlocke wieder dran.
»Dann sag mir, daß du noch nie unter Drogeneinfluß etwas getan hast, was du nüchtern bereut hast.«
Der Hübsche überlegte.
»Bist du immer derselbe Mensch, mit oder ohne Drogen«, bohrte Schmalzlocke weiter.
»Natürlich nicht«, grinste der Hübsche, »sonst würde ich sie ja nicht nehmen.«
Das Publikum klatschte.
Dann meldete sich eine Frau zu Wort, die Pillen schluckte, weil sie dann das Gefühl hatte, nicht alleine zu sein. Das konnte der Hübsche gut verstehen, und sie schienen einander näherzukommen, aber irgendwie entstand dann plötzlich ein Streit, und die beiden keiften sich an.
»Du gibst es bloß nicht zu, daß du abhängig bist«, schrie die Frau, und der Hübsche antwortete in der gleichen Lautstärke, daß er nicht süchtig sei. Daraufhin schaltete Schmalzlocke sich ein.
»Warum schreien Sie eigentlich, wenn Sie so sicher sind«, wollte er wissen.
»Weil Sie mich nerven«, schrie der Hübsche.
Arabella lächelte nicht mehr, und das, obwohl solche Szenen zu ihrem Job gehörten, im Gegensatz zu mir, die sich unentgeltlich damit herumschlagen mußte. Ich hatte für heute genug davon und zappte mich zu dem Polizisten zurück. Ich weiß nicht, wie er darauf gekommen war, aber er verdächtigte jetzt den Ehemann der Toten, und

unterstellte ihm, von dem Nebenjob seiner Frau gewußt und sie aus Eifersucht umgebracht zu haben. Das kommt dabei heraus, wenn Polizisten im Dienst trinken.
Ich schaltete den Fernseher aus und machte die Augen zu. So kann es nicht weitergehen, dachte ich, Sascha muß aufhören zu koksen.

when the lion sleeps at night

Als das Telefon klingelte, fühlte ich mich wie gerädert. Ich schälte mich von der Couch und tapste blind wie ein Maulwurf zum Telefon. Es war meine Mutter. Sie klang erschreckend wach und wollte wissen, wann sie zum Babysitten kommen sollte. Sascha und ich hatten eigentlich geplant, heute ins Kino zu gehen. Aber nach der Szene gestern nacht war er noch nicht wieder aus seinem Zimmer aufgetaucht, und ich wußte nicht, ob er sich noch an die Verabredung erinnerte. Es war gut möglich, daß er gestern genau die Gehirnzellen verloren hatte, auf denen die Information gespeichert war.

»Kann ich dich zurückrufen«, erkundigte ich mich im Halbschlaf, »ich muß erst mit Sascha reden.«

»Sag mal, hast du noch geschlafen?«

»Nein!«

Ich ging mit dem Hörer in die Küche und guckte auf die Uhr. Es war neun. Moritz war bestimmt längst wach.

»Geht's dir gut?« fragte meine Mutter vorwurfsvoll.

Meine Mutter faßte es als eine Art persönlicher Beleidigung auf, wenn es einem ihrer Kinder nicht gut ging. Schließlich hatte sie nicht die besten Jahre ihres Lebens geopfert, damit aus uns unglückliche Menschen wurden.

»Klar!«

»Du hörst dich verschnupft an«, sagte sie.

»Mir geht's gut!«

»Und Möhrchen?« So nennt sie Moritz, wenn sie ihn nicht ›das Kind‹ nennt. »Paß auf, daß du das Kind nicht ansteckst!«

»Mama, ich bin nicht erkältet!«

Meine Mutter war der Meinung, daß ich mich zu salopp kleidete, und versuchte, ihr Mißfallen an meinem Mode-

geschmack hinter der Behauptung zu verbergen, daß ich mich zu dünn anziehen würde. Als seien spießige Klamotten wärmer als moderne.
Ich hatte keine Lust, diese Diskussion zum millionsten Mal zu führen und versprach ihr, mich in Zukunft wärmer anzuziehen.
»Wenn du nächste Woche Zeit hast, könnten wir zusammen in die Stadt gehen«, schlug meine Mutter vor, »es gibt noch immer herabgesetzte Wintersachen!«
Meine Mutter war eine passionierte Schnäppchenjägerin. Obwohl sie sich jeden Tag neue Klamotten hätte leisten können, war sie immer auf der Suche nach dem billigsten Angebot. Das weckte ihren Jagdinstinkt und erhöhte somit den Reiz. Da ihre sonstigen Instinkte brachlagen, widmete sie sich dem Shoppen mit vollem Einsatz. Die Zeit dazu hatte sie ja.
Da ich nicht wollte, daß meine Mutter nichts mit ihrer Zeit anzufangen hatte und womöglich auf die Idee kam, über die Leere in ihrem Leben nachzudenken, und ich außerdem eine neue Jacke brauchte, sagte ich zu.
Sie war zufrieden und wir vereinbarten, daß ich sie zurückrufen würde, sobald ich wußte, ob und wann Sascha und ich heute ins Kino gehen wollten.
Meine Mutter war unser bester, weil einziger Babysitter. Das heißt nicht, daß sie ein einfacher Babysitter war. Sie betonte immer, daß sie nichts lieber täte, als auf Möhrchen aufzupassen, aber da sie nicht mehr die Jüngste sei, sollten wir bitte nicht so lange wegbleiben, denn auch sie brauche ihren Schlaf. Aber wenn wir dann kamen, um sie abzulösen, klebte sie auf dem Sofa wie festgewachsen, nippte homöopathische Schlückchen aus ihrem fast vollen Weinglas und war nicht bereit das Feld zu räumen, bevor man sich nicht so lange mit ihr unterhalten hatte, bis einem vor Müdigkeit die Augen zufielen. Wenn sie endlich weg war, war es die Stimmung ebenfalls. Aber man muß eben Kompromisse machen, wenn man trotz Kind abends mal was unternehmen möchte. Außerdem hatten wir keine Alternativen. Mein Vater lebte in Lon-

don, Sascha hatte mit seiner Familie so gut wie keinen Kontakt, und einen bezahlten Babysitter hielt er für Geldverschwendung. Die Leute, die umsonst in Frage gekommen wären, hatten entweder selber Babys oder waren abends damit beschäftigt, den geeigneten Fortpflanzungspartner zu finden. Oder sie hatten einfach keine Lust, bei uns vor der Glotze herumzugammeln. Die einzige, die das freiwillig tat, war meine Mutter. Dafür konnte man sich schon mal eine Jacke kaufen lassen.

Nachdem ich aufgelegt hatte, torkelte ich ins Bad. Nach der Dusche und einer Tasse Tee ging es mir besser.

Als ich in Moritz' Zimmer kam, unterhielt er sich mit seinem Kumpel Buzz. Ich bekam sofort ein schlechtes Gewissen, weil ich verschlafen hatte, und mein Kind als einzigen Ansprechpartner einen Spielzeugastronauten hatte, der, wenn man ›Toy Story‹ glauben durfte, nicht ganz richtig im Kopf war. Dann fiel mir wieder der Grund für meine Müdigkeit ein, und ich bekam eine Riesenwut auf Sascha, der ausschlafen konnte, während ich völlig gerädert gute Miene zum bösen Spiel machen mußte. Im nächsten Moment war ich dann soweit, daß ich Moritz für die ganze Misere verantwortlich machen wollte. Wenn es ihn nicht gäbe, könnte ich jetzt auch schlafen.

Aber das war nicht fair. Moritz konnte nichts dafür, daß ich mir so sehr ein Kind gewünscht hatte, daß ich mir nicht genügend Zeit genommen hatte, dessen Erzeuger unter die Lupe zu nehmen.

Aber das stimmte so auch wieder nicht, denn Sascha und ich hatten uns zwanzig Monate gekannt, als ich schwanger wurde. Zwanzig Monate und ein paar Tage lang war Sascha mein absoluter Traummann gewesen. Klar, gab es hin und wieder Zoff, aber der richtige Streß hatte angefangen, nachdem Moritz geboren war, und Sascha den Job im Club bekommen hatte. Ich hätte Hellseherin sein müssen, um eine Ahnung davon zu haben, was auf mich zukommen würde.

Als ich Sascha kennenlernte, war ich mir ganz sicher, daß er der Richtige war.

Ich hatte ein Wochenende mit Matthias beim Segeln verbracht, dessen emotionales Highlight eine erhitzte Diskussion darüber war, ob Matthias die Rechnung für das Abendessen, die er ausnahmsweise übernommen hatte, von der Steuer absetzen durfte. Die damalige Freundin von Matthias' Kumpel war der Meinung, das sei Betrug am Steuerzahler und so was würde das Land in den Ruin treiben. Der Kumpel war von Beruf Steuerberater und fühlte sich durch die Bemerkung auf den Schlips getreten. Er erklärte seiner Freundin die Gesetzeslage, aber sie beharrte weiterhin auf ihrer Meinung. Eine Unterhaltung unter Freunden über Segelboote und Häfen in der Karibik sei in Matthias' Fall keine berufsbezogene Beratung, sagte sie. Daraufhin sagte der Steuerberater, sie solle die fachliche Beurteilung des Gesprächs ihm überlassen und außerdem nicht so humorlos sein. Schließlich sei er in seiner Funktion als Matthias' Steuerberater beim Segeln. Daraufhin sagte die Freundin, daß er ihr das nächste Mal vorher Bescheid sagen sollte, wenn er sie zu einem Arbeitswochenende mitnehmen wollte. Kaum waren wir wieder in der Stadt, rauschte die Freundin beleidigt ab. Ich schloß mich ihr an, weil ich auf ihrer Seite war und außerdem sowieso nichts Besseres vorhatte, denn Matthias wollte früh ins Bett, weil morgen die Woche wieder losging.

So landeten wir im Club. Sascha arbeitete damals noch nicht dort. Er war Gast wie wir und stand, als wir hereinkamen, an der Bar. Die Steuerberatersfreundin hatte innerhalb von Sekunden abgecheckt, daß er der attraktivste Mann war, der zur Auswahl stand, deshalb landeten wir neben Sascha. Mit derselben Zielstrebigkeit, mit der sie Sascha angesteuert hatte, verwickelte sie ihn in ein Gespräch. Sascha war supercharmant, aber ich hatte die ganze Zeit das Gefühl, daß er sie nicht ernst nahm. Die Steuerfrau hatte anscheinend dasselbe Gefühl, jedenfalls laberte sie einen anderen gutaussehenden Typen an, die zweite Wahl vermutlich, und ich unterhielt mich mit Sascha. Irgendwann war die Steuerfrau weg, und der Club machte auch zu. Sascha und ich gingen in den Englischen Garten, und er erklärte mir die Sterne. Als die Sonne aufging, begleitete er mich nach Hause und schrieb sich meine Telefonnummer mit meinem Lippenstift auf die Hand. Zum Abschied gab er mir einen Kuß, und als er weg war, flatterten immer noch die Schmetterlinge wie wild in meinem Bauch herum.

Keine Frage, Sascha war mein Traummann.

Nachdem ich Moritz gefüttert und angezogen hatte, spazierten wir zum Kiosk, um die Zeitung zu holen. Ich konnte mir zwar nicht vorstellen, daß nach gestern nacht aus der Kinoverabredung noch was wurde, aber bei Sascha mußte man auf alles vorbereitet sein.

Die Kioskfrau schäkerte wie üblich mit Moritz.

»In meinem Alter merkt man erst, was man verpaßt hat, wenn man keine Kinder hat«, sagte sie und schob Moritz ein Schokoladenei aus der neuen Osterkollektion in den Mund. Er war begeistert.

Auf dem Nachhauseweg fing es an zu nieseln. Es war ein grauer Tag und ich wollte am liebsten ins Bett, weil ich hundemüde war und die Kälte unangenehm an meinen Beinen hochkroch. Aber als Moritz mich aus seinem Wagen anstrahlte, fand ich es unfair ihm gegenüber, jetzt schlappzumachen, und beschloß, etwas mit ihm zu unternehmen. Ich entschied mich für den Zoo, und wir stiegen in die U-Bahn, wo Moritz mit einem Schulmädchen flirtete. Paula wußte schon, warum sie sagte, Moritz habe den Charme seines Vaters geerbt.

Als wir im Zoo ankamen, war Moritz müde geworden und machte ein Nickerchen. Da es inzwischen heftig regnete, setzte ich mich ins Café und studierte das Kinoprogramm – für alle Fälle.

Sascha mochte Actionfilme, je mehr Autos explodierten, desto besser. Ich habe nichts gegen Zerstörung, wenn sie der Sache dient, aber als wir neulich beim Frühstück darüber geredet hatten, in welchen Film wir heute gehen würden, fand ich die Vorstellung, schon wieder anderthalb Stunden lang Benzintanks in die Luft fliegen zu sehen, etwas eintönig. Außerdem hatte Sascha mir nach

dem letzten Actionabend versprochen, daß ich den nächsten Film aussuchen durfte.
»Nicht schon wieder Bruce Willis«, hatte ich gesagt, »es muß doch einen Film geben, in dem der nicht mitspielt?«
»Ja, aber der ist dann bestimmt schlecht!«
Sascha war an dem Morgen früher aufgewacht als sonst, angeblich, weil Moritz und ich soviel Krach in der Küche gemacht hatten, und entsprechend müde und überreizt. Wenn es etwas gab, das unangenehmer war als Sascha auf Droge, dann war es Sascha, der von der Droge runterkam. Normalerweise ging ich ihm aus dem Weg, wenn ich das Gefühl hatte, es könnte mal wieder soweit sein, aber an dem Vormittag waren meine Sensoren aus irgendeinem Grund ausgeschaltet.
Ich mußte lachen.
»Gib mir mal die Zeitung. Ich finde schon etwas«, sagte ich.
Aber Sascha rückte das Programm nicht raus.
»Glaub mir, es läuft nur Mist!«
»Außer dem Film mit Bruce Willis ...«
»Die Beschreibung hört sich gut an. Es ist reiner Zufall, daß er mitspielt.«
»Ich hätte trotzdem mal Lust auf ein anderes Gesicht.«
Sascha seufzte theatralisch.
»O. k., dann schlag du etwas vor!«
Er reichte mir die Zeitung.
»Hm«, sagte ich, »es laufen jede Menge Komödien!«
»Die Hälfte davon scheidet aus, weil Katja Riemann oder Veronika Ferres mitspielen.«
Ich schlug eine englische Komödie vor.
»Ich mag lieber was mit einer richtigen Story«, sagte Sascha.
»Seit wann haben Komödien keine Story?«
»Ich meine eine gute Story.«
»Du meinst, über Hochhäuser, die nicht aus Effekthascherei in die Luft gehen, sondern weil es die Logik des Plots zwingend erfordert.«

Sascha grinste.
»Du hast's erfaßt.«
»Ich bin eben clever! Aber was hältst du davon, wenn wir sozusagen als Experiment mal versuchen, einen guten Film ohne Bruce zu finden. Der Deal war, daß ich diesmal aussuchen darf, weißt du noch?«
Sascha seufzte schicksalsergeben. »Ich warte immer noch auf deinen Vorschlag.«
Ich zündete eine Zigarette an und guckte wieder in die Zeitung.
»Also gut, wir suchen eine gute Story ohne Bruce oder die deutschen Superweiber. Wie wär das denn? Großes Gefühlskino in der spektakulären Landschaft von blabla. Mit Michelle Pfeiffer und Jessica Lange …«
»Na ja«, grinste Sascha, »ich will meinen kostbaren freien Abend nicht unbedingt damit vertun, daß ich ein paar Weibern beim Flennen zuschaue!«
»Verständlich. Und wie wäre es mit Männerpension, den haben wir immer noch nicht gesehen?«
»Oh, bitte! Das ist deutsch und Komödie!«
Inzwischen hatte er diesen genervten Blick, und ich wußte, daß ich schnell einen Film finden mußte, der uns beiden gefallen könnte, denn lange würde seine Geduld nicht mehr dauern.
»Hier ist ein neuer von Jodie Foster«, schlug ich vor, »die finden wir doch beide gut.«
»Mit Jodie Foster oder von Jodie Foster?«
»Von. Sie hat Regie gemacht und dafür die goldene Palme bekommen.«
»Wenn sie nicht mitspielt, interessiert mich der Film nicht.«
Ich seufzte.
»Bist du sicher, daß du ins Kino gehen willst?«
»Klar, hab ich doch gesagt!«
»Na gut, dann laß uns weitersuchen.«
Ich hängte mich wieder über die Zeitung, und Sascha steckte sich eine Zigarette an und sog den Rauch geräuschvoll ein. Dann knallte er plötzlich das Feuerzeug

auf den Tisch, so daß es wie ein Tennisball abprallte und auf dem Boden landete.
»Verdammt«, sagte er wütend, »daß mit dir alles so kompliziert sein muß! Kann man nicht einfach mal ins Kino gehen? Nein, du mußt natürlich wieder einen Staatsakt daraus machen.«
Er schob seinen Teller weg und stand auf.
»Also, wenn das so ein Theater ist, kannst du alleine ins Kino gehen, ich habe keinen Bock mehr.«
Er stürmte aus der Küche, und ich guckte ihm fassungslos hinterher. Es hatte mich eiskalt erwischt. Wie so oft. Er hätte ein Schild um den Hals tragen sollen, das mich warnte, wenn er verkatert war. Es hätte mir einigen Ärger erspart.
»Sascha, reg dich ab«, rief ich ihm hinterher, »von mir aus gucken wir den Film mit Bruce Willis.«
»Ach, jetzt auf einmal!«
Sascha kam wieder in die Küche.
»Ich hab dir von Anfang an gesagt, daß nichts anderes läuft! Warum glaubst du mir nicht? Warum mußt du das Leben künstlich kompliziert machen?«
Inzwischen war das Warnschild nicht mehr zu übersehen, und ich hielt den Mund, weil es keine Argumente gibt, die chemiebedingte Störfälle im Gehirn beheben können. Zu Nebenwirkungen fragen Sie Ihren Arzt oder Apotheker. Mein Schweigen fiel nicht weiter auf, weil Sascha sich jetzt so hineingesteigert hatte, daß er das Gespräch mühelos alleine fortsetzen konnte.
»Warum einfach, wenn's auch kompliziert geht? Du mußt immer erst eine Diskussionsrunde einberufen, um die simpelsten Dinge der Welt zu entscheiden. Ich bin dir wahrscheinlich zu langweilig. Du brauchst einen Mann, der auch so eine Lust hat, alles zu zerreden, so einen intellektuellen Laberkopf. Warum hast du nicht deinen Matthias geheiratet?«
Diese Frage stellte ich mir in solchen Momenten auch, aber bevor mir der Grund wieder einfiel, sagte Sascha ihn mir.

»Der war sogar dir zu kompliziert! Du kannst froh sein, daß du mich abgekriegt hast, weil ich nicht so ein verknotetes Gehirn habe wie dieser Wichser. An dem hättest du dir nämlich die Zähne ausgebissen: Zum Frühstück werden Theaterkritiken gewälzt, dann geht's zum Brunch zu einer politischen Diskussionsrunde, und am Abend kannst du dir ein paar kreischende Tunten in der Oper reinziehen. Gegen so einen Intellektuellen stinke ich natürlich ab.«
»Ich hab das nicht so gemeint, du hast mich falsch verstanden«, sagte ich in einem hilflosen Beschwichtigungsversuch, und bohrte damit ohne es zu merken noch tiefer in der Wunde.
Sascha reagierte prompt.
»Ich weiß schon«, sagte er sauer, »du hältst mich für dumm! Aber weißt du was? Ich habe zwar nicht studiert, so wie du und deine schlauen Freunde, aber ich bin nicht dumm.«
Sascha machte ein Riesendrama daraus, daß ich studiert hatte und er nicht. Ich konnte ihm noch so oft sagen, daß es völlig egal war, weil Gefühle nichts mit Zeugnissen zu tun hatten, für Sascha war es ein Problem, das er von Zeit zu Zeit hochkochte. Das einzige, was ihn in seinen Augen von dem Makel, mir zeugnistechnisch unterlegen zu sein, befreit hätte, wäre Geld gewesen. Bei reichen Leuten fragt keiner nach der Bildung, sagte er immer. Ich fand es erstaunlich, daß ein Typ wie er so spießige Ansichten haben konnte.
Er lehnte sich an den Kühlschrank und sagte mit betont ruhiger Stimme: »Nicht jeder, der auf der Uni war, ist klug, kapiert?«
»Was du nicht sagst«, sagte ich, »also, was ist jetzt? Wollen wir ins Kino oder nicht? Du weißt, daß ich meiner Mutter rechtzeitig Bescheid sagen muß.«
»Das ist wieder mal typisch! Jetzt weißt du nicht mehr weiter und wechselst das Thema. Natürlich bestimmst du immer das Thema, ist doch klar, du bist ja die Intellektuelle. Aber das lasse ich mir nicht gefallen. Ich bin doch nicht dein Tanzbär. Mal ja Kino, mal nein Kino, sag mal

spinnst du? Ich habe Rückgrat, mit mir machst du deine Spielchen nicht. Ich bin total gestreßt von dieser Heim- und Herd-Idylle, ich gehe jetzt in den Club.«
Er brauchte immer einen Vorwand um in seiner Freizeit in den Club zu gehen, und der Streß mit mir war sein liebster.
Kaum war er weg, fing die Küche an, sich zu drehen. Ich war wieder elf und meine Eltern sagten mir, daß sie vorhatten, sich zu trennen. Die Tränen schossen mir in die Augen.
Am nächsten Tag hatte Sascha mich gefragt, was mit dem Kino war, als hätte es den Streit nie gegeben, und ich hatte keine Lust gehabt, ihn daran zu erinnern. Deshalb sagte ich nur, das Angebot meiner Mutter, heute abend babyzusitten, stünde nach wie vor. Wir einigten uns ziemlich schnell auf ›Lola rennt‹. Das war der Unterschied zwischen Sascha mit und ohne Zusatzstoffen.
Da der Film nur in einem Kino lief, fragte ich die Kellnerin, ob ich das Telefon am Tresen benutzen durfte und reservierte zwei Karten für den Fall der Fälle.
Dann las ich einen Artikel über die Andy-Warhol-Ausstellung, die wieder mal in München war, sozusagen als weiterbildende Maßnahme, und weil mir noch ein paar allgemeine Kunst-Floskeln für den Magritte-Text fehlten.
Als Moritz aufwachte, gab ich ihm etwas Tee, und danach spazierten wir durch den Zoo. Es regnete immer noch, deshalb beschränkten wir den Besuch auf die Tiere, die ein festes Dach über dem Kopf hatten.
»Schau mal, da, Moritz, das sind Nilpferde!«
Moritz starrte auf meinen ausgestreckten Finger.
»Nein, nicht da! Guck mal aufs Wasser! Da ist das Nilpferd!«
Wasser hatte für Moritz eine Bedeutung. Er guckte mich fragend an und wartete darauf, daß ich seine Gummiente hervorholte.
»Hmmm«, sagte er.
»So ähnlich«, bestätigte ich, »nur ist das Nilpferd größer

und wohnt nicht in unserem Handtuchregal, sondern dort. Guck mal da vorne hin!«
Als Moritz endlich in die richtige Richtung guckte, war dort statt einer gelben Quietschente nur eine schlammgrüne Erhebung zu sehen, die sich farblich kaum vom Wasser unterschied. Das restliche Nilpferd war abgetaucht. Wir warteten noch eine Weile, und Moritz wurde zusehends mißmutiger, weil die Gummiente nicht auftauchte.
Da das Nilpferd kein besonderer Hit war, wechselten wir zu den Elefanten. Hier gefiel es Moritz schon besser, weil eine Gruppe von Kindern, die lachend und kreischend auf und ab lief, für Entertainment sorgte.
Danach gingen wir zu den Affen. Ich weiß nicht, ob es dieselben waren, die ich in der weiterbildenden Sendung gesehen hatte, und hatte auch keine Gelegenheit zu beurteilen, wie sie die Betreuung des Nachwuchses untereinander aufteilten, weil sie keinen Nachwuchs hatten. Ich hätte auch keine Lust, mich fortzupflanzen, wenn mir fremde Leute dabei zugucken würden. Statt sich miteinander zu beschäftigen, taten die Affen ihren Job und unterhielten das Publikum. Moritz hatte richtig Spaß.
Als wir wieder nach Hause kamen, waren wir beide so erschöpft, daß ich Moritz in der Kasserole ablegte, und es mir auf der Couch gemütlich machte.
Es kam mir so vor, als hätte ich die Augen nur ein paar Minuten zu gehabt, als ich im Halbschlaf bemerkte, daß Sascha meine Haare streichelte. Der Geruch von frischem Tee stieg mir in die Nase.
»Hi Baby!«
»Hi!«
»Bist du noch sauer?«
Da ich die Frage spontan nicht beantworten konnte, stellte ich mich schlafend.
Doch Sascha durchschaute mich. Er blies sanft Luft auf meinen Hals. Das kitzelte, und ich mußte grinsen.
»Das ist ja immerhin ein Anfang«, flüsterte er.
Ich machte die Augen auf und guckte ihn an. Er sah nicht

mehr sauer aus, also wollte ich auch nicht nachtragend sein. Unvereinbarkeit der Charaktere war bei meinen Eltern der Scheidungsgrund gewesen. Mit elf wußte ich nicht, was darunter zu verstehen war, außer daß mein Vater nicht mehr bei uns wohnte. Meine Mutter hatte mir erklärt, das bedeute, daß man sich nicht verzeihen kann.

»Ich hab dir Tee gemacht«, sagte Sascha.

Er reichte mir die Tasse, und ich trank einen Schluck.

»Tut mir leid, daß ich gestern die Nerven verloren habe, ich hab zur Zeit so viel am Hals.«

Er tastete mit der Hand unter die Decke und streichelte meinen Rücken. Dann hob er die Decke hoch und legte sich neben mich. Als ich seinen vertrauten Geruch einatmete, fühlte ich mich wieder rundum wohl. Ich nahm mir vor, irgendwann mit ihm über das Koks zu sprechen, aber jetzt wollte ich nur seine Nähe genießen. Außerdem war ich viel zu müde für Diskussionen. Sascha zog mein Gesicht zu sich heran und küßte mich.

»Ich liebe es, wenn du nach Tee schmeckst«, murmelte er.

Wir küßten uns weiter, und Sascha fuhr mit der Hand sanft über meinen Rücken. Er konnte mich stundenlang streicheln, und ich liebte das. Und Sex mit Sascha war das Beste. Es war ein Gefühl, wie an Weihnachten nach Hause zu kommen. Vertraut und doch aufregend. Und die Wunderkerzen brennen.

So sehr ich es liebte und vermißte, weil ich von Sascha in letzter Zeit nicht genug bekommen hatte, mußte ich, als er mich streichelte, irgendwann eingeschlafen sein, denn das nächste, woran ich mich erinnere, ist Sascha, der in seine Schuhe schlüpfte.

Ich setzte mich auf und strich mir die zerzausten Haare aus dem Gesicht.

Sascha grinste mich an.

»War ich gut?« fragte er.

Ich mußte lachen.

»Tut mir leid! Ich war so kaputt!«

»Schon gut, Mel«, grinste Sascha, »ich weiß, wann ein Frauenkörper vor Sehnsucht nach mir erbebt.«
Er schob seine Hände unter meinem Rücken durch, hob mich hoch und hielt mich in seinen Armen und küßte mich leidenschaftlich. Dann legte er mich vorsichtig wie ein rohes Ei wieder ab.
»Du konntest nicht schlafen, weil wir gestern abend Streß hatten, stimmt's? Tut mir leid! Ich weiß überhaupt nicht, wie das so ausarten konnte?«
»Du hast wegen Matthias rumgesponnen. Und außerdem warst du zugedröhnt. Es war scheußlich.«
»Armes Mädchen. Ich bin ein fieser, böser Mann. Du bist viel zu gut für mich.«
»Das stimmt. Aber kann es sein, daß du mich nicht ernst nimmst?«
Sascha grinste.
»Doch«, sagte er dann ohne zu grinsen, »sorry!«
Er seufzte. »Es nervt mich einfach, daß Nicole noch immer versucht, dir diesen Matthias anzudrehen. Wenn sie so weitermacht, schafft sie es eines Tages noch.«
Ich setzte mich auf.
»Sascha! Matthias ist mit Nicole und Jörg befreundet, es hat nichts mit mir zu tun, daß sie ihn eingeladen hat. Und selbst wenn! Ich habe ihn wegen dir verlassen, vergiß das nicht!«
Sascha lächelte mich an.
»Schon gut, ich weiß das ja.«
Er stand auf und zog die Decke über meinen Körper.
»Du ruhst dich heute einfach mal aus, o. k., und ich gehe in mich.«
»Dann paßt es ja, daß wir heute nichts Besonderes vorhaben. Wie wär's, wenn wir nach dem Kino take-away machen? Ich hab die Karten übrigens schon bestellt.«
Sascha guckte mich erstaunt an.
»Kino«, überlegte er, »hatten wir was von Kino gesagt? Ich muß in den Club.«
»Seit wann denn das? Ich dachte, du hast einen freien Abend? Meine Mutter kommt zum babysitten.«

»Ach du Scheiße, ›Lola rennt‹! Das hab ich total vergessen.«
Er guckte mich betreten an.
»Mel, das haut nicht hin, tut mir leid!«
Ich war enttäuscht.
»Wieso denn nicht?«
»Ich muß für Doro einspringen, sie ist nicht so gut drauf.«
»Doro ist nie gut drauf, wenn sie arbeiten soll«, sagte ich sauer.
Sascha mußte grinsen.
»Du hast recht, aber was soll ich denn machen? Es ist Wochenende, Mel!«
»Gut, daß du das sagst. Ich hätte es nicht gemerkt, weil es für mich keinen Unterschied macht. Ich sitze an jedem Abend der Woche alleine zu Hause rum.«
»Hey Baby, mach's mir doch nicht so schwer!«
»Ich mache es dir nicht schwer, sondern Doro! Es ist nicht o. k., daß du dauernd ihre Schichten übernimmst. Sie hat weder ein Kind noch einen Freund. Es ist total egal, wieviel Zeit sie im Club verbringt, weil sie sowieso kein Privatleben hat.«
Sascha grinste. »Willst du, das ich ihr das so sage?«
Mir war jetzt nicht nach Scherzen zumute.
»Ach, verdammt«, fluchte ich.

wild wild life

Als Sascha weg war, setzte ich mich zu Moritz ins Zimmer und machte mich an den Magritte. Moritz versuchte wie üblich das Papier zu essen.
»Das ist auch eine Methode, um mit der Arbeit fertig zu werden.«
»Hmmm«, bestätigte Moritz.
»Wie wär's, wenn du mal an Buzz herumknabberst?«
Wir spielten eine Weile mit Buzz, und ich erzählte Moritz die Toy Story.
»Buzz ist ein unheimlich lieber Typ, er hat nur ein Problem, nämlich, daß er sich hoffnungslos selbst überschätzt.«
»Hmmm.«
»Du sagst es. Wir wissen, daß Buzz nicht fliegen kann, Woody weiß es, aber Buzz denkt die ganze Zeit, er sei ein echter Astronaut, und keine Puppe. Und jetzt der Knaller: Am Schluß kann er auf einmal fliegen, ist das nicht irre?«
Moritz guckte mich mit großen Augen an.
»Und was lernen wir daraus?«
Moritz schwieg.
Ich küßte ihn auf die Nasenspitze.
»Du bist, was du sein möchtest. Oder du kannst es dir zumindest einbilden, und das reicht ja meistens schon, um glücklich zu sein.«
Moritz lächelte, dann knabberte er an Buzz' rechtem Fuß, und ich arbeitete weiter.
Als er in der Kasserole lag, konnte ich mich besser konzentrieren und fand sogar eine falsche Jahreszahl. Welch ein Erfolg! Sie bezog sich auf ein Bild, auf dem ein Haus zu sehen war, eine mediterrane Villa. Um die Villa herum war es stockdunkle Nacht. In scharfem Kontrast dazu

strahlte es am Himmel taghell. Weiße Zuckerwattewolken auf babyblauem Grund. Je länger ich hinguckte, um so mehr hatte ich das Gefühl, daß in der Villa grausige Dinge vor sich gingen, während der Rest der Welt ein Biergarten unter Schäfchenwolken war. Ich starrte auf das Bild und überlegte, wie es sein kann, daß hell und dunkel so dicht nebeneinander existieren.
Das Telefongebimmel riß mich aus meinen Gedanken. Obwohl der Hörer direkt neben mir auf dem Boden lag, erwischte ich den Anrufer nicht mehr. Als ich die Sprechtaste drückte, war es kurz still, dann kam das Freizeichen.
Mir fiel siedendheiß ein, daß ich meiner Mutter noch nicht abgesagt hatte.
Als ich die Nummer wählte, hoffte ich, daß meine Mutter sich ausnahmsweise beherrschen konnte und sich nicht über Saschas Arbeitszeiten auslassen würde, die ihrer Meinung nach nicht mit einer Familie zu vereinbaren waren und zum Zusammenbruch derselben führen mußten. Die nachfolgende Diskussion stürzte mich erfahrungsgemäß in Depressionen, und ich grübelte tagelang darüber nach, wie ich meine Beziehung retten konnte, ohne daß Sascha den Job wechseln mußte, was illusorisch war, weil Sascha jetzt, wo er zum ersten Mal etwas tun konnte, was ihm wirklich Spaß machte, es bestimmt nicht hinschmeißen würde, nur weil meine Mutter dumme Bemerkungen machte.
Meine Mutter hatte gerade Besuch von irgendwelchen Kaffeetanten aus der Nachbarschaft und deshalb keine Zeit, mich in Depressionen zu stürzen. Es war ihr ganz recht, daß sie nicht babysitten mußte, weil heute abend ein Film auf Premiere lief, den sie bei uns nicht angucken konnte, weil wir kein Premiere hatten.
»Dann viel Spaß heute abend«, sagte ich.
»Danke. Ich kümmere mich jetzt besser wieder um meinen Besuch.«
»Gut«, sagte ich, was gelogen war.
Da meine Mutter anscheinend nicht vorhatte, dumme Bemerkungen über Sascha zu machen, hätte ich mich

doch ganz gerne noch ein bißchen mit ihr unterhalten, um zu hören, was in der Welt da draußen abging, in der alle außer mir Pläne für den Samstagabend hatten.

»Ach übrigens«, sagte ich, als sie gerade auflegen wollte, »was ist eigentlich mit Ostern?«

Das war ein geschickter Schachzug. Meine Mutter hatte eine schränkefüllende Schwäche für Dekorationen, die alljährlich saisongerecht aktualisiert wurden. Normalerweise war sie um diese Zeit schon längst vom Osterhasenfieber befallen und scharf darauf, sich darüber zu unterhalten. Aber heute ging der Schuß nach hinten los.

»Nicole hat mir erzählt, daß Sascha an Ostern nach Venedig fährt«, sagte meine Mutter, »stimmt das?«

»Nicole ist ein Plappermaul.«

»Warum fährst du nicht mit?«

»Es ist keine Urlaubsreise. Er fährt für einen Abend zu einem Meeting, und dann kommt er zurück.«

»An Ostern? Was ist denn das für ein Meeting?«

»Warum verbietest du ihm nicht zu arbeiten? Wir könnten ja von deinem Geld leben!«

»Entschuldige, daß ich mir Sorgen mache«, sagte meine Mutter beleidigt, »ich finde nur, ihr solltet etwas Zeit miteinander verbringen. Nicht daß ihr so endet wie Papi und ich.«

Jetzt hatte sie es geschafft. Ich war deprimiert.

Meine Mutter sagte nie, daß es ihr leid tat, daß es mit meinem Vater nicht geklappt hatte. Ganz im Gegenteil. Sie sagte, daß diese Ehe das Beste war, was ihr passieren konnte, weil aus ihr zwei wunderbare Töchter hervorgegangen waren. Ich erinnerte sie ab und zu daran, daß sie außerdem das Haus behalten hatte, während mein Vater mit dem Scheidungsgrund in eine kleine Wohnung ziehen mußte. Meine Mutter hatte das Haus noch, während der Scheidungsgrund meinem Vater nach einem halben Jahr davongelaufen war. Trotzdem machte es nicht den Eindruck, als ob sie darüber zufrieden sei, und einer ihrer

Standardsprüche war, wir sollten zusehen, daß uns so etwas nicht passierte. Leider sagte sie nie, wie wir es verhindern könnten.

»Ich wollte dieses Jahr kein Osterfrühstück machen«, sagte meine Mutter plötzlich.

Ich war platt.

»Was soll das denn heißen? Ich dachte, wir frühstücken bei dir? Wie immer. Du hast doch bestimmt schon alle Häschen und Eier und so eingekauft?«

Meine Mutter lachte.

»Ich habe dieses Jahr nichts dazugekauft. Man kann es auch übertreiben, weißt du?«

Das war mir neu.

»Was ist denn mit dir los?«

Meine Mutter lachte.

»Nichts.«

»Und warum gibt es dann kein Osterfrühstück?«

»Ich dachte, nur, weil Nicole nicht da ist, wir könnten es mal anders machen als sonst. Ich habe neue Nachbarn. Du weißt doch, daß die Strattmanns umgezogen sind? Das weiße Haus hinter unserem Grundstück ...«

Das war mal ein schneller Themenwechsel! Und vom Krisengebiet im Kosovo jetzt zu unsrem Wetter. Ich hatte weder Ahnung, wer die neuen Nachbarn waren, noch Interesse, mich über sie zu unterhalten. Und zu weißen Häusern hatte ich seit dem Magritte ein gespaltenes Verhältnis.

»Aha«, sagte ich ungeduldig, »und was ist mit denen?«

»Jedenfalls hat das Ehepaar Möhlmann das Haus gekauft. Wirklich sehr nette Leute. Er ist ...«

»Hat Herr Möhlmanns Job irgendwas mit unserem Osterfrühstück zu tun?«

»Du bist wie dein Vater, Melanie, der läßt mich auch nie ausreden. Jedenfalls sind die Möhlmanns gerade zum Kaffee hier, deshalb muß ich jetzt auch schlußmachen. Ich wollte nur sagen, daß sie auch so gerne wandern, und wir sind gerade dabei zu überlegen, ob wir an Ostern, sofern das Wetter es erlaubt, zusammen in die Berge fahren.«

Ich war schockiert. Anscheinend hatte jeder außer mir eine Freizeit und entsprechende Pläne dafür. Sogar meine Mutter!

»Ich hoffe, du bist jetzt nicht enttäuscht«, sagte sie jetzt glatt, »Nicole ist in London, und ich dachte, du unternimmst was mit Sascha. Ihr solltet wirklich wegfahren.«

»Mutti! Das Thema hatten wir schon.«

Als wir aufgelegt hatten, grübelte ich darüber nach, wie ich meine Beziehung vor dem Untergang bewahren konnte. Ein Urlaub war wirklich keine schlechte Idee. Es tat immer gut, mal rauszukommen, nach Venedig besonders.

Das letzte Mal waren wir auf dem Weg nach Sizilien dort gewesen. Nachdem wir stundenlang mit quietschenden Scheibenwischern durch den Regenmatsch gepflügt waren und müde Augen hatten, machten wir kurzerhand in Venedig halt und verbrachten dort einen tollen Abend, der bis in den Morgen ging. Bei Sonnenaufgang fuhren wir mit dem ersten Vaporetto zum Lido und dort hat Sascha mir einen Heiratsantrag gemacht. Es war der schönste Antrag, den man sich vorstellen kann, und obwohl wir immer noch nicht dazugekommen waren zu heiraten, war von da an klar, daß wir zusammengehörten.

Ich hätte solche Lust gehabt, an Ostern mit Sascha mitzufahren, aber er wollte partout nicht länger als den einen Tag bleiben. Wir haben kein Geld, ich muß arbeiten – das Übliche.

Um mich von der Urlaubsmisere abzulenken, guckte ich noch ein bißchen in den Magritte, und konnte sogar eine Kunstfloskel aus dem Warhol-Artikel einbauen, die dem Kapitel den letzten Schliff gab. Als ich zu müde wurde, um weitere Fehler zu finden, ging ich in die Küche.

Ich nahm mir einen Joghurt aus dem Kühlschrank und sah, daß der Karton mit den Eiern, den ich vorgestern gekauft hatte, noch voll war. Wenn meine Mutter streikte, mußte ich wohl dieses Jahr selbst Eier bemalen. Ich setzte die Eier auf. Von diesen Möhlmanns würde ich mir unsere Ostertradition nicht über den Haufen werfen lassen.

Dann setzte ich mich mit dem Joghurt und einem Glas Rotwein an den Tisch und blätterte in dem Flyer, der noch auf dem Tisch lag.
Es waren Berichte über Clubs darin, und über Leute, die aussahen, als hätten sie eine Menge mehr Spaß am Leben als ich heute abend. Zumindest zeigten sie es nicht, wenn sie keinen hatten. Es gab sogar eine ganze Seite über den letzten Faschingsdienstag im Club. Von mir war leider kein Foto dabei, was schade war, weil ich eine Superverkleidung hatte. Ich war Pussy Galore aus Goldfinger und hatte mir sogar in einem Oma-Friseursalon um die Ecke die Haare im Jackie-O.-Stil toupieren und föhnen lassen. Der Fotograf mußte gekommen sein, als ich schon weg war. Ich mußte an dem Abend früh nach Hause, weil meine Mutter babysittete. Dafür kam Sascha auf einem Foto ganz gut rüber. Er war als Rudi Carell gegangen und trug einen hellblauen Anzug und eine graue Perücke mit einem idiotischen Scheitel. Um den Schrecken zu vervollständigen, hatte er sich zwei lange Plastikzähne gekauft, mit denen er in die Kamera grinste. Er sah mehr aus wie der Hase Cäsar als wie Rudi. Doro war auf allen Fotos drauf. Sie grinste, knutschte oder prostete mir überall entgegen. An dem Abend hatte sie toll ausgesehen. Sie trug ein schwarzes Lackoutfit, und ich war mir total unbedarft vorgekommen, weil ich nicht kapiert hatte, wen sie darstellte und niemanden fragen wollte. Ich vermutete, daß es eine Insidersache war, und wollte nicht als dummes Muttchen geoutet werden, das dermaßen hinter dem Mond lebt, daß es witzige Anspielungen auf den zeitgeistigen Alltag nicht versteht. Ich habe es nie erfahren. Wer cool sein will, bleibt eben dumm.
Doro war klein und dünn, dünner als ich, und hatte schwarze glatte Haare. Geschminkt sah sie aus wie Cher, ungeschminkt wie Harald Schmidt mit Perücke. Vermutlich malte sie sich die Lippen so stark an, um von der Tatsache abzulenken, daß sie keine hatte. Leute mit einem Strich im Gesicht wirken kalt, und Doro war eiskalt. In einem anderen Leben wäre sie Gefängnisaufseherin gewor-

den. Sie kommandierte die Leute an der Bar herum und behandelte die Gäste von oben herab, als sei es eine Gnade, daß sie ihr Geld in ihrem Laden lassen durften. Es war kein Wunder, daß Sascha gestreßt war, wenn er nach einem Abend mit ihr nach Hause kam.

Doch auch wenn sie ihn nervte und herumkommandierte, verteidigte er sie. Du verstehst sie nicht, sagte er, weil du anders bist. Du mußtest nie kämpfen. Was folgte, war ein Sozialdrama über unterprivilegierte Kinder, die zu Weihnachten nur ein Spielzeug kriegten und im Erwachsenenleben alles nachholen mußten, was ihnen vorenthalten worden war. Sascha und Doro kamen sozusagen aus demselben Stall, und manchmal war ich deswegen richtig eifersüchtig auf sie. Da ich in ihr Geheimnis eingeweiht werden wollte, hatte ich den Versuch gemacht, Saschas Familie besser kennenzulernen, aber Sascha hatte sich mit Händen und Füßen dagegen gewehrt. Sein Elternhaus sei ein Sumpf, und anscheinend fürchtete er, daß auch Besucher darin versinken würden. Er wollte die Vergangenheit hinter sich lassen und sein neues Leben schöner und besser gestalten. Saschas größte Angst war es, so zu enden wie seine Eltern. Deshalb riß er sich im Club den Hintern auf.

»Du verstehst das nicht«, sagte er, »aber ich will etwas erreichen. Es kommt nicht jeder so durchs Leben, wie du. Ich weiß, über Geld redet man in deinen Kreisen nicht, was Prinzessin? Das ist ja auch kein Problem, wenn man es hat. Aber mir ist noch nie im Leben etwas geschenkt worden. Ich muß mir alles selber erkämpfen.«

In diesem Punkt war Sascha wie mein Vater, der auch dachte, daß die Aufgabe eines Familienhäuptlings darin bestand, Geld anzuhäufen. Daß er dafür einen hohen Preis bezahlte, bemerkte er genauso wenig wie mein Vater.

Als ich den Flyer durchhatte, waren die Eier fertig und mein Rotweinglas leer. Ich goß noch mal nach, dann schreckte ich die Eier ab, holte meinen Aquarellkasten und fing an zu malen.

Es wurden sehr schrille Ostereier, vielleicht, weil ich beim Malen die Flasche gekillt hatte.

Nachher im Bett stellte ich mir vor, daß Sascha neben mir lag. Oder ein anderer Mann. Ein Mann, der Zeit für mich hatte. Aber ich wußte, daß ich keinen anderen als Sascha wollte, und nur deshalb durchdrehte, weil ich zuviel Rotwein und zuwenig Sex hatte. Und weil ich hundemüde war. Ich zog die Decke über den Kopf.
Als ich aufwachte, war es noch dunkel.
Ich hörte Saschas Stimme. Er unterhielt sich mit jemandem. Ich tastete nach dem Wecker. Es war kurz nach fünf. Ich stand leise auf und machte die Schlafzimmertür auf. Sascha redete englisch. Ich zog meinen Bademantel über und ging auf den Flur. Jemand antwortete auf englisch. Wenn ich jetzt dazukam, würde dieser Jemand den Wink hoffentlich verstehen und abhauen. Sascha könnte mit mir ins Bett kommen und mich davor bewahren, von fremden Männern zu fantasieren.
Die Küchentür stand einen Spalt offen, und ich hörte, daß sie über Fußball sprachen. Die andere Stimme war die von Ike. Als ich am Flurspiegel vorbeikam, stellte ich fest, daß ich es in meinem Bademantel nicht mit den attraktiven Frauen aufnehmen konnte, denen sie heute abend vermutlich reihenweise begegnet waren. Ich zupfte meine Haare notdürftig zurecht und rieb mir den Schlaf aus den Augen, als plötzlich ein schlürfendes Geräusch zu hören war. Es war mir unangenehm, das mitzukriegen, als hätte ich sie bei etwas Intimem belauscht, obwohl sie sich in Wirklichkeit nur eine Line reinzogen. Als das Schlürfen aufhörte, redeten sie weiter.
»Everybody hates him«, sagte Ike, »except for his spicy girl.«
»It's unfair because he really is a good player.«
»In some jobs you make only one mistake. You should know that.«
Sascha antwortete nicht.
Ich atmete tief durch und wollte gerade in die Küche gehen, als mein Blick durch den Türspalt auf die Knarre fiel, die auf dem Tisch lag. Sie glitzerte silbern.

Ich erschrak und trat automatisch einen Schritt in den Flur zurück und hoffte, daß mich die beiden nicht gesehen hatten. Aber sie unterhielten sich weiter, und ich ging auf Zehenspitzen zurück ins Schlafzimmer und drückte die Tür leise zu. An Schlaf war jetzt nicht mehr zu denken.

Nach etwas, das mir vorkam wie eine Ewigkeit, hörte ich die beiden im Flur, dann fiel die Wohnungstür ins Schloß. Es wurde still, nur mein Herz pochte laut. Waren sie zusammen weggegangen, oder war Sascha hiergeblieben und Ike war weg?

Auf einmal Schritte. Sascha ging ins Bad. Im nächsten Moment fing er laut an zu würgen. Ich saß wie versteinert im Bett und hörte ihm beim Kotzen zu. Du kotzt jetzt ein paar hundert Mark ins Klo, dachte ich wütend, aber für Urlaub hast du kein Geld.

Als er fertig war, ging er mit schleppenden Schritten in sein Zimmer und ließ die Tür hinter sich zuknallen. Ich wartete, bis ich sicher sein konnte, daß er schlief, dann stand ich auf und ging auf die Toilette. Es stank nach Galle, und ich trat mitten in den warmen Brei. Angewidert zog ich meinen Fuß zurück und hüpfte auf einem Fuß ins Bad. Ich duschte mich ab und pinkelte dabei in die Badewanne. Dann ging ich in die Küche. Die Knarre war weg, meine Ostereier auch. Inmitten der Schalen lag ein Tütchen Koks.

the streets of philadelphia

Sieben Uhr, Nieselregen, kein Mensch unterwegs. Wo sind die nur alle?
Ich schob den Kinderwagen zum Hauptbahnhof, die einzige Chance, um diese Zeit ein offenes Café zu finden. Reisende und andere Heimatlose tranken schweigend Kaffee aus Pappbechern und stierten einander mit leerem Blick an. Der Tee sah aus wie Brackwasser und schmeckte auch danach. Das Croissant war eindeutig aus Styropor.
Der einzige, dem die Atmosphäre hier nicht aufs Gemüt schlug, war Moritz. Er nuckelte an der Sonntagszeitung. Sie schien ihm gut zu schmecken, da aber Druckerschwärze nicht zu den empfohlenen Grundnahrungsmitteln für Kleinkinder gehört, wand ich sie ihm aus den Knubbelfingern und ersetzte sie durch den Plastikteelöffel. Die geschmackliche Umstellung störte ihn nicht, aber er fand den Löffel anscheinend zu trocken, deshalb versuchte er, ihn in den Tee zu tunken, mit dem Ergebnis, daß die Tasse umfiel und das Brackwasser über die Zeitung lief.
Jetzt war nur noch die Titelseite zu lesen. Briefträger erschlug Frau und drei Kinder mit Eisenstange, berichtete die Schlagzeile. Amoklauf eines Wahnsinnigen oder Verzweiflungstat eines Kranken? Diese Frage sollten sich die Schreiberlinge selbst beantworten, ich hatte meine eigenen Probleme. Da las ich doch lieber den Artikel über eine Schauspielerin, die mit Trennkost zwanzig Kilo abgenommen hatte. Sie hoffte, daß das ihrer Karriere neuen Aufschwung geben würde. Wenn das nicht der Fall sein sollte, würde spätestens das Foto seine Wirkung nicht verfehlen, dachte ich, denn sie hatte sich nackt abbilden lassen und man konnte deutlich erkennen, wie gut ihr die Diät bekommen war. Nach diesem Bericht konnte mich

selbst der Briefträger nicht mehr schocken. Am Samstag war der zweiunddreißigjährige Manfred W. gegen 20 Uhr nach Hause gekommen. Nach einem heftigen Streit mit seiner Frau verließ er die Dreizimmerwohnung im dritten Stock des Mietshauses um 20 Uhr 30. Nachbarn verständigten die Polizei, als sie nach der Frau sehen wollten, und keine Reaktion aus der Wohnung kam. Beim Eintreffen der Beamten waren Frau W. und ihre drei Kinder bereits verstorben. Manfred W. befindet sich derzeit in Untersuchungshaft. Laut Angaben der Polizei hat Herr W. die Tat gestanden und bereut sie zutiefst. An den Tathergang kann er sich nicht erinnern, weil er zu dem Zeitpunkt unter Alkoholeinfluß stand. Da Herr W. unter akuten Depressionen leidet und deshalb Selbsttötungsgefahr besteht, hat sein Anwalt die Einweisung in eine psychiatrische Klinik beantragt.

Nachdem ich ein Vermögen für das Brackwasser und das Styroporteil bezahlt hatte, schob ich den Kinderwagen zum Stadtmuseum, in der Hoffnung, dort eine saubere Toilette zu finden, auf der ich Moritz wickeln konnte. Als wir fertig waren, rief ich von der Telefonzelle vor dem Museum aus Paula an.

»Hmhm«, sagte sie in den Hörer.

»Ich wollte mal sehen, was du so machst?«

»Was denkst du denn? Es ist mitten in der Nacht!«

»Hab ich dich geweckt?«

»Ja!«

»Tut mir leid! Ich lege wieder auf. Schlaf weiter.«

»Wieso rufst du um die Zeit an, ist was?«

»Ich wollte nur fragen, ob du Lust hast, mit mir zu frühstücken?«

»Jetzt? Weißt du, wie spät es ist?«

»Keine Ahnung. Die Museen haben schon auf.«

»Sag bloß, du warst schon im Museum?«

»Nur kurz ...«

»– – –«

»... um Moritz zu wickeln.«

»Ach so?«

Sie räusperte sich.
»Na gut, dann schlaf mal wieder.«
»Halt, warte! Komm doch vorbei!«
»Bist du sicher?«
»Klar.«
»Aber ...«
»Kein Aber. Kannst du Brötchen mitbringen?«
»Irgendwas besonderes?«
»Nö.«
Sie nuschelte etwas unverständliches in den Hörer.
»Was ist los? Ich versteh dich so schlecht.«
Sie wiederholte das Genuschel. Es klang so ähnlich wie ›ich bin nicht klein‹, eine Eröffnung, die mich nicht überraschte, denn Paula hatte Model-Maße. Nur, warum erzählte sie mir das jetzt?
»Waaas?«
Sie seufzte.
»Nichts. Kauf einfach die Brötchen und komm, o.k.?«
»Mach ich. Bis dann.«
Kurze Zeit später war ich im S-Bahn-Untergeschoß und kaufte eine Tüte Brötchen.
»Hätten Sie auch gerne Croissants«, fragte die Verkäuferin, die so müde aussah wie ich mich fühlte.
»Nein danke, die hatte ich heute schon.«
Als Paula mir eine Viertelstunde später die Wohnungstür aufmachte, sah sie immer noch verschlafen aus, zumindest wirkte der Teil ihres Gesichts, der unter den dunklen Locken zu erkennen war etwas zerknittert. Zur Begrüßung nuschelte sie wieder und deutete mit dem Daumen in Richtung Küche. Dort stand ein ebenfalls verschlafen aussehender Typ und machte Kaffee.
»Melanie, das ist Tomas.«
Tomas grinste mich freundlich an.
»Hallo. Möchtest du auch Kaffee?«
Endlich mal jemand, der hier nicht nuschelte.
»Tee wäre mir lieber«, antwortete ich, »warum hast du mir nicht gesagt, daß du nicht alleine bist, Paula?«
»Hab ich doch!«

»Tut mir leid, aber du hast eine ziemlich undeutliche Aussprache!«
»Tee kommt sofort«, sagte Tomas.
Aber Paula nahm ihm den Wasserkocher aus der Hand.
»Laß nur, ich mach das schon.«
Tomas zuckte mit den Schultern, dann beugte er sich über den Kinderwagen.
»Ist das dein Baby?«
Ich nickte. Dachte er, ich schleppe sonntags morgens wildfremde Kinder durch die Gegend?
»Süß! Wie alt ist er denn?«
»Sieben Monate.«
»Süß«, sagte Tomas wieder. Dann küßte er Paula auf den Nacken und fragte sie, wo er ein frisches Handtuch finden könnte. Als er im Bad verschwunden war, grinste Paula triumphierend.
»Na, was hab ich gesagt?«
»Keine Ahnung. Ich hör dir nie so genau zu.«
Paula lachte. »Über Männer und Babys. Sie fahren voll drauf ab!«
»Jeder fährt auf Babys ab. Frauen auch!«
»Mit dir kann man nicht reden, du hast keine Ahnung von Männern«, sagte sie. »Aber es ist gut, daß du vorbeigekommen bist, weil ich nämlich kein Brot mehr hatte, und außerdem habe ich keine Lust, mit dem Typen alleine zu frühstücken.«
»Wieso denn das?«
»Es gibt nichts Schlimmeres als den Morgen danach«, erklärte sie.
»Was hast du denn? Tomas scheint doch ganz nett zu sein.«
»Klar, deswegen hab ich ihn gestern ja auch mitgenommen«, grinste sie, »aber die Gespräche am nächsten Tag sind meistens oberpeinlich. Ich weiß nie, was ich mit den Typen reden soll?«
»Das ist doch nicht so schwer. Frag ihn, was er so macht!«
»Und was, wenn er hauptberuflich Tiere tötet oder in der CSU ist? Ich will es lieber nicht wissen!«

»Na gut, dann frag ihn etwas anderes!«
»Genau das isses!« Sie schlug sich mit der flachen Hand an die Stirn. »Ich frag ihn etwas anderes! Prima Idee, danke! Sag mir lieber mal, wieso du schon so früh auf den Beinen bist?«
»Mein Wecker bimmelt immer um diese Zeit ...«
Ich deutete auf Moritz, aber Paula nahm mir die Ausrede nicht ab.
»Willst du mir nicht sagen, was los ist«, fragte sie.
Ich zuckte mit den Schultern.
»Ich weiß es doch selbst nicht.«
»Du treibst dich sonntags zu dieser unmenschlichen Stunde auf der Straße herum und weißt nicht wieso?«
»Sascha hatte 'ne lange Nacht, und ich will ihm nicht über den Weg laufen, wenn er aufwacht. Ich mußte einfach weg, o. k.?«
»O. k.!«
Sie guckte mich prüfend an, dann umarmte sie mich. Ihre Haut war weich und duftete nach Parfum. Ich wäre am liebsten stundenlang so stehengeblieben, doch dann hörte ich, wie ihre Eroberung der letzten Nacht aus dem Bad kam. Ich löste mich aus ihren Armen.
»Laß uns ein andermal reden, o. k.?«
»O. k. Du machst es dir jetzt einfach gemütlich, und ich werde Tomas dezent entsorgen.«
»Wieso hast du es so eilig, ihn loszuwerden? Guck ihn dir doch mal bei Tageslicht an!«
»Hör mal Melanie«, sagte Paula streng, »ich halt mich raus, was Sascha angeht, und du tust bitte bei meinen Typen dasselbe!«
Sie konnte stur sein wie ein Esel.
»Ich versteh dich nicht«, sagte ich, »wie schlimm kann es denn sein? Ich glaube kaum, daß du entdeckst, daß du die Nacht mit einem Neonazi verbracht hast. Oder mit einem Staubsaugervertreter ...«
»Alles schon vorgekommen«, sagte Paula resigniert, »du hast ja keine Ahnung, was für unmögliche Männer man auf der freien Wildbahn trifft.«

Nicht nur dort, dachte ich. Wenn man Pech hatte, liefen sie einem tagtäglich in der eigenen Wohnung über den Weg.
»Aber du fandest ihn doch letzte Nacht ganz gut.«
»Na ja, auch wir Singles haben menschliche Bedürfnisse«, sagte Paula, »aber sei mal ehrlich: Ein Mann, der sich so easy abschleppen läßt, muß doch 'ne Macke haben!«
Ich mußte lachen.
»Ganz im Gegensatz zu einer Frau, bei der es ein Zeichen von geradezu göttlicher Perfektion ist ...«
Paula lachte und versetzte mir einen Kniff in die Rippen.
Tomas kam in die Küche.
Er war frisch geduscht und sah äußerst appetitlich aus, und machte nicht den Eindruck eines Menschen, der entsorgt werden wollte. Ganz im Gegenteil.
»Mhmm, das sieht ja einladend aus«, sagte er.
Ich war gespannt, ob Paula es übers Herz bringen würde, dem Objekt ihrer Bedürfnisbefriedigung die verdiente Stärkung zu verweigern.
Moritz quengelte in seinem Wagen. Er war ungehalten, weil sich keiner mit ihm unterhielt oder zumindest die Höflichkeit besaß, ihm einen Teelöffel zum Spielen anzubieten.
»Hat der Kleine Hunger?« fragte Tomas.
»Ihm ist langweilig«, erklärte ich.
»Darf ich ihn rausnehmen?« fragte Tomas.
»Ich warne dich! Er läßt dich bestimmt nicht in Ruhe frühstücken.«
»Das schaff ich schon«, sagte Tomas, »was dagegen?«
Ich schüttelte den Kopf. Wie konnte ich etwas dagegen haben, daß sich zur Abwechslung mal jemand anderes um mein Baby kümmerte, so daß ich in aller Ruhe Tee trinken konnte.
Tomas nahm Moritz auf den Schoß, und der strahlte ihn im Gegensatz zu Paula verliebt an. Sie rollte nur mit den Augen, um mir zu bedeuten, daß es ihr leid tat, daß wir nicht alleine waren und reden konnten. Ich fand das nicht schlimm, ich hätte ohnehin nicht gewußt, was ich sagen

sollte. Außerdem fand ich Tomas sympathisch. Warum sollte ich nicht auch mal in den Genuß kommen, mit einem netten Mann zu frühstücken? Daraufhin fügte sich Paula in ihr Schicksal und biß in ihr Marmeladenbrötchen. Tomas erklärte Moritz inzwischen, wie eine Eieruhr funktioniert.

»Man dreht sie auf, siehst du, so, und dann macht sie ticktick.«

Moritz machte große Augen. Plötzlich bimmelte die Uhr los. Moritz guckte Tomas fragend an und schob die Unterlippe vor.

»Brrrrrr«, sagte Tomas.

Moritz zog die Unterlippe zurück.

»Mmmm«, sagte er.

»Genau: Brrrr«, sagte Tomas.

Die beiden verstanden sich bestens. Tomas drehte die Uhr noch mal auf. Tick tick tick. Bimmel bimmel. Moritz grinste.

»Mmmm«, sagte er.

»Wo wart ihr denn gestern abend«, fragte ich, als ich die Eieruhr-Demonstration nicht mehr so faszinierend fand.

»In der Milchbar«, sagte Paula, »ich war mit Nana und Robert unterwegs, aber die beiden haben früh schlappgemacht, und ich bin noch ein bißchen geblieben.«

»Und dann kam ich«, sagte Tomas triumphierend.

Paula guckte ihn ähnlich herablassend an wie ihre ausgedienten Klamotten bevor sie sie mit spitzen Fingern in den Altkleidercontainer entsorgte. Der arme Tomas hatte anscheinend keine Ahnung, daß Paula vorhatte, ihn anderen Bedürftigen als Spende zu überlassen.

Ich fand, daß er diese Behandlung nicht verdient hatte, und lächelte ihn freundlich an. Tomas lächelte zurück.

»Bist du alleine mit dem Kleinen?« fragte er.

»Ja«, sagte Paula.

»Nein«, sagte ich.

Tomas guckte fragend.

»Ich lebe mit Moritz' Vater zusammen«, sagte ich.

»Der heute vormittag seinen Kater ausschlafen muß«, ergänzte Paula, »wie übrigens auch an allen anderen Tagen der Woche.«
»Mußte das sein«, fragte ich. Es war mir peinlich, daß sie mich vor Tomas bloßstellte.
»Schon gut«, wiegelte Paula ab, »Sascha ist wirklich sympathisch. Wahrscheinlich spinne ich, aber mir sind Männer wie er suspekt.«
»Was für Männer?«
»Ich weiß es nicht! Diese charmanten Typen, die gut aussehen und immer alles im Griff haben ...«
Spätestens jetzt war mir klar, daß sie nicht von Sascha redete. Der Typ hatte nichts im Griff. Doch das konnte sie nicht wissen, denn sie kannte ihn eigentlich nur aus dem Club, wo es tatsächlich den Eindruck machte, und ich hatte ihr ja noch nie erzählt, daß der Eindruck täuschte.
»Eine Frau, die Losern eine Chance gibt«, grinste Tomas, »das finde ich nett!«
Paula guckte ihn erstaunt an. »Heißt das, daß du dich als Loser bezeichnest?«
Tomas lachte, vermutlich, weil es ihn freute, daß Paula ihn ausnahmsweise zur Kenntnis nahm.
»Auf keinen Fall«, sagte er, »auch wenn ich dann damit leben muß, daß ich bei dir kein Glück habe.«
»Du hättest mehr Chancen im Lotto«, sagte Paula wahrheitsgemäß.
Tomas schwieg und guckte Paula zu, die hochkonzentriert dünne Honigfäden auf ihr Brötchen träufeln ließ.
»Ich versteh das nicht«, sagte ich, »wieso sind dir charmante Typen suspekt?«
Ihre Auswahlkriterien was Männer anging waren schwer nachvollziehbar.
»Ich weiß, das ist ein Vorurteil«, gähnte sie und schob sich die Mähne aus dem Gesicht, »aber diese Typen erinnern mich an meinen Vater, verstehst du?«
Ich verstand es nicht, weil ich ihren Vater nicht kannte. Ich hatte einmal ein Bild von ihm in der Zeitung gesehen,

davon abgesehen wußte ich, daß er Künstler war, getrennt von ihrer Mutter lebte, und daß er Paulas Konto regelmäßig auffüllte. Das war alles, was ich wußte, weil Paula so gut wie nie über ihn redete.
»Ich weiß, daß dein Vater gutaussehend und erfolgreich ist«, sagte ich, »aber daß er darüber hinaus noch charmant ist, ist echt too much. Kein Wunder, daß du ihn nicht magst!«
Tomas guckte erstaunt von Paula zu mir und zurück. Paula lachte.
»Das versteht keiner, ich weiß«, sagte sie dann. »Alle mögen meinen Vater. Er ist immer gut drauf und nett und geht auf die Partys auf die alle wollen, weil sie in den Gesellschaftskolumnen stehen. Aber die Leute haben keine Ahnung, wie er wirklich ist.«
»Wie ist er denn wirklich«, wollte Tomas wissen.
Zum zweiten Mal heute morgen guckte Paula nicht an ihm vorbei.
»Mein Vater ist ein Egozentriker, daß es zum Himmel stinkt«, sagte sie, »er ist süchtig nach Anerkennung. Die ganze Welt muß sich um ihn drehen, und er tut alles, um der glanzvolle Mittelpunkt zu sein. Dafür geht er über Leichen.«
»Wie meinst du das?« fragte ich, »er ist doch nett zu dir, oder nicht?«
»Na klar«, schnaubte Paula verärgert, »solange ich die Verzierung auf seinem Kuchen spiele. Ich war für ihn immer nur ein Püppchen, das er vor seinen Freunden gnadenlos vorgeführt hat. Familie zu haben, eine hübsche Frau und ein Kind, das gehörte für ihn zum Leben wie ein Ferienhaus in der Toscana. Nicht mehr und nicht weniger. Wie es uns dabei ging, war ihm scheißegal. Meine Mutter hat sich um mich gekümmert, während er auf Partys rumhing und das Foto, das er von mir in der Brieftasche hatte, herumzeigte.«
Sie lachte bitter.
»Er hat mich nach einer Malerin benannt. Sagt das nicht alles?«

Ich mußte an Sascha denken. Singles waren in seinen Augen Verlierer, die durch das soziale Netz zwischenmenschlicher Akzeptanz durchgefallen waren. Beziehung, möglichst mit Kind, gehörte für ihn auch zum Leben dazu. Doch jetzt, wo er beides hatte, interessierte er sich erstaunlich wenig dafür. Er wußte nicht, wie man das Oberteil von Moritz' Kinderwagen abmontierte, und es war nur symptomatisch, daß er es noch nicht auf die Reihe gekriegt hatte, die Kindermöbel von meiner Schwester abzuholen. Möglicherweise waren Moritz und ich auch nur Attribute wie der coole Job und der silberne Turbo, Äußerlichkeiten, die beweisen sollten, daß man beruflich wie privat erfolgreich war.

»Und wie ist euer Kontakt jetzt?« fragte Tomas.

»Wir kommunizieren per Bankkonto«, sagte Paula trocken, »er gibt mir Geld, weil er sich dabei als guter Vater fühlt, und ich nehme es, weil es das einzige ist, was ich von ihm bekommen kann.«

»Du hast ihm sicher schon gesagt, daß du lieber etwas anderes hättest«, wollte Tomas wissen.

Paula seufzte.

»Ich kann ihn sowieso nicht ändern, und schließlich lebe ich ganz gut damit. Er ist eben egoistisch und unzuverlässig. Weißt du noch, Mel, die Magisterparty?«

Ich nickte.

Ich wußte noch genau, wie enttäuscht Paula damals war. Wir hatten nach der Zeugnisverleihung eine Art Stehempfang mit Prosecco aus Pappbechern im Innenhof der Uni organisiert. Nicole und sogar meine Eltern waren zu dieser höchst überflüssigen Feier gekommen. Es war wenig schmeichelhaft für mich, daß sie so beeindruckt waren, als ich ihnen meinen Magister in Kunstgeschichte, ein mehr oder weniger dekoratives Stück Altpapier, zeigte. Aber sie waren gekommen. Im Gegensatz zu Paulas Eltern. Ihre Mutter war auf Kur und insofern entschuldigt, aber auf ihren Vater war sie so böse, daß sie kaum über etwas anderes redete und ihren Ärger in dem drittklassigen Prosecco zu ertränken versuchte.

»Er hätte wenigstens absagen können«, sagte sie.
»Aber du hast ihm doch gesagt, daß du dich geärgert hast«, wollte ich wissen.
Paula grinste.
»Was glaubst du, wer mir damals den Thailand-Urlaub finanziert hat?«
»Nichts gegen Thailand«, sagte ich, »aber du solltest mal mit deinem Vater reden.«
Man hat keine Probleme, solange man über alles redet, war eines der geflügelten Worte meiner Eltern, das ich so verinnerlicht hatte, daß ich fest davon überzeugt war, wenn ich nur einmal die Gelegenheit hätte, mit Sascha normal zu reden, würde wieder alles so wie früher. Diese Hoffnung konnte auch die Tatsache nicht zerstören, daß meine Mutter trotz vieler Gespräche meinem Vater seine Affären nicht hatte ausreden können.
Paula hielt anscheinend nicht sehr viel von dieser Theorie, jedenfalls schnaubte sie nur verächtlich.
»Ich halte es da mit meiner Mutter«, sagte sie, »vergiß es, mit dem Typen zu reden. Er ist nur über seinen Geldbeutel zu kriegen.«
»Da ist was dran«, sagte Tomas, »es gibt Situationen, da kannst du labern was du willst. Wenn der andere dich nicht verstehen will, hast du keine Chance.«
Paula grinste.
»Erzähl uns jetzt bloß nicht, daß du zu Hause eine Frau sitzen hast, die dich nicht versteht!«
Ich guckte Paula fragend an. War ihr womöglich auch das schon passiert?
Tomas lachte.
»Nein, nein. Ich habe zur Zeit keine Freundin. Ich mußte an eine Situation mit meinen Eltern denken, ist aber schon etwas her.«
»Aha«, sagte Paula, »du bist also auch einer von denen, die sich von ihren Eltern aushalten lassen und sie dafür mit Verachtung strafen. Willkommen im Club.«
»Nein. Ich hab keine Probleme mit meinen Eltern. Aber es gab eine stressige Zeit, weil sie unbedingt wollten, daß

ich in ihre Firma einsteige, und ich wollte Geologie studieren. Ich hatte einfach keine Lust, mein Leben zwischen Lippenstiften und Make-ups zu verbringen.«
Paula guckte mich bedeutungsvoll an.
»Deine Eltern machen eine Travestie-Show«, fragte ich vorsichtig. Dabei versuchte ich, den Eindruck zu erwecken, als sei das für mich nichts Ungewöhnliches.
Tomas lachte laut auf.
Paula machte es im Gegensatz zu mir nichts aus, ob sie engstirnig auf das Künstlerkind wirkte.
»Laß mich raten«, prustete sie, »ihr Traum war, daß du Clown wirst?«
Sie gackerte laut los, so daß Moritz, der in Tomas' Armen am Einschlafen war, die Augen wieder aufmachte und sie verwundert anguckte. Ich war ebenfalls erstaunt, weil ich Paula selten so taktlos erlebt hatte. Erst hatte sie Tomas nicht beachtet, und jetzt versuchte sie, ihn lächerlich zu machen. Wenn sie mit Männern immer so umsprang, würde sie sich bis an ihr Lebensende mit One-nightstands zufriedengeben müssen.
Doch Tomas trug es mit Fassung.
»Nein«, sagte er lächelnd, »das hätte ich ja noch spannend gefunden. Sie sind in der Kosmetikbranche.«
Paula war ausnahmsweise mal beeindruckt.
»Ich weiß nicht, was du hast? Also, ich finde das hochgradig spannend«, sagte sie ehrfürchtig.
Man muß wissen, daß Paula uneingeschränkt an die magische Wirkung von Kosmetika glaubte, und der Industriezweig ohne ihren Beitrag vermutlich zusammengebrochen wäre. Sie investierte ein Vermögen in Cremes, die so vitaminreich waren, daß man sie als Aufbaunahrung für Sportler hätte verwenden können.
»Frag doch deine Eltern mal, ob sie nicht eine Kunsthistorikerin gebrauchen können«, sagte sie dann allen Ernstes.
Tomas fand die Idee anscheinend nicht so absurd wie ich.
»Du wirst lachen«, sagte er, »unsere Pressesprecherin ist Kunsthistorikerin.«

»Unsere«, frotzelte Paula, »demnach hast du doch nicht Geologie studiert, sondern bist an Mamas Rockzipfel hängengeblieben.«
Obwohl sie so provokant tat, hatten die Pfeile, mit denen sie ihren One-night-stand attackierte, dadurch an Schärfe verloren, daß sie ihn anguckte, während sie sie ihm in die Rippen rammte.
Aber Tomas war schmerzunempfindlich.
»Ich muß dich enttäuschen. Ich arbeite für ein Tiefbauunternehmen«, sagte er.
Es war deutlich, daß Paula mit dieser Antwort mehr als zufrieden war, was sie geschickt zu verbergen versuchte, indem sie gastgeberische Pflichten vortäuschte.
»Aha«, sagte sie und stand auf, »ich seh gerade, daß ihr keinen Kaffee mehr habt. Soll ich noch welchen machen? Mel, trinkst du noch eine Tasse?«
Sie guckte mich hilfesuchend an, aber ich ließ sie eiskalt auflaufen. Tomas war auch bei Tageslicht betrachtet kein Trottel, und ich fand, er hatte eine Chance verdient.
»Paula, ich trinke Tee, hast du das vergessen?«
Paula guckte mich verwirrt an.
»Natürlich nicht«, sagte sie schnell und fuhr sich durch die dunkle Mähne, als hätte sie ausgerechnet jetzt den ultimativen Dreh gefunden, um ihre Locken zu bändigen. Tomas sah ihr fasziniert dabei zu. »Möchtest du noch Tee?«
Sie fing an, mir etwas leid zu tun, weil es sie offensichtlich aus dem Konzept brachte, daß Tomas sich immer noch nicht als mackenbeladener Idiot geoutet hatte. Kein Wunder, daß sie aus lauter Verwirrung an ihren Haaren zippelte.
»Der Kleine schläft«, sagte Tomas, »willst du, daß ich ihn in den Wagen lege?«
Ich nickte. Man mußte Tomas einfach mögen. Wenn Paula ihn nicht haben wollte, könnte ich ihn mir ja unter den Nagel reißen – vorausgesetzt er war nicht auf Schwarzhaarige fixiert. Doch dann verwarf ich den Gedanken wieder, weil mir einfiel, daß ich ja bereits ein –

wenn auch weit weniger perfektes – Exemplar der Gattung Mann zu Hause hatte. Ich seufzte. Auf einmal war ich mir nicht mehr so sicher, ob ich es jemals schaffen würde, die Probleme mit Sascha zu klären. Vielleicht war er doch nicht mehr der Richtige für mich?

»Wie kam es denn, daß deine Mutter gegangen ist«, wollte ich von Paula wissen.

Sie seufzte.

»Das Thema wieder«, stöhnte sie, »interessiert dich das wirklich?«

»Tut mir leid.«

Sie guckte mich prüfend an.

»Ist schon gut.«

Sie goß Kaffee und Tee auf und setzte sich wieder hin.

»Es hat ziemlich lang gedauert, bis sie kapiert hat, was los ist. Als sie endgültig die Nase voll hatte, war ich sechs. Das hört sich jetzt an, als wäre meine Mutter eine totale Trantüte, aber das ist sie nicht. Sie hat einfach zu lange gehofft, daß sich alles wieder einrenkt.«

Das konnte ich sehr gut nachvollziehen. Tomas auch.

»Das ist doch ganz normal«, verteidigte er Frauen wie Paulas Mutter und mich, »man muß ja auch mal Krisen miteinander durchstehen, oder etwa nicht?«

»Das darfst du mich nicht fragen«, sagte Paula, »ich weiß nur, daß ich niemals so leiden will, wie meine Mutter. Sie hat sich gequält und verbogen bis zum Geht-nicht-Mehr. Mein Vater steht nach dem Abendessen, das sie ihm gekocht hat, auf, weil er irgendwelche Kunstidioten treffen will, und meine Mutter macht sich Vorwürfe, weil sie denkt, wenn sie mehr von Kunst verstehen würde, würde er den Abend mit ihr verbringen. Meine Mutter bucht den gemeinsamen Urlaub, und mein Vater sagt in letzter Sekunde ab, weil er lieber mit Graf Wichtig zum Segeln fährt. Prompt macht sich meine Mutter Vorwürfe, weil sie denkt, daß sie seine Bedürfnisse nicht versteht. Aber irgendwann hat sie dann kapiert, daß der Typ grundsätzlich nur macht was er will, ohne Rücksicht auf Verluste.«

Sie seufzte.

»Na ja, und die Sache mit der Magisterfeier war so wichtig für mich, weil ich immer noch gehofft hatte, daß er ausnahmsweise mal etwas tut, das für mich wichtig ist und nicht für ihn. Ich war ja so naiv.«
Sie lachte darüber, aber ich war völlig niedergeschlagen. Alles, was sie erzählte, stammte direkt aus meinem Leben. Es kam mir so verdammt bekannt vor. Paula guckte mich prüfend an.
»Das ist kein tolles Thema für eine junge Mutter«, sagte sie dann, »aber keine Sorge! Nicht alle Väter sind so, das weißt du doch am besten. Dein Vater ist schließlich zum Magisterbesäufnis erschienen.«
Mein Vater war mir im Moment ziemlich egal, ich dachte nur an Sascha. Wenn er sich so wenig um sein Kind kümmerte wie bisher, würde Moritz später nicht einmal auf die Idee kommen, ihn zu seinen Besäufnissen einzuladen.
»Dein Tee ist fertig!«
Paula stupste mich am Arm.
Ich nahm einen Schluck von dem warmen Gebräu und fühlte mich sofort besser. Eine Tasse Tee kann Leben retten.
»Und wie kommt deine Mutter jetzt klar?«
»Gut. Sie lebt auf Korsika und hat einen sehr netten Freund. Er ist etwas jünger als sie und Maler. Aber das ist die einzige Übereinstimmung mit meinem Vater. Der Freund von meiner Mutter ist ein echter Schatz.«
»Ist ja toll«, sagte ich.
Es gab also Hoffnung. Vielleicht sollte ich meiner Mutter raten, auch nach Korsika zu ziehen? Sich mit einem Liebhaber in der Sonne zu rekeln wäre sowohl für sie als auch für ihr Bankkonto die verdiente Erholung nach den Strapazen der letzten Jahre. Und falls es mit Sascha nicht mehr klappen sollte, könnte ich ja nachkommen.
»Ich könnte Korsika jetzt auch gebrauchen«, seufzte ich, »das Wetter hier schlägt mir aufs Gemüt.«
Tomas erzählte, daß er letzten Winter Glück hatte, weil er vor dem schlechten Wetter abhauen konnte. Seine Firma

hatte ihn wegen einer Straßenbausache nach Tunesien geschickt, ursprünglich nur für ein paar Tage. Aber bei der Buddelarbeit sind sie dann auf eine antike Siedlung gestoßen, und Tomas durfte in Tunesien überwintern, um die Ausgrabungen zu begleiten oder so. Ich hörte nur mit halbem Ohr zu, weil ich an Sascha denken mußte, aber die beiden waren völlig in ihr Gespräch vertieft und kamen dabei vom hundertsten ins tausendste. Paula schien nicht weiter aufzufallen, daß sie gegen ihre ehernen Prinzipien verstieß, indem sie einen One-night-stand wie einen richtigen Menschen behandelte. Ich fand, das war gut so.

Ich wollte am liebsten nach Hause zu Sascha. Ihn in den Arm nehmen, ihm von Paulas Vater erzählen und ihm sagen, daß ich ihn niemals verlassen wollte und wir alles wieder hinkriegen würden. Aber dann fiel mir ein, daß auf dem Badezimmerboden Kotze klebte und Koks auf dem Küchentisch lag. Wenn ich aus diesen Bauteilen die perfekte Familie basteln wollte, mußte ich verdammt geschickt sein. Und eine gute Bastelanleitung haben – aber genau die fehlte mir. Ich war ratlos. Im Moment war es das beste, in Paulas Küche sitzenzubleiben und so lange Tee zu trinken, bis mir die Erleuchtung kam. Doch je länger ich grübelte, um so absurder kam mir meine Situation vor, und um so mehr hoffte ich, daß sich die Probleme von alleine in Luft auflösen würden. In ein paar Jahren wäre dann alles vergessen. Sascha würde nicht mehr im Club arbeiten, und hätte es auch nicht mehr nötig, unter Zuhilfenahme von Koks und Alk den Hecht zu markieren. Wir würden uns wieder lieben wie früher und doch noch eine tolle Familie werden. Wie in der Werbung.

drugs dont't work

Als ich nach Hause kam, stand ein Strauß Osterglocken in einer Vase auf dem Küchentisch. Das Koks war weg und Sascha auch.

»Komme gleich wieder«, stand auf dem Zettel, der unter der Vase lag.

Die Küche war sauber und im Bad waren die Spuren der letzten Nacht beseitigt. Ich staunte, weil Sascha seine Putztalente bisher so geschickt versteckt hatte, daß ich ihm niemals zugetraut hätte, die Wohnung ohne fremde Hilfe auf Vordermann bringen zu können.

Nachdem ich Moritz gefüttert und gebadet in der Kasserole verstaut hatte, war ich so müde, daß ich mich auf die Couch legte, um bei MTV etwas auszuruhen. Ich hatte die Fernbedienung noch nicht gedrückt, als Sascha kam.

»Hi!«

»Selber hi.«

Er setzte sich zu mir auf die Couch und tätschelte meine Hand.

»Ich habe Nicole angerufen«, sagte er, »wir machen das mit den Möbeln morgen.«

»Gut.«

Mehr konnte ich zu diesem merkwürdigen Gesprächsanfang nicht beitragen. Sascha mußte einen Blackout gehabt haben. Es machte den Eindruck, als hätte das Koks diesmal wirklich die Gehirnzellen, auf denen die letzte Nacht gespeichert war, zerstört.

»Geht's dir wieder besser?« fragte ich.

Sascha nickte.

»Ich hab wohl ein bißchen viel erwischt gestern.«

»Meinst du wirklich?«

Er grinste. »Es tut mir leid! Ich wollte nicht, daß du das mitkriegst!«
Wie rücksichtsvoll von ihm. Ich setzte mich auf und zündete eine Zigarette an.
»Es geht doch nicht darum, ob ich es mitkriege oder nicht!«
»Doch natürlich«, beharrte Sascha, »es ist mir peinlich!«
»Meinst du, das Kotzen würde dir Spaß machen, wenn du alleine wohnen würdest?«
Sascha guckte verärgert.
»Willst du, daß ich ausziehe?«
»Darum geht es doch nicht!«
»Warum sagst du dann so was?«
Ich seufzte. Das Gespräch hatte kaum angefangen und drohte schon in einer Sackgasse zu landen. Es würde geradewegs auf eine Mauer zurasen und in einem Riesenknall in Flammen aufgehen, wenn es mir nicht schnell gelang, das Lenkrad herumzureißen.
»Ich will doch nicht, daß du ausziehst«, sagte ich versöhnlich.
»Aber?«
»Kein Aber. Ich will nur keine Angst um dich haben müssen.«
»Also doch ein Aber!«
»Findest du es normal, wie unser Leben in letzter Zeit abläuft?«
»Was hat das denn damit zu tun?«
»Du machst dich kaputt. Dein Körper ist das reinste Chemiedepot. Warum tust du dir das an?«
»Mach du mal ein paar Tage meinen Job, dann weißt du's.«
Schachmatt.
»Aber es macht dich kaputt und unsere Beziehung dazu. Und das will ich nicht. Ich liebe dich.«
Er schwieg und guckte mich lange an.
»Ich liebe dich auch, Mel«, sagte er dann.
»Das merke ich aber nicht.«
»Was soll denn das wieder heißen?«

Er guckte mich so unschuldig an, daß ich befürchtete, daß sein Gehirn inzwischen tatsächlich nicht mehr richtig funktionierte.
»Du bist ganz anders als früher. Du bist launisch und bösartig.«
Sascha lachte laut auf.
»Ach komm, Mel, du bist doch auch kein Engel. Nur weil du Mutter bist, heißt das nicht, daß du immer recht hast!«
Ich seufzte. Es war wirklich schwierig, das Lenkrad herumzureißen.
»Sascha, es geht nicht darum, wer recht oder unrecht hat! Du machst mir angst, wenn du dicht bist, und ich erlebe dich nur noch dicht oder verkatert. Du bist dann nicht du selbst.«
»Wer denn dann?«
Wir rasten auf die Mauer zu, und ich konnte nichts dagegen tun. Ich unternahm einen letzten Versuch.
»Ich will nicht, daß Leute in unsere Wohnung kommen, die eine Knarre haben und Koks auf dem Küchentisch liegenlassen.«
Sascha guckte mich erstaunt an.
»Woher weißt du, das Ike eine Knarre hat?«
Ich erzählte ihm von gestern nacht.
»Wozu braucht der Kerl eine Waffe? Er ist doch DJ, oder nicht?«
Sascha seufzte.
»Was weiß denn ich, wozu er das Ding braucht?«
»O. k., Sascha, es geht mich nichts an. Aber ich will nicht, daß er damit noch mal in unsere Wohnung kommt, klar?«
»O. k., o. k.«
»Und es ist mir egal, ob er mich für eine Zicke hält.«
»Schon gut, ich versteh das.«
»Prima. Und was ist mit dem Koks? Hast du keine Angst, daß du mal erwischt wirst? Wir haben ein Kind, verdammt!«
Sascha seufzte und schwieg, aber ich blieb in Fahrt, weil

ich endlich das Gefühl hatte, daß wir uns in die richtige Richtung bewegten.
»Stell dir vor, du kommst in den Knast. Womöglich denken sie dann, daß ich auch was damit zu tun hatte, und nehmen mir Moritz ab. Das ist doch Wahnsinn!«
»Mel, du übertreibst!«
»Tue ich nicht!«
»Doch. Kein Mensch kommt wegen solchen Mengen in den Knast!«
Ich seufzte. Dieses Gespräch raubte mir den letzten Nerv. Sascha tätschelte wieder meine Hand, und als ich nicht darauf reagierte, streichelte er meine Haare.
»Beruhige dich, Baby, mir passiert nichts!«
Ich seufzte wieder.
»Und jetzt hör auf, so herzzerreißend zu seufzen.«
»Ich will, daß du aufhörst zu trinken und zu koksen wie ein Weltmeister.«
»Und ich will, daß du aufhörst, dir Sorgen zu machen. Jetzt laß mich mal zu dir!«
Er machte Anstalten, sich zu mir zu legen, aber ich schubste ihn weg.
»Hörst du auf oder nicht?«
Er seufzte.
»O. k., o. k.! Mach nicht so einen Aufstand.«
»Sascha!«
Er guckte mich mit ernster Miene an und nahm meine Hand.
»Hey Baby, ich verstehe, daß du dir Sorgen machst, auch wenn sie ganz schön übertrieben sind. Aber du hast recht, ich sollte etwas gesünder leben. Ich verspreche dir, ich werde mich in Zukunft zurückhalten.«
Das hörte sich für den Anfang nicht schlecht an, aber wo ich einmal dabei war, wollte ich es genau wissen.
»Was heißt das konkret?«
»Melanie, ich werde dir nicht versprechen, daß ich nie wieder in meinem Leben irgendwelche Drogen anrühre. Das wäre unrealistisch, und wir haben beide nichts davon, wenn ich dich anlüge, oder?«

Ich schüttelte den Kopf. Wo er recht hatte, hatte er recht.
»Aber ich werde es im Griff halten, o. k.«, sagte Sascha und umarmte mich, »mach dir keine Sorgen, es wird alles gut.«
»O. k.«
Er legte sich zu mir auf die Couch, und ich schlief erschöpft ein. Als ich irgendwann aufwachte, war Sascha weg.

red hot

Am nächsten Morgen erzählte ich Moritz Geschichten über die Magritte-Bilder, und als er Mittagsschlaf machte, korrigierte ich das Manuskript in einem Rutsch zu Ende. Ich hatte keine Lust mehr. Jeder Text wird öde, wenn man sich nur mit seinen Fehlern beschäftigt.
Ich war gerade fertig geworden, als Sascha in die Küche kam.
»Na, wie geht's dir heute?«
»Müde.«
»War es stressig, gestern?«
»Wie immer.«
»Mit oder ohne Verstärker?«
»Bist du jetzt meine Sozialarbeiterin, daß du mich das dauernd fragst?«
Schneegestöber, Rutschgefahr bei Glatteis und Nässe.
»Entschuldige!«
»Ist schon gut. Es nervt mich, daß wir jetzt Möbel transportieren müssen. Immer ist irgendwas, man hat einfach nie seine Ruhe!«
»Welche Uhrzeit hattet ihr denn gesagt?« fragte ich, in der Hoffnung, er würde sich daran erinnern, daß er selbst den Termin mit meiner Schwester vereinbart hatte, und ich deshalb nicht die richtige Zielscheibe für seinen Ärger war.
»Das solltest du wissen. Sie ist schließlich deine Familie«, sagte Sascha angriffslustig.
Inzwischen war ich so genervt von der ganzen Aktion, daß ich am liebsten eine Firma beauftragt hätte, die verdammten Möbel abzuholen, damit Sascha nicht weiter schlechte Laune verbreitete, meine Schwester aufhörte mir vorzuwerfen, ich sei unzuverlässig, und mein Sohn nicht mehr in der Kasserole schlafen mußte. Doch das

hätte den Sinn der ganzen Unternehmung ad absurdum geführt, denn meine Schwester schenkte uns ihre Kindermöbel, damit wir Geld sparten und nicht, damit wir es einem Transportunternehmen in den Rachen warfen.
Das einzige, was ich im Moment tun konnte, war Ruhe bewahren, in der Hoffnung, daß Sascha dasselbe tat. Ich packte den Kinderbrei und ein Fläschchen in Moritz' Tasche, damit ich ihn bei Nicole füttern konnte, wenn er aufwachte.
»Du hast doch bestimmt inzwischen mit deiner Schwester geredet«, sagte Sascha und drehte sich zu mir um. Er fixierte mich wie ein Pitbull vor dem Angriff. Ich starrte zurück.
»Du hast den Termin ausgemacht«, sagte ich und bemühte mich, nicht mit den Augen zu blinzeln.
»Tu doch nicht so, Mel«, bellte der Pitbull, »du hast doch in deiner ganzen Familie herumerzählt, daß ich ein Drogenproblem habe. Ich kenn dich doch.«
»Den Eindruck habe ich nicht.«
»Was soll das denn heißen?«
»Ich rede mit meiner Familie nicht über uns.«
»Das kannst du auch vergessen, weil ich nicht so werde wie die. Du wirst mich nie in euer Familienschema reinpressen. Ich bin anders, finde dich damit ab.«
»Was bleibt mir anderes übrig? Aber ich hoffe, du hältst dich an dein Versprechen von gestern.«
Ich drehte mich um und ging aus der Küche, um Paula anzurufen. Sollte Sascha doch an seinem Ärger ersticken.
»Na, ist wieder alles klar bei den Waltons«, fragte sie.
»Wir holen heute Moritz' Kindermöbel.«
»Recht so, ihr seid brave Eltern!«
»Danke, daß ich gestern vorbeikommen durfte!«
»Ist doch klar!«
»Ich fand Tomas übrigens richtig nett!«
»Er dich auch.«
»Darum geht es nicht«, lachte ich, »ich hatte das Gefühl, daß du dich gut mit ihm verstehst?«
»Er ist ganz o. k.«

»Ganz o. k.? Der Typ ist ein Lottogewinn!«
Paula lachte.
»Woher weißt du das? Warst du mit ihm im Bett?«
»Leider nicht«, kicherte ich, »aber ich kann seine inneren Qualitäten beurteilen, und ich sage dir, ein Mann, mit dem man so gut reden kann wie mit ihm, ist ein Treffer.«
»Sascha quasselt doch auch was das Zeug hält!«
»Im Club vielleicht.«
»Ach, und zu Hause nicht?«
»Doch, da redet er auch, aber es geht nicht darum, was jemand redet, sondern wie die Gespräche sind.«
»Ich glaube, irgendwann solltest du mir mal in aller Ruhe erklären, was bei euch eigentlich gebacken ist!«
»Mach ich. Und, wirst du Tomas wiedersehen?«
»Er hat mich heute abend auf ein Fest eingeladen.«
»Ist ja toll!«
»Findest du?«
»Na klar!«
»Ich weiß nicht ...«
»Wieso denn nicht?«
»Am Ende gefällt er mir nicht mehr, und dann habe ich ihn den ganzen Abend am Hals. Hast du nicht Lust, mitzukommen?«
»Ich kann nicht. Sascha hat heute abend frei, und wir wollten die Möbel aufbauen.«
Sie seufzte.
»Es wird bestimmt nett«, ermutigte ich sie.
»Ja und dann? Man verabredet sich für den nächsten Samstag und dann für den Dienstag drauf, und alles ist Zuckerwatte, und ehe man sich versieht, hat man sich verliebt und schwebt auf Wolke sieben, und ein paar Monate später schreit der Typ einen an, weil man die Zahnpastatube nicht zugedreht hat.«
»Ich versteh dich nicht! Du meckerst immer, daß du nur Idioten kennenlernst, und jetzt triffst du einmal einen netten, normalen Mann, und dann hast du auf einmal Angst, dich zu verlieben.«
Sie seufzte herzzerreißend.

»Tomas ist nicht wie dein Vater.«

»Ich weiß. Trotzdem wäre es besser, wenn du heute mitkommen würdest. Ich fühle mich sicherer, wenn eine objektive Beobachterin dabei ist. Ohne dich hätte ich das Frühstück nicht durchgestanden.«

»Quatsch!«

»Ehrlich! Ich geh sofort auf die Bremse, wenn es heiß wird.«

»Das sagt die Königin der One-night-stands …«

Sie kicherte. »Das ist etwas anderes. Also, kommst du mit?«

»Ich würde ja gerne, aber es geht nicht.«

»Laß deinen Sascha doch die Möbel alleine aufbauen, du hast auch mal Ausgang verdient!«

»Ich weiß, ich weiß. Aber ich trau ihm zu, daß er dann lieber was anderes macht, und Moritz sein Leben lang in der Kasserole schlafen muß, und mir dann später Vorwürfe macht, weil er einen Buckel bekommen hat!«

»Ist ja gut! Ich hab das Handy dabei, du kannst mich anrufen, falls du es dir anders überlegst.«

»O. k. Ich wünsch dir jedenfalls viel Spaß!«

»Ich weiß gar nicht was ich anziehen soll.«

Nachdem wir die Kleiderfrage diskutiert hatten, was eine Weile dauerte, weil Paulas Fundus riesig war, und uns zu einem Kompromiß aus sportlich und edel entschlossen hatten, legte ich auf und setzte mich ins Wohnzimmer, um im ›Gott der kleinen Dinge‹ weiterzulesen. Nach einer Weile kam ich sogar wieder drauf, wer Chacko war, und das Buch machte mir richtig Spaß.

Um zwei klingelte es an der Tür.

Sascha lag in seinem Zimmer auf dem Sofa und hörte Musik.

»Sie sind da«, sagte ich.

Er rührte sich nicht.

»Bloß keine Hektik«, murmelte er.

Ich ging in den Flur und drückte auf den Knopf für die Gegensprechanlage.

»Wollt ihr noch kurz hochkommen?«

»Nur kurz«, antwortete Nicole, »wir stehen im Halteverbot!«
Ich drückte auf den Türöffner.
Sascha kam aus seinem Zimmer.
»Hoffentlich ziehen die das schnell durch, sonst werd' ich stinksauer«, warnte er mich, »mehr als eine Stunde will ich dafür nicht verplempern.«
»Dann geh runter und fahr mit ihnen voraus. Ich komme später mit Moritz nach.«
»Ich hab dir doch gesagt, ich will keine Hektik!«
Seine Logik war beim besten Willen nicht nachzuvollziehen.
Als Nicole mit Tüten bepackt hereinkam, umarmte sie erst mich und dann Sascha. Er machte gute Miene, wie immer vor anderen Leuten.
»Wo ist denn der kleine Prinz?« Nicole guckte das Flurregal an, als erwarte sie, daß Moritz in einer meiner Schneekugeln saß. »Ist das Regal neu?«
Diese Frau lebte anscheinend in dem Glauben, daß jeder Mensch auf der Erde permanent damit beschäftigt war, neue Möbel zu kaufen. Ich schüttelte den Kopf.
»Habt ihr was zu trinken?« fragte Jörg, »diese Rennerei in der Stadt macht einen ganz schön durstig!«
»Moritz macht Mittagsschlaf«, sagte ich zu Nicole, »zum letzten Mal in diesem engen Babykörbchen. Nicole, ich bin so froh, daß wir eure Möbel bekommen!«
Sie grinste.
»Und ich bin froh, daß wir sie endlich loswerden.«
»Was wollt ihr«, fragte Sascha, »Tee oder Kaffee?«
Er war offensichtlich bereit, das Limit von einer Stunde für die Aktion zu überschreiten. Doch für den Fall, daß er sich später nicht mehr daran erinnern und mir die Verantwortung für die verplemperte Zeit in die Schuhe schieben würde, hielt ich es für sinnvoll, weniger Aufwand mit den Getränken zu betreiben.
»Oder vielleicht Orangensaft?« fragte ich.
»Ein Kaffee wäre mir lieber«, sagte Jörg.
»Für mich einen Tee bitte«, sagte Nicole.

»Leute, euer Auto steht im Halteverbot«, erinnerte ich sie.
Doch die beiden hatten sich anscheinend mit der Aussicht auf ein Parkticket abgefunden und ließen sich davon nicht mehr zur Eile bewegen.
»Da steht es gut«, meinte Jörg nur und setzte sich.
Ich zuckte resigniert mit den Schultern und schaltete den Wasserkocher an.
»Na, und wie geht's dir?« wollte Nicole von mir wissen.
»Gut.«
Sie guckte mich prüfend an. »Du siehst müde aus!«
»Ich bin müde.«
»Das kenn ich«, sagte Jörg, »bei kleinen Kindern kann man seinen Schlaf echt vergessen. Deshalb machen wir das nur noch mit Au-pair-Mädchen.«
»Ach wirklich«, kicherte ich, »du machst die Kinder ab jetzt mit den Au-pair-Mädchen? Nicole, wußtest du davon?«
Nicole lachte.
»Ich hoffe, deine Lebensversicherung zahlt auch im Fall eines Mordes«, sagte sie zu Jörg.
Jörg lachte und legte den Arm um sie.
»Es wird euch bestimmt Spaß machen, das Kinderzimmer gemeinsam einzurichten«, sagte Nicole, »habt ihr euch schon überlegt, wo ihr die Sachen hinhaben wollt?«
Ich guckte Sascha an. Er sah im Moment nicht wie ein Mensch aus, mit dem irgend etwas Spaß machte, vermutlich, weil er gerade dabei war, die bereits verplemperten Minuten zu zählen. Damit er seine mathematischen Fähigkeiten nicht weiter strapazieren mußte, versuchte ich wieder, Nicole und Jörg zur Eile anzutreiben.
»Können wir dann?«
»Was machst du denn für einen Streß«, fragte Nicole, »willst du, daß ich mich an dem Tee verbrühe?«
Dann berichtete sie munter weiter von ihren Einrichtungsplänen. Danach kamen die Urlaubspläne. Die beiden wollten mit den Kindern nach Portugal. Sie waren schon ein paarmal dort gewesen und fanden das Land so schön kinderfreundlich. Jörg hatte inzwischen das Wort

an meinen Schmollmann gerichtet, und mit der Frage nach seiner Arbeit einen Treffer gelandet, wie ich erleichtert feststellte. Seine Miene hellte sich ein wenig auf, als er vom Club erzählte.
»Ach übrigens«, unterbrach Nicole ihre Portugalreminiszenzen, »hab ich dir schon gesagt, daß ich über Ostern zu Papa nach London fahre?«
»Ich weiß es von Mama.«
»Ich freu mich schon. Komm doch mit, Mel.«
»Das geht im Moment wirklich nicht«, sagte ich.
»Hast du Pläne über Ostern?«
»Nicht so direkt. Sascha ist ja geschäftlich weg. Ohne uns.«
»Ach ja?« Nicole fixierte Sascha mit ihrem Blick. »Das paßt ja hervorragend. Dann kommst du mit nach London. Papa würde sich freuen. Ich nehme Svetlana mit, sie kann auch auf Moritz aufpassen.«
Ihre Au-pair-Mädchen hatten immer slawische Namen.
»Ich überleg's mir, o.k.? So, Leute, packen wir's an, oder?«
Endlich standen sie auf und wir gingen los. Ich hob das Oberteil von Moritz' Kinderwagen ab und trug ihn zur Tür raus.
»Soll ich ihn dir abnehmen?« fragte Jörg.
»Es geht schon«, sagte ich, weil Sascha sich sonst auf den Schlips getreten fühlen würde, weil er nicht angeboten hatte, mir zu helfen.
»Wie macht ihr das eigentlich mit dem Cabrio, wenn ihr zu dritt unterwegs seid«, fragte Jörg, als wir in seine geräumige Familienkutsche einstiegen.
Das Thema war für mich ein rotes Tuch. Ich haßte den Turbo so sehr, wie Sascha ihn liebte. Damit er bloß nicht glaubte, ich hätte vergessen, daß wir uns wegen seinem Angebermobil weder einen Urlaub noch sonstwas leisten konnten, ließ ich eine Spitze los.
»Gar nicht«, sagte ich, »weil der Turbo ein Zweisitzer ist. Es gibt keinen Platz für einen Kinderwagen.«
Sascha guckte mich sauer an. Ich starrte zurück.

»Aber die Frage stellt sich auch gar nicht«, redete ich weiter, »weil wir nur selten was zu dritt machen.«
Ich war genau in der richtigen Stimmung, um über das Thema Turbo zu streiten, denn solange Nicole und Jörg dabei waren, fühlte ich mich stark. Aber Sascha stieg nicht drauf ein. Er stritt sich nie vor anderen Leuten, weil er fand, daß es niemanden etwas anging, was zwischen uns ablief. Die anderen hatten meine Erklärung kommentarlos akzeptiert und unterhielten sich über die neue Verkehrsregelung im Gärtnerplatzviertel, die Nicole bescheuert fand, weil sie gerade von der falschen Seite in eine Einbahnstraße gebogen war.
»Wie soll man sich da zurechtfinden«, schimpfte sie, »kein Wunder, daß ich dauernd Knöllchen kriege.«
Als wir bei Nicole angekommen waren, öffneten das Aupair-Mädchen und die Kinder die Tür. Moritz wachte auf und ließ sich von seinen Cousinen abknutschen, was ihn darüber hinwegtröstete, daß sein Brei noch nicht fertig war. Ich rührte ihn an, während sich Sascha und Jörg daranmachten, die Möbel auseinanderzuschrauben. Nachdem ich Moritz gefüttert und mich versichert hatte, daß er von seinen Cousinen nicht erdrückt oder an den Füßen durch die Wohnung geschleift wurde, ging ich ins Kinderzimmer und fragte, ob ich helfen könnte.
»Laß nur«, sagte Jörg, »wir kommen schon klar.«
Sascha guckte mich nicht an.
Nicole war im Schlafzimmer und sichtete die Klamotten, die sie heute erstanden hatte.
»Wenn sie sich nicht helfen lassen wollen, um so besser für uns«, sagte sie, »was hältst du davon, wenn wir als Stärkung eine Pizza bestellen?«
»Prima Idee!«
»Könntest du mal da anrufen? Der Zettel vom Pizzaservice ist in der Küche in der Schublade, wo die Servietten sind. Ich hätte gerne eine Pizza Ruccola, und drei Margheritas für Svetlana und die Kids.«
»Meinst du nicht, sie sind noch zu klein, um Alkohol zu trinken?«

Nicole lachte.
Nachdem ich die Schublade mit den Servietten und den Zettel darin gefunden hatte, wollte ich ins Kinderzimmer gehen, um Sascha und Jörg zu fragen, was ich für sie ordern sollte, als Sascha in die Küche kam.
»Ich bestelle gerade Pizza«, sagte ich, »was für eine möchtest du?«
»Ich will keine Pizza. Wir haben schon genug Zeit mit dem Kaffeeklatsch verplempert, ich setze mich jetzt nicht noch hin und esse stundenlang.«
»O. k., wie du willst.«
»Was heißt hier wie ich will? Nichts ist hier wie ich es will. Du hast vor deiner Familie wegen dem Turbo über mich abgelästert.«
»Hab ich irgendwas gesagt, was nicht wahr ist?«
In dem Moment kam Jörg in die Küche. Er guckte Sascha und mich prüfend an.
»Was ist denn hier los?«
»Nichts«, sagte ich, »ich bestelle Pizza.«
»Prima Idee, ich hab einen tierischen Kohldampf.«
»Welche soll ich für dich bestellen?«
»Laß mal sehen.« Er studierte die Karte. »Ich nehme die Quattro Staggioni mit extra viel Mozzarella.«
»O. k. Sascha, willst du wirklich nichts essen?«
»Bestell mir ein Bier«, sagte Sascha.
Dummerweise lieferte der Pizzaservice keine Getränke, deshalb fragte ich Nicole, ob sie Bier hatte.
»Bier?« fragte sie, »seit wann trinkst du tagsüber Bier?«
»Für Sascha.«
»Ach so!«
Sie ging in die Küche und ich hinterher. Sascha stand vor dem Kühlschrank und guckte hinein.
»Bier ist leider alle«, sagte Nicole, »du kannst Wasser haben, oder Saft?«
Sascha fixierte mich mit seinem Blick.
»Ich dachte, Mel holt welches!«
»Svetlana kann gehen«, sagte Nicole, »sie weiß, wo der Kiosk ist.«

»Kein Problem«, sagte ich, »ich gehe schon.«
Ich mußte raus hier. Weg von Sascha und seiner miesen Laune.
Nicole erklärte mir, wo der Kiosk war. Als ich losgehen wollte, kam Jörg in die Küche, weil er einen Schraubenzieher liegengelassen hatte. Als er ihn gefunden hatte, sagte er:
»Jetzt kriegen wir sie, die Mistdinger!«
Dabei fuchtelte er mit dem Werkzeug vor meiner Nase herum, als wollte er sie anstelle der Schrauben abmontieren. Unwillkürlich zuckte ich zurück.
»Hey«, sagte er und legte die Hand auf meine Schulter, »was bist du denn so nervös heute? Es klappt doch alles bestens.«
Als ich mit dem Bier zurückkam, waren die Männer weg.
»Sie bringen die Möbel zu euch«, sagte Nicole, »wenn Jörg zurück ist, essen wir.«
»Sascha wird sich bestimmt ärgern, daß er keine Pizza hat. Ich werde meine mit ihm teilen.«
»Sascha kommt nicht zurück. Er geht direkt in den Club.«
Ich war platt. Ich war ganz sicher davon ausgegangen, daß Sascha heute abend frei hatte und wir Moritz' Zimmer einrichten würden. Ich mußte da irgendwas falsch verstanden haben.
»Er hat einen Anruf bekommen, als du weg warst«, sagte Nicole, »anscheinend eine Art Notfall. Er sagt, er ruft dich nachher noch mal an.«
Ich seufzte. »Ach, verdammt!«
»Streß?«
Ich schüttelte den Kopf
»Nur das übliche. Sascha hat zuviel um die Ohren.«
»Jetzt reg dich nicht auf: Du kennst es doch schon, daß er alles stehen- und liegenlassen muß, wenn die Pflicht ruft.«
»Du hast recht: Was soll's? Ich bin ja froh, daß die verdammten Möbel – versteh das nicht falsch – daß die Sachen endlich in unsrer Wohnung sind. Vielen Dank noch mal.«

»Keine Ursache«, sagte Nicole, »ihr habt uns einen Gefallen getan.«
»Ich hätte sie nur so gerne heute schon aufgebaut!«
Ich seufzte.
»Sag mal, was ist eigentlich mit dieser Doro«, wollte Nicole plötzlich wissen, »was ist das für eine? Hat die einen Freund?«
Ich schüttelte den Kopf.
»Ein Kind?«
»Nein.«
»Siehst du, deshalb kann die sich nicht in Sascha reinversetzen. Ich wette, er hat der Frau noch nie gesagt, wie nervig das ist, daß er nicht planen kann!«
»Ach, das bringt doch nichts. Er ist ihre rechte Hand und muß eben einspringen, wenn Not am Mann ist.«
»Verdient er denn wenigstens gut?«
»Es geht so.«
Zum Glück kam Jörg jetzt nach Hause, so daß Nicole aufhörte, mich zu löchern.
»Und«, fragte er, »was geht ab?«
»Tischdecken«, sagte Nicole.
Er küßte sie. »Das übernehme ich.«
Nicoles Leben war eine einzige Sahnetorte und wegen des hohen Zuckergehalts nur in kleinen Portionen genießbar. Nach ein paar Stunden Familienidylle wurde mir ganz schlecht, und als Nicole vorschlug, wir drei sollten noch in eine nette Kneipe gehen, ergriff ich die Flucht. Da es Svetlana anscheinend nichts ausmachte, auf ein drittes Kind aufzupassen, beschloß ich, doch mit Paula auf das Fest zu gehen. Es war Wochenende, und ich wollte weder vor der Glotze vereinsamen noch mich wegen einer Überdosis Sahnetorte erbrechen.
»Das ist besser so«, sagte ich zu Nicole, »dann habt ihr einen schönen Abend zu zweit.«
Sie strahlte ihren Mustergatten an und der legte den Arm um sie. Warum ist das bei mir nie so, dachte ich neidisch. Was mich etwas mit meinem Schicksal versöhnte, war, daß ich mich aus Nicoles Kleiderschrank bedienen durfte.

Wenn ich schon keinen Mann an meiner Seite hatte, wollte ich wenigstens superklasse aussehen. Als ich fertig war, lagen Nicole und Jörg im Wohnzimmer auf der Couch. Sie fuhren auseinander wie zwei Teenager, die im Schulklo beim Knutschen erwischt wurden.
»Wow! Du siehst toll aus«, sagte Jörg.
»Du bist die Königin der Nacht«, bestätigte Nicole, »und ich erwarte, daß du dich entsprechend amüsierst!«
Ich nickte wenig überzeugt.
»Und wegen Moritz mach dir mal keine Gedanken, der ist hier prima aufgehoben, und du kommst einfach morgen, wenn du ausgeschlafen bist, o. k.?«
Was für ein wunderbares Angebot. Eine ganze Nacht ohne mein Kind. Ich wußte nicht so recht, ob ich mich freuen oder traurig sein sollte.
»Jetzt geh schon und mach dir keine Sorgen!«
»Wir haben das Handy dabei«, bestätigte Jörg, »wenn irgendwas ist, ruft Svetlana uns sofort an!«
»Ich bin schon weg!«
Einen Moment später stand ich auf der Straße. Es regnete ausnahmsweise nicht, und ich atmete die Frühlingsluft genießerisch ein. Dieser Abend gehörte mir.

dancing queen

Paula wartete schon mit Tomas und zwei anderen Leuten an der U-Bahn-Haltestelle auf mich. Tomas begrüßte mich als wären wir alte Bekannte. Die anderen Leute waren Robert und Nana, ein Paar, das Paula und ich von der Uni her kannten. Ich hatte sie schon ewig nicht mehr gesehen. Sie waren in bester Partylaune. Robert war ein etwas exaltierter Typ und begrüßte mich entsprechend aufgekratzt:
»Hallo, mein Schätzchen!«
»Lange nicht gesehen«, antwortete ich, »was macht das Leben so?«
»Alles im grünen Bereich«, sagte Nana, »und bei dir? Was macht dein kleiner Matz?«
»Es geht ihm gut! Es macht wirklich viel Spaß mit ihm!«
»Ich sehe deinen Sascha ja manchmal, wenn ich in den Club gehe«, sagte Nana, »er ist wirklich nett.«
»Könnt ihr euch vielleicht unterwegs unterhalten«, drängelte Paula.
Wir wollten auf eines der berühmten Katakombenfeste gehen. Die wenig einladende Bezeichnung hatten sie daher, daß sie in den Kellern von Bauruinen stattfanden. Sobald bekannt wurde, daß irgendwo ein Haus abgerissen werden sollte, organisierte jemand so ein Fest. Der Gastgeber blieb geheimnisvoll im Hintergrund, weil es nicht erlaubt war, die Baustellen zu betreten, geschweige denn dort Feste zu feiern. Der illegale Touch war natürlich die beste Mundpropaganda, und die Feste waren bestens besucht. Es erschien jedesmal eine riesige Menge Leute, die alle ihre Freunde mitbrachten. Ein verbotenes Fest ist eben aufregender als ein genehmigtes Vergnügen. So entstand ein Pool von Menschen, in dem jeder ein paar Bekannte hatte, und die anderen Leute hatte man mei-

stens auch schon irgendwo gesehen. Die Mischung war vielversprechend, aber die Wirklichkeit hielt den Erwartungen nicht ganz stand. Man war auf einer ähnlichen Wellenlänge und konnte theoretisch jede Menge Leute kennenlernen, die sich auch auf dieser bewegten. Meistens traf man aber nur komische Typen, die sich langweilten, weil sie alleine gekommen waren, und die Netten blieben unter sich. Das letzte Mal war ich mit Sascha auf so einem Fest gewesen, als ich ein paar Monate schwanger war. Ich vermißte ihn.

Aber ich war schon so lange nicht mehr weggewesen, daß ich mir vornahm, das Fest zu genießen. Mit oder ohne Sascha, es war eine Gelegenheit, um gut abzutanzen.

Heute abend war das Fest in einer leerstehenden Brauerei, vor der eine endlose Schlange von Leuten auf Einlaß wartete. Wir stellten uns hinten an. Der Boden war überall aufgerissen, da die Abbrucharbeiten offenbar schon begonnen hatten. Robert war Architekt und hatte mit seinem Büro an einem Wettbewerb um die Neugestaltung des Geländes teilgenommen.

»Wir haben eine Ziegel-Glas-Lösung vorgeschlagen«, erzählte er, »damit die alte Fassade erhalten bleibt. Wir wollten die alten Mauerbögen belassen und dazwischen getöntes Glas setzen. Das sieht genial aus.«

»Warum sollte das Glas getönt sein?«

»Na ja, sonst könnten dir die Leute von der Straße aus beim Frühstücken zuschauen. Die Fenster wären ja zum Teil vom Boden bis an die Decke gegangen.«

»Wie schön«, sagte ich, »und habt ihr den Wettbewerb gewonnen?«

Nana lachte.

»Du hast keine Ahnung«, sagte sie, »mit solchen Vorschlägen kriegt man keine Lorbeeren.«

»Leider«, sagte Robert, »es war dann doch billiger, alles abzureißen und neu aufzubauen. Jetzt wird hier ein stinknormales Wohnhaus hingebaut.«

Die Schlange bewegte sich langsam durch die Schutthalden hinunter zum Eingang in den Keller. Je tiefer wir stie-

gen, um so feuchter wurde der Boden und um so kälter die Luft. Über unseren Köpfen wölbte sich das alte Ziegelgemäuer, das sich nach rechts und links in scheinbar endlosen Gängen ausdehnte.
»Manche dieser alten Gänge verbinden unterirdisch ganze Straßenzüge«, erzählte Robert. »So konnten in der Nazizeit Leute abhauen, wenn die Mordschwadronen vor der Tür standen.«
Ich bekam eine Gänsehaut.
Aus dem Gewölbe dröhnte uns Musik entgegen, und wenn der Türsteher die dicke Stahltür öffnete, bahnten sich dampfende Rauchschwaden den Weg nach oben. Die feuchte Kälte zog an meinen Beinen hoch, und ich wollte schleunigst tanzen, um mich aufzuwärmen. Robert und Nana standen eng beieinander, und Paula ließ es gnädigerweise zu, daß Tomas seinen Arm um sie legte. Nur ich schlotterte alleine vor mich hin. Schade, daß Sascha heute arbeiten mußte. Ich hätte es gerne gehabt, wenn er bei mir gewesen wäre. Auf Partys war er immer besser drauf als zu Hause.
Endlich waren wir in der Schlange so weit vorgerückt, daß wir direkt vor dem Eingang standen. Die Feierwilligen schubsten mich von hinten an die breite Brust des Türstehers, der mir seelenruhig auf die Stirn atmete. Beim nächsten Öffnen der Tür waren wir drinnen.
Schwüle Hitze wie im Dampfbad verschlug mir den Atem. Der Raum war mit dicken Kerzen beleuchtet, die in Nischen im Mauerwerk standen. Von allen Seiten führten Gänge durch die Katakomben.
»Die Christen im alten Rom hatten vermutlich in so einer Atmosphäre ihre ersten Treffs«, sagte Paula.
»Und die letzten«, bemerkte Nana trocken, »ich frage mich, aus welchem Gang die Löwen kommen?«
Die Bar bestand aus ein paar dicken Bierfässern, über die ein Brett gelegt war. Dahinter wurde fieberhaft gearbeitet, denn auch hier standen die Leute Schlange.
»Iberoll Schlängen, wie friha undam Ärich«, sächselte Robert verärgert.

Ein verschwitzter Bursche im ärmellosen Unterhemd knallte mir eine Flasche auf den Tresen und stopfte die Münzen, die ich ihm in die Hand drückte, in seine Hosentasche. Ich verzog mich aus dem Gedrängel. Nana hatte einen Freund getroffen, mit dem sie sich brüllend verständigte. Robert war mit rhythmischen Bewegungen in Richtung Tanzfläche abgeschwirrt, und Paula und Tomas waren irgendwo im Bermudadreieck zwischen Bar, Tanzfläche und den Toiletten verschollen. Ich fühlte mich etwas verloren und lehnte mich an einen Torbogen neben einen braungebrannten Glatzkopf im weißen T-Shirt.
»Cheers!«
Der Glatzkopf stieß mit seiner Bierflasche an meine.
»Cheers!«
Das versprach keine interessante Unterhaltung zu werden, daher schlenderte ich weiter zur Tanzfläche, um nach den anderen zu suchen.
Die Musik kam aus einer provisorisch aufgestellten Anlage, an der zwei DJs herumschalteten. Der Sound riß mich so mit, daß ich mein Bier kurzerhand auf einer der Boxen deponierte und mich ins Getümmel stürzte. Um mich herum wild zuckende Körper. Haare wehten durch die Luft. Ich tanzte leidenschaftlich gerne und spürte ein sanftes, warmes Glücksgefühl in mir aufsteigen. You are the Dancing Queen, dröhnte es aus den Boxen. Robert bewegte sich mit Hüftenwackeln auf mich zu und nahm meine Hand. Ich mußte lachen, weil er laut mitsang und dabei ABBA imitierte. Dann kam ein temperamentvoller Salsa. Robert packte meinen Arm und legte seine andere Hand auf meine Hüften. Als der Tanz zu Ende war, verschwand Robert so plötzlich in der Menge, wie er aufgetaucht war.
Ich tanzte alleine weiter. Plötzlich stand ein oranges T-Shirt vor mir und zwei feste Arme umfingen meinen Körper. Ich bewegte mich langsam im Rhythmus des T-Shirts. Neben uns schlenkerte ein dunkelhaariger Typ mit Dreitagebart seine Arme. Immer wenn unsere Blicke sich trafen, grinste er mich an. Seine braunen Augen fun-

kelten in der Dunkelheit. Das T-Shirt hatte inzwischen seine Hände auf meinen Po gelegt und drückte sich entschlossen an mich heran. Ich spürte, daß seine Hose eine verdächtige Wölbung hatte. Er murmelte etwas in mein Ohr, das ich aber wegen der lauten Musik nicht verstehen konnte. Ich löste mich aus seinen Armen und begab mich auf die aussichtslose Suche nach meinem Bier. Auf der Box standen Unmengen von halbvollen Flaschen, aus denen ich wählen konnte. Ich nahm eine, die fast leer erschien, löste das Pfand ein und holte mir eine neue. Auf dem Weg zurück zur Tanzfläche sah ich Nana und Paula, die am Eingang herumstanden und sich mit zwei Frauen unterhielten. Eine war blond und die andere dunkelhaarig, und beide kamen anscheinend öfter in die Geschäfte als ich, denn sie sahen viel trendiger aus. In Nicoles Klamotten kam ich mir auf einmal sehr spießig vor.

»Na, amüsierst du dich auch wie es sich gehört?« fragte Paula.

»Ich fühle mich ein bißchen fehl am Platz.«

»Das tun wir alle«, sagte die Blonde, »ignorier das Gefühl einfach.«

»Das ist Mel«, sagte Paula, »und das sind Sara und Lynn.« Die beiden strahlten mich an, und ich grinste zurück: »Hi!«

»Mel ist mit Sascha zusammen«, erklärte Paula, »der, der den Club macht.«

Sara und Lynn guckten mich neugierig an.

»Aha«, sagte Sara dann, »na jedenfalls fühlt man sich immer komisch auf so Festen, wenn man niemanden kennt. Aber vergiß das möglichst schnell und stürz dich einfach rein, denn wir haben gerade gehört, daß das Fest bald aufgelöst werden soll. Wegen der Einsturzgefahr. Vor dem Haus stehen angeblich jede Menge Polizisten und warten nur noch auf einen Befehl, um unsere Leben zu retten!«

In diesem Moment rempelte mich ein Typ mit einer riesigen Kamera auf der Schulter im Vorbeigehen an.

»Hey du! Wir wollen in deinem Film mitspielen!« brüllte Lynn ihm nach.
Er blieb stehen und drehte sich zu uns um.
»Bitte, bitte mach uns berühmt! Wir tun alles, was du willst und erzählen auch deiner Frau nichts davon«, grinste Sara.
Die beiden waren ziemlich überdreht, und das schien dem Typen zu gefallen. Er lachte und blieb stehen.
»Für welchen Sender arbeitest du?« fragte Sara.
»Ach, das ist alles nur Show«, sagte der Typ mit einer wegwerfenden Handbewegung. »Wir haben die Genehmigung für das Fest bekommen, weil wir gesagt haben, wir drehen hier einen Film.«
»Inwieweit ist das Gebäude dadurch weniger einsturzgefährdet?« erkundigte sich Lynn.
»Keine Ahnung! Beamtenlogik«, sagte der Typ. »Jedenfalls muß es hier nach Dreharbeiten aussehen, falls jemand kontrolliert.«
Normale Bürger durften das Gelände nicht einmal betreten, aber Schauspieler sollten hier arbeiten? Das Leben eines Schauspielers war für die Behörden anscheinend wenig wert. Das lag vermutlich daran, daß sie wenig Steuern zahlten, weil sie so selten einen Job hatten. Insofern würde es nicht weiter ins Gewicht fallen, wenn ein paar von ihnen unter einstürzenden Kellergewölben begraben wurden.
»Habt ihr Lust, der Polizei eine Szene vorzuspielen, wenn sie gleich die Räumlichkeiten stürmt?« fragte der Typ.
Die anderen nickten eifrig, und ich beschloß, mal abzuwarten und zu sehen, was so passierte.
»Klar doch! Vielleicht ist das ja unser großer Durchbruch?« grinste Lynn.
»Das glaub ich jetzt weniger«, sagte der Typ trocken, »es ist nämlich kein Film in der Kamera. Für solche Späße ist das Material zu teuer!«
In diesem Moment drängten die ersten Hüter der Ordnung durch die Stahltür. Der Türsteher guckte den Kameratypen an und zuckte hilflos mit den Schultern.

»Sind Sie hier der Verantwortliche?« wollte der Anführer von dem Typen mit der Kamera wissen.
Der zückte seinen Personalausweis und hielt ihn dem Polizisten unter die Nase.
»John Martensberger, Kameramann.«
John deutete auf das Schwergewicht auf seiner Schulter.
»Können wir jetzt weitermachen? Also, Leute, wenn ihr bitte zurück auf eure Position gehen würdet und konzentriert euch zur Abwechslung mal! Ich will die Szene endlich im Kasten haben.«
Er ließ den Kotzbrocken raushängen. Ich war beeindruckt. Er wirkte so arrogant wie ein echter Filmemacher. Jedenfalls werden sie im Fernsehen immer so dargestellt. Die Vorstellung beeindruckte den Polizisten offensichtlich genauso wie mich. Er schwieg ehrfürchtig. Um uns herum hatte sich eine Menschenmenge gebildet, die die Szene in andächtiger Stille beobachtete. Der Türsteher und der Polizist guckten uns ebenso gespannt an. John schaltete die Scheinwerfer ein. Schlagartig wurde ich schrecklich aufgeregt. Mein Puls raste, und in meinem Gehirn entstand ein Vakuum. Ich trat automatisch einen Schritt zurück, um aus dem gleißenden Licht zu kommen.
Keiner sagte irgendwas, und ich hoffte inständig, daß ich nicht in das Spiel mit einbezogen wurde, weil ich mich als Schauspielerin nicht eigne. Vor vielen Menschen kriege ich kein Wort raus. Wenn es den anderen auch so ging, würde das ein Stummfilm werden! Plötzlich tauchte im gleißenden Licht ein oranges T-Shirt auf.
»Du bist vielleicht eine arrogante Pute!« sagte er mit lauter Stimme in die Stille hinein.
Keiner antwortete ihm.
»Sprichst du mit mir?« fragte Lynn.
»Ich rede mit der da!« sagte das T-Shirt und deutete mit ausgestrecktem Arm auf mich.
Ich war wie vom Blitz getroffen. Jetzt war der Ball bei mir. Fieberhaft überlegte ich, wie ich ihn weiterkicken konnte, aber ich eigne mich nicht zum Improvisieren. Ich hätte sonstwas für ein Drehbuch gegeben!

»Du denkst wohl, du kannst die Typen anmachen und dann eiskalt stehenlassen?« wetterte das T-Shirt inzwischen weiter. »Nicht mit mir! Das wollte ich dir nur mal klar und deutlich stecken. So toll, wie du denkst, bist du auch wieder nicht!«

Ich dachte nichts, weder daß ich toll war, noch sonst irgendwas. Mein Kopf war so leer wie die hohlen Fässer an der Bar. Hilfesuchend schaute ich mich nach den anderen um, aber die schienen auf meinen Einsatz zu warten.

Das T-Shirt holte inzwischen Luft und setzte zum nächsten Schlag an. Diesmal wollte ich mich verteidigen. Ich fühlte mich mißverstanden und ungerecht behandelt. Bevor er den Mund wieder aufmachen konnte, fing Lynn an zu kichern.

»Hey, Dumpfbacke«, sagte sie, »hast du dir schon mal überlegt, warum du keinen Erfolg bei Frauen hast?«

»Jetzt sei doch nicht so, Lynn«, grinste Sara, »es ist Melanies Schuld. Sie weiß nicht, was sie tut, weil sie blond ist.«

Dann schüttete sie sich aus vor Lachen, und alle fingen an zu gackern.

»Schnitt«, brüllte John. »Klasse, Mädels! Danke! Wir machen jetzt eine Pause.«

Dann wandte er sich mit triumphierendem Blick den Hütern der Ordnung zu.

Das T-Shirt war verschwunden. Wir Schauspielerinnen gingen an die Bar, um unsere oscarverdächtigen Kehlen zu benetzen.

»Was wollte der Typ mit der Kamera von dir?« fragte der Glatzkopf, der immer noch an der Mauer lehnte.

Er hatte sich anscheinend den ganzen Abend nicht von der Stelle bewegt und stützte gewissenhaft die Wand. Vermutlich wegen der Einsturzgefahr.

»Nichts«, sagte ich wahrheitsgemäß. »Wollen wir tanzen? Es könnte sein, daß die Fete bald zu Ende ist.«

»O. k.«, nickte er gnädig und verließ seinen Posten an der Mauer.

Er verriet mir noch, daß er Jakob hieß.
Jakob war ein lockerer Tänzer, der nicht viel von Dirty Dancing hielt. Das war mir nach dem Streß mit dem T-Shirt-Menschen zur Abwechslung sehr angenehm. Unser Kontakt beschränkte sich auf gelegentliches Grinsen. Warum war mir sein strahlendes Lächeln vorhin nicht aufgefallen?
»Hallo, mein Schätzchen!«
Robert schmiegte sich von hinten an mich. Lauthals schmetterte er den Liedtext mit. Er konnte eine Nervensäge sein, und ich fand es sehr klug von Nana, ihn an der langen Leine zu lassen. So hatte sie hin und wieder ein bißchen Ruhe vor ihm.
»Hast du schon die brandheiße Neuigkeit gehört, daß das Fest doch nicht aufgelöst wird? Steckt anscheinend so 'ne Filmproduktion dahinter«, brüllte er in mein Ohr.
»Wie schön!«
Ich freute mich über unseren schauspielerischen Erfolg. Während ich mit Robert tanzte, suchten meine Augen die wippende Menge nach Jakob ab. Ich entdeckte seine Glatze am anderen Ende der Tanzfläche. Beim nächsten Lied war sie verschwunden. Auch egal, dachte ich resigniert.
Nana kam und tanzte neben uns, bis Robert seinen Arm um sie legte. Sie schaute ihm tief in die Augen und umarmte ihn. Das muß Liebe sein, dachte ich neidisch, wenn nur Sascha hier wäre! Jakob war ein müder Ersatz und außerdem abgetaucht. Ich guckte herum, entdeckte ihn aber nirgends, er stand auch nicht an seinem Platz an der Mauer. Wie verantwortungslos von ihm! Wußte er denn nicht, daß das Gemäuer einstürzen könnte, wenn sich herausstellte, daß wir doch keine echten Schauspieler waren?
An der Bar traf ich Paula, die mich überreden wollte, noch ein Bier mit ihr zu trinken. Ich winkte ab.
»Mir reicht's für heute. Ich will nach Hause.«
»Du hast recht, es reicht. Ich komme mit.«
»Und Tomas?«

»Den ruf ich morgen an. Man muß es ja nicht übertreiben!«
Wir verabschiedeten uns von Tomas und von Nana und sagten ihr, sie solle Robert und die beiden Partygirls grüßen. Sie waren lustig, und ich hoffte, daß ich sie mal wiedersehen würde. Bestimmt waren sie öfter im Club.
Ein paar Minuten später wühlten wir uns durch die Menschenmenge an die Erdoberfläche. Gierig sogen wir die frische Nachtluft ein. Um einem Sauerstoffschock vorzubeugen, setzten wir uns auf einen Betonblock und steckten eine Zigarette an.
»La bella luna«, bemerkte Paula versonnen.
Es war Vollmond. Dick und bleich leuchtete uns die weiße Scheibe an.
»Das erklärt doch einiges«, orakelte sie und zog an ihrer Zigarette.
»Sag mir bitte, was es dir erklärt«, bat ich und guckte neugierig zu dem Gesteinsbrocken am Himmel hoch. Er blieb stumm. »Mit mir spricht das dumme Ding nicht!«
»Do you believe there is a man in the moon ...?« summte sie anstelle einer Antwort. Nach einer Weile sagte sie: »Die Leute waren alle leicht durchgeknallt heute abend, findest du nicht?«
»Woher soll ich das wissen? Ich kenne keine normalen Menschen!«
Sascha war nicht normal, meine Mutter war es nie gewesen, und Nicole war so perfekt, daß man sich fragte, ob sie von dieser Erde war.
»Der Mond ist wie immer«, sagte ich, »und die Leute auch. Nur du bist anders, du bist nämlich verliebt!«
Paula lachte.
»Und du bist betrunken.«
Wenn sie nicht darüber reden wollte, auch gut! Aber ich war fest davon überzeugt, daß der nette Geologe in Paulas steinernem Herzen tieferliegende Schichten freigelegt hatte.
Paula drückte ihre Zigarette mit dem Schuh aus und sagte:

»Komm, laß uns gehen!«
Doch als sie aufstand, blieb sie wie festgewachsen stehen und starrte auf das alte Gemäuer, als sähe sie dort ein Gespenst.
»Das darf doch nicht wahr sein«, flüsterte sie.
Ich folgte ihrem Blick und konnte nicht fassen, was ich dort sah. Mir wurde augenblicklich furchtbar übel und kalt, als wäre die Temperatur auf arktische Grade gesunken.
Ich schloß meine Augen, doch als ich sie wieder öffnete, war da wieder das gleiche Bild wie vorhin: Ein wohlbekannter Männerrücken, der von Frauenarmen umschlungen war. Ich sah den schwarzen Haarschopf, der sich vor seinem Gesicht bewegte, als sie sich küßten. Doro machte die Augen auf und sah uns sofort.
»Schönen Abend noch, ihr Arschlöcher!« rief Paula ihr zu.
Dann nahm sie meinen Arm und zog mich davon.
»Los, laß uns verschwinden!«
»Melanie!« rief Sascha hinter uns her.
Paula drehte sich um.
»Verpiß dich«, rief sie.
Sie zog mich auf die Straße und winkte einem Taxi, das gerade vorbeifuhr. Als das Taxi stehenblieb, riß Paula die Tür auf, schubste mich auf den Rücksitz und sprang hinterher:
»Fahren Sie los«, schrie sie.
Das Taxi düste los, und Saschas Gesicht im Rückfenster sah bleich aus. Die langen Nächte würden ihn eines Tages umbringen, wenn ich es nicht tat.
Paula legte den Arm um mich.
»Wohin?« fragte der Taxifahrer.
»Immer geradeaus«, sagte Paula.
Dann drückte sie mich.
»Wie geht's dir?« fragte sie.
»Mir ist schlecht!«
»Wir gehen jetzt noch irgendwo einen kippen. Wohin möchtest du?«

Eine Sekunde später drehte sich mir alles, so daß das Taxi anhalten mußte, und ich gerade noch die Tür aufreißen konnte, bevor ich auf die Straße kotzte.
»Das beantwortet dann meine Frage«, sagte Paula.
Sie nannte dem Taxifahrer ihre Adresse und reichte mir ein Taschentuch.
»Es wird alles wieder gut«, sagte sie, aber ich glaubte ihr nicht.

I will survive

Heute brauche ich nur meine Ruhe, dachte ich. An nichts denken, einfach hier liegenbleiben. Für immer. Heute gehe ich keinen Schritt vor die Tür. Ich ruhe mich aus. Ich bin hundemüde und mir ist kalt.
Das Licht schien durch die gelben Gardinen und malte helle Kringel auf meine Bettdecke. Paula hätte mein Bettzeug nicht zu beziehen brauchen, dachte ich, denn ich hatte keine Sekunde geschlafen. Wann habe ich eigentlich zuletzt eine Nacht richtig durchgeschlafen? Vielleicht hilft ein schöner heißer Tee? Aber ich bin zu müde, um aufzustehen. Lieber rauche ich noch eine Zigarette, die hundertste in dieser Nacht.
Ich blätterte die Zeitschrift durch, zum tausendsten Mal. Sie war voll von glücklichen Paaren. Glückliche Paare in der Calvin-Klein-Werbung, Christy Turlington mit einem hübschen Mann, der wie Sascha aussah, und zwei süßen Kindern. Ein Artikel zum Thema: Lassen Sie sich in ihre Partnerschaft nicht reinreden, und ein Artikel über Rezepte, die den liebesmüden Mann wieder in Stimmung bringen. Ein Pärchen, das bei Kerzenschein das aphrodisierende Mahl zu sich nimmt. Die Frau sah aus wie Doro. Sascha und Doro, die sich küßten.
Es tat so weh. Augenblicklich bekam ich wieder Magenschmerzen. Sascha und Schmerzen, das gehört zusammen. Sascha tut weh. Licht tut weh. Ich bräuchte eine Sonnenbrille. Das Telefon klingelt. Hoffentlich weckt es Paula nicht auf, dachte ich.
Sie lag neben mir und atmete ruhig. Sie war erst vor kurzem eingeschlafen, nachdem sie immer wieder gesagt hatte, daß Sascha ein Arschloch sei. Sie war in der Küche am Herd gestanden und hatte heiße Schokolade mit

Brandy gemacht und gesagt, was für ein Arschloch Sascha war, ein Mistkerl. Sie hätte ihm von Anfang an nicht getraut, weil er sie an ihren Vater erinnerte, der auch ein Mistkerl war. Doch das linderte meine Schmerzen nicht. Am ehesten half noch der Brandy.
Das Telefon klingelte wieder.
Ich überlegte, ob ich aufstehen und etwas drüberlegen sollte, damit Paula nicht aufwachte. Sie hatte aus Solidarität Unmengen von Brandys gekillt und brauchte ihren Schlaf, wenn sie sich mein Gejammer weiter anhören sollte. Der Anrufbeantworter schaltete sich ein. Ich legte die Zeitschrift weg und starrte an die Decke. Da war Sascha, der Doro küßte. Der schnell von Nicole und Jörg wegwollte, damit er sich für den Abend mit Doro fertigmachen konnte. Er duschte und wusch sich die Haare. Dann zog er ein frisches Poloshirt an, das ich gebügelt hatte, schlüpfte in seine neue schwarze Jeans und steckte ein Kondom in die Tasche. Ich hoffte jedenfalls, daß er das tat, wenn er mit ihr schlafen wollte. Hatte er schon mit ihr geschlafen oder wollte er es erst tun? Wie oft hatte er schon mit ihr geschlafen? Jedes Mal, wenn er spät nach Hause gekommen war? Ich stellte mir vor, wie sie im Club den ganzen Abend miteinander flirteten, in dem Wissen, daß sie ein Geheimnis miteinander hatten. Oder wußten etwa alle von ihrem Verhältnis außer mir? Es war ja bekannt, daß die Betrogenen es immer als letzte erfuhren. Ich erinnerte mich, daß Sara und Lynn mich so komisch angeguckt hatten, als Paula ihnen erzählt hatte, daß ich mit Sascha zusammen war. Hatte Sascha am Ende eine Affäre mit Doro, von der die ganze Stadt wußte? Paula hatte mir versprochen, die Telefonnummern der beiden über Robert rauszukriegen, und mit ihnen zu sprechen. Ich überlegte, wann Sascha und ich das letzte Mal miteinander geschlafen hatten. Ich wußte es nicht mehr so genau. Sascha war, wenn er aufstand, müde und verkatert. Wenn er sich erholt hatte, war meistens Moritz wach, und abends war Sascha im Club. Wir waren schon ewig nicht mehr zusammen ausgewesen und danach zusammen ins Bett gegangen. Zuerst war ich

schwanger und konnte deshalb nicht mithalten, wenn sich alle um zwei das fünfte Bier reinzogen, und dann stillte ich und war auch meistens um zwölf müde. Kein Wunder, denn Moritz wachte morgens sehr früh auf. Wahrscheinlich war er jetzt schon wach. Ich mußte Nicole anrufen! Morgen, später, jetzt bin ich zu müde. Heute brauche ich nur etwas Ruhe, denn die Nacht war lang. Ich habe nicht die Kraft, aufzustehen und wegzugehen, ich bin schon zu lange unterwegs. Aber eines Tages, das weiß ich genau, werde ich wieder Kraft haben. Irgendwann, wenn der Schmerz nachläßt, werde ich wieder ich selbst sein. Aber nicht heute. Heute bin ich zu müde.
Ich angelte wieder nach der Zeitschrift. Ein Artikel über Madonna, die Schutzpatronin der Alleinerziehenden. Ein Hochglanzfoto. Madonna mit Kind. Sie sei auch ohne Mann glücklich, stand unter dem Foto. Als ob das eine Kunst wäre! Mich hätte interessiert, wie man mit Mann glücklich sein kann, aber das wußte Madonna anscheinend auch nicht. Sie strahlte mich an. Das männerlose Glück schien ihr zu bekommen.
Ich stellte mir vor, wie ich die Möbelpacker anrief. Um Punkt neun steht der Wagen vor der Tür. Ich lasse sie arbeiten. Im Grunde ist nicht viel zu tun, sein Krempel ist schnell verpackt, ein paar Hemden und Hosen, zum Schluß die verdammte Couch. Dann kommt der Schlosser. Ich hinterlasse eine Nachricht auf seiner Mailbox: Komm nicht nach Hause. Heute nicht, und nie wieder. Deine Sachen sind im Club.
Bei dem Gedanken fing mein Herz an zu rasen. Eine Welle von Wut stieg in mir hoch. Nein, so leicht würde ich ihn nicht davonkommen lassen! Du bist ein Weichei, dachte ich, eine Flasche, ein rückgratloser Versager. Ich werde dich zwingen, mir in die Augen zu sehen, und zu sagen, daß du mich nicht liebst. Ich will es hören. Ich will, daß du einmal in deinem Leben Verantwortung übernimmst. Sag es mir! Es sind wenige Worte, sag sie frei heraus, und du kannst gehen. Ich seufzte. Wenn es nur nicht so weh täte, daran zu denken, daß ich ohne ihn leben sollte.

»Na du?«
Paula streckte sich und streichelte meinen Arm.
»Du hast überhaupt nicht geschlafen«, sagte sie.
Ich schüttelte den Kopf.
»Es ist furchtbar, daß du das durchmachen mußt«, sagte sie, »der Typ ist ein Mistkerl!«
Mir kamen die Tränen.
»Ich weiß«, schluchzte ich, »aber er war mein Mistkerl!«
Paula legte den Arm um mich. Sie wiegte mich wie ein kleines Kind, und ich heulte ihr das T-Shirt voll. Das Telefon klingelte wieder, aber Paula ging nicht dran. Statt dessen wiegte sie mich weiter.
»Ich rufe deine Schwester an«, sagte sie nach einer Weile, »sie soll Moritz noch einen Tag dabehalten.«
Moritz! Er war das einzige, das ich noch hatte – außer Paula natürlich. Ich wollte zu ihm. Am liebsten sofort. Aber ich wußte nicht, was ich Nicole sagen sollte, wenn sie mich so verheult sah? Sie würde das alles nicht verstehen, denn sie führte ja eine Musterehe. Ich war die Versagerin in der Familie. Und was, wenn meine Mutter es erfahren würde? Ich fing wieder an zu heulen.
»Jetzt beruhige dich! Ich rede mit Nicole, o. k.? Oder möchtest du, daß ich Moritz hole?«
»Ich weiß es nicht. Ich will nicht, daß er mich so sieht!«
»Du brauchst jetzt Ruhe. Ich sage ihr, daß du krank bist!«
»Dann denkt sie, daß ich zuviel getrunken habe!«
Paula grinste.
»Na und wenn schon? Du hast den größten Teil wieder rausgekotzt. Jetzt guck mich nicht so an! Keine Panik, ich sage, daß du krank bist. Krank, aber nicht verkatert. Du hast Schnupfen, o. k.?«
»O. k. Aber nur, wenn es ihr keine Umstände macht.«
»Wenn es ihr keine Umstände macht, daß du Schnupfen hast?«
»Du kennst Nicole nicht! Sie fragt dir Löcher in den Bauch, und ich will nicht, daß sie Lunte riecht und sofort die ganze Familie alarmiert!«

»Verlaß dich auf mich, ich mach das schon.«
»Nicht, daß Moritz sich abgeschoben vorkommt?«
»Du glaubst doch nicht, daß er einen Schaden davonträgt, wenn er mal einen Tag ohne seine Mami auskommen muß? Auch eine Mutter darf sich mal freinehmen, und die Umstände verlangen, daß du dir einen Tag Pause gönnst!«
Sie ging raus und telefonierte mit Nicole. Ich versuchte, nicht zuzuhören, denn ich wollte nicht wissen, wie es lief. Ich wollte nichts mehr wissen von der Welt um mich herum. Es war alles zu verwirrend. Paula kam wieder rein.
»Alles klar! Sie gehen heute in den Zirkus. Das ist für Moritz sicher toll.«
Die Musterfamilie machte Kinderprogramm, während ich verkatert und verheult in einem fremden Bett saß und die Scherben meines Lebens zusammensammelte – das war ja wieder mal typisch!
»Das ist so unfair«, jammerte ich, »bei anderen klappt immer alles, nur mein Leben ist so ein Chaos!«
»Die letzte Nacht war schlimm«, sagte Paula, »aber das wird schon wieder, glaub mir! Du mußt nur diesen Mistkerl entsorgen.«
Bei dem Gedanken kamen mir wieder die Tränen. Der Mistkerl war der Vater meines Kindes, und ich hatte mir vorgestellt, daß wir bis in alle Ewigkeit zusammen sein und im Kreis unserer Enkelkinder alt werden würden. Wie konnte das nur alles so schieflaufen?
»Ich möchte mal wissen, warum er sie attraktiver findet als mich?«
»Weil er einen Hau hat!«
»Sag's mir: Was hat sie, was ich nicht habe?«
»Was weiß ich? Pickel, O-Beine?« Paula lachte.
»Hör auf! Sag es mir ehrlich!«
»Keine Ahnung. Sie ist eine unsympathische Schlampe.«
»Aber wenn du ein Mann wärst, mit wem würdest du lieber ins Bett gehen? Mit ihr oder mit mir?«
»Wenn ich ein Mann wäre, würde ich mich erschießen, damit ich meine eigene Blödheit nicht ertragen muß.«

»Wirklich sehr hilfreich!«
»Ich bin kein Mann, sondern deine Freundin, und ich mag es nicht, wenn dir jemand wehtut.«
So kamen wir nicht weiter.
»Weißt du, was ich glaube? Ich bin ihm zu langweilig geworden, seit wir das Baby haben!«
»Sehr gut! Such die Schuld immer bei dir«, sagte Paula, »was hat dieser Typ nur mit dir gemacht? Hör mal, du bist die tolle Mel, die du immer warst. Und du hast jetzt ein Kind. Das Problem ist doch, daß er nicht geschnallt hat, daß er Vater geworden ist.«
»Aber er wollte das Kind unbedingt haben!«
»Na klar, wollte er das. Es kommt ja auch gut, herumzulaufen und sich damit zu brüsten, daß man funktionstüchtige Hoden hat. Aber er denkt eben, daß sein Beitrag zur Vaterschaft mit der Samenspende abgeleistet ist.«
Ich wollte etwas zu Saschas Verteidigung sagen, aber mir fiel nichts ein.
»Willst du einen Tee?« unterbrach Paula meine Gedanken, »ich mach uns jetzt mal was zum Frühstück, damit du wieder zu Kräften kommst.«
Sie hörte sich an wie meine Mutter. Die Welt um einen herum konnte in Flammen aufgehen, das wichtigste war, daß man einen vollen Ranzen hatte. Paula ging in die Küche, und ich kuschelte mich wieder in die Kissen. Was hatte ich nur falsch gemacht? Ich hatte Sascha in Doros Arme getrieben, darin war ich mir sicher. Wenn ich nur wüßte, wodurch?
Nach dem Frühstück fühlte ich mich etwas gestärkt und schleppte mich in die Dusche. Das heiße Wasser tat gut. Als ich aus dem Bad kam, war Paula am Telefon.
»Ich glaube nicht, daß sie mit dir reden will«, bellte sie, »Mistkerl!«
Sie knallte den Hörer auf.
»Es war das Arschloch«, sagte sie dann.
Mein Magen verwandelte sich in einen Klumpen aus Blei.
»Du wolltest doch nicht etwa mit ihm reden?«

Ich schüttelte den Kopf. Ich war froh, daß ich jetzt nicht mit Sascha sprechen mußte. Was hätte ich auch sagen sollen? Na, und war's noch nett mit Doro gestern abend? Ich mußte schlucken. Paula guckte mich aufmerksam an.
»Geht's?«
Ich zuckte mit den Schultern.
»Was mach ich nur mit dir«, sagte Paula und legte den Arm um mich, »weißt du was? Wir gehen wieder ins Bett und gucken ein bißchen Serien, hast du Lust?«
Mir war alles egal, insofern konnte ich genausogut Serien gucken. Paula kuschelte sich an mich ran und schaltete die Glotze an.
»Ich brauche Liebe«, sagte Brooke und guckte Ridge schmachtend an, »ich bin auch nur ein Mensch!«
Ich wußte genau, was sie meinte, aber Paula fehlte jeder Draht zu der Ärmsten.
»Die ist kein Mensch sondern ein Klon«, sagte sie kaltherzig und ließ Brooke verschwinden.
Dummerweise lief aber keine andere Serie, so daß wir zuerst MTV guckten und dann einen Film über Aliens, die sich in den Körpern von Menschen einnisteten. Sie fraßen ihre Seelen, und danach führten sie sich auf wie deutsche Touristen auf Mallorca. Wir Einheimischen hatten keine Chance, aber wir nutzten sie. Als die vereinigte Weltregierung ihre Raketen startete, klingelte es Sturm an der Tür. Paula stöhnte genervt.
»Nicht jetzt, wo wir dabei sind, den Bastarden einzuheizen.«
Sie rührte sich nicht vom Fleck. Doch als das Klingeln nicht aufhörte, ging sie an die Tür und kam kurz darauf mit einem Strauß roter Rosen wieder rein.
»Wenn der Mistkerl die Frechheit besessen hätte, selbst vorbeizukommen, hätte ich ihm das Gemüse um die Ohren geknallt«, sagte sie, »aber es war ein Kurier, und dem mußte ich noch Trinkgeld geben. Das ist doch das Letzte!«
Sie warf die Rosen aufs Bett. Es steckte eine Karte darin.

»Na, was ist seine Entschuldigung? Tut mir leid, ich hatte meine Kontaktlinsen nicht an und habe dich mit meiner Chefin verwechselt?«

»Laß uns reden, Sascha«, las ich.

»Wie originell!«

Ich schniefte.

»Was ist los«, fragte Paula, »da schickt der Mistkerl ein paar Rosen vorbei, zu laß mich schätzen: das Stück zwei Mark, Gesamtwert DM zwanzig, und du kriegst glasige Augen?«

»Ach Paula …«

»Noch nicht mal 'ne ungerade Zahl, wie stillos!«

Ich schniefte wieder.

»Wahrscheinlich liegt er mit der Ratte im Bett«, schimpfte Paula, »und hat zwischen zwei Nummern mal kurz Fleurop angewählt. Eine großartige Leistung, das sähe ihm ähnlich!«

Das ging mir dann doch zu weit. Mußte sie mich so quälen? Ich schnappte mein Kissen und drückte es ihr vors Gesicht.

»Dir stopf ich das Schandmaul«, sagte ich.

Paula wehrte sich verzweifelt und das Ganze endete in einer Kissenschlacht. Danach setzte Paula sich in den Kopf, daß wir uns pflegen sollten. Sie holte ihr Kosmetikarsenal ans Bett und entschied, daß ich jetzt eine Feuchtigkeitsmaske brauchte. Da ich mich nicht wehrte, schmierte sie mir die Paste ins Gesicht. Es fühlte sich erstaunlich gut an. Vielleicht könnte ich Sascha wiedergewinnen, wenn meine Haut feuchter war? Als nächstes unterzog Paula meine Fingernägel einer Totalrenovierung.

»Grün oder rot?«

»Hm?«

»Welche Farbe willst du auf den Nägeln haben?«

»Gar keine!«

»Oder blau?«

»Na dann rot.«

»Du solltest dich von deinen konservativen Wertvorstellungen lösen!«

Vermutlich hatte sie recht. Ich war zu spießig. Deshalb ging Sascha auch fremd. Vielleicht sollte ich ihm zeigen, daß ich offen für Experimente war, wie man so sagte, und auch andere Leute küssen?
»Meinst du, ich sollte mir eine Affäre zulegen?«
»Du brauchst einen ganz und gar neuen Mann.«
Das fand ich nun wieder wesentlich konservativer als eine Affäre. Aber mit wem sollte ich denn eine Affäre anfangen? Mir gefiel nur Sascha.
»Er müßte auf jeden Fall vom Typ her genauso sein wie Sascha.«
Paula schaute mich strafend an.
»Sag das noch mal und ich hole die Leute in den weißen Kitteln!«
Ich lachte.
»Ich meinte doch nur, daß er so einen Körper haben sollte wie Sascha.«
»Meinetwegen«, sagte sie gnädig, »aber der Kopf müßte komplett ausgetauscht werden.«
Bis auf die Lippen, dachte ich. Und die Augen. Eigentlich fand ich alles an Sascha toll. Vielleicht könnte man nur das Gehirn austauschen und den Rest lassen? Aber was, wenn dieses Gehirn sich dann auch in Doro verknallte? Wahrscheinlich war sie einfach sexy-er als ich? Ich müßte mich ändern, dachte ich, ein Vamp werden. Die roten Fingernägel waren der erste Schritt in die richtige Richtung.
»Bin ich sexy?« wollte ich von Paula wissen.
Sie lachte: »Bin ich lesbisch?«
»Ach komm …«
»Du bist unwiderstehlich in dem ausgeleierten Nachthemd und dieser Maske auf dem Gesicht. Wenn ich ein Mann wäre, würde ich mich sofort in dich verlieben.«
»Schade, daß du kein Mann bist«, sagte ich bedauernd.
»Wasch dir mal die Maske ab, bevor sie zu Beton wird.«
Erst jetzt bemerkte ich, daß die Paste auf der Haut spannte. Während ich sie runterspülte, dachte ich, daß das Leben so viel einfacher wäre, wenn Männer wären

wie Paula: nett, lustig und verständnisvoll. Als ich wieder ins Bett kam, bekam ich gerade noch das Ende der Aliens mit, das ziemlich blutig war. Danach muß ich eingeschlafen sein, denn als ich wieder aufwachte, war es dunkel, und Paula las im Schein der Nachttischlampe. Sie klappte das Buch zu.
»Weißt du was«, sagte sie, »wir gehen jetzt aus!«
»Jetzt?«
Mir war nicht nach Ausgehen zumute. Ich brauchte nur daran zu denken, was mir das gestrige Ausgehen gebracht hatte. Doch Paula kannte keine Gnade.
»Los, du faules Stück! Du hast lange genug herumgelungert. Jetzt machen wir uns richtig hübsch und gehen weg. Zuerst Essen und dann Trinken. Ich lad dich ein!«
»Können wir nicht etwas bestellen? Ich bin zu müde. Ich will nicht ausgehen! Ich bin zu schlapp, um aus dem Bett zu steigen.«
Paula ignorierte meine Proteste. Sie sprang auf und zog aus ihrem Kleiderschrank ein paar Klamotten daraus hervor.
»Welches möchtest du anziehen?«
Sie hielt mir zwei Kleider unter die Nase, die beide gleich aussahen. Ich entschied mich für eins, doch Paula war anderer Meinung.
»Das ist doch nichts«, sagte sie kurzentschlossen und hielt mir das andere hin, »du ziehst das an!«
Ich zog das Kleid an. Es war ziemlich eng und als ich mich im Spiegel anguckte, fand ich, daß ich richtig gut aussah. Beinahe wie ein Vamp. Paula zog auch etwas Vampiges an, und wir gingen los.
Als wir aus der Haustüre kamen, war es dunkel. Im Schein der Straßenlaterne sah man einen gesprayten Schriftzug auf dem gegenüberliegenden Haus. Melanie, ich liebe dich, stand dort in silbernen Buchstaben.
»Was für ein kindischer Idiot«, sagte Paula.

what's love got to do with it?

Das Restaurant, in das Paula mich schleppte, hatte weiße Leinentischdecken und massenweise frische Blumen als Deko auf den Tischen. Kaum saßen wir, kam ein Kellner mit Akzent, und Paula bestellte eine Flasche Champagner. Ich protestierte, weil ich nicht fand, daß wir etwas zu feiern hatten, aber Paula meinte, wir müßten auf mein neues Leben trinken.

»Glaubst du, da reicht eine Flasche?« fragte ich.

Paula grinste.

Nachdem wir unsere Mägen bis an ihre anatomischen Grenzen mit französischen Schweinereien vollgestopft hatten, rollten wir in eine Bar ein. Die Luft war sauerstoffarm und es war ziemlich voll und laut. Ich mußte augenblicklich gähnen.

»Jetzt nur keine Müdigkeit vortäuschen«, rief Paula mir zu.

Sie erkämpfte einen Platz am Tresen und orderte zwei James Bonds. Das Zeug schmeckte hochprozentig und köstlich verrucht. Ich genoß es, daran zu nuckeln und die Leute um mich herum zu beobachten. Es lenkte mich so schön von meinen eigenen Leben ab – viel besser als fernsehen.

Inzwischen machte sich der Schlafmangel deutlich bemerkbar. Die Kombination von Müdigkeit und James Bonds war tödlich. Ich mußte dauernd gähnen und versuchte, Energie zu sparen, indem ich meine Lippen nicht bewegte und mich statt dessen darauf konzentrierte, die Augen offen zu halten. Praktischerweise hatte ich mit mehreren Leuten Körperkontakt, so daß keine Gefahr bestand, daß ich einfach umfallen und einschlafen würde. Von hinten stützte mich eine Frau, die lauthals berichtete,

daß sie in ihrer kürzlich erworbenen Eigentumswohnung ziemlichen Ärger mit den Malern gehabt hatte, weil die zu beschränkt waren, um die Farben so mischen, wie sie es ihnen erklärt hatte. Es tat gut, mitzukriegen, daß auch andere Leute Probleme hatten, und die eigenen für eine Weile zu vergessen. Ich nahm einen gehirnzellentötenden Schluck James Bond und hörte der Frau weiter zu.
»Ich sage terracotta, und die Typen verstehen orange! Jetzt krieg ich jedesmal 'nen Farbschock, wenn ich in meine Küche gehe. Orange hat eine völlig andere Wirkung als terracotta. Es wirkt so aggressiv, richtig nervenaufreibend. Wenn ich nur die Lebensmittel in den Kühlschrank räume, kriege ich schon 'nen Adrenalinschock.«
Die Ärmste konnte einem leid tun. Sie seufzte gequält und bestellte noch einen Drink, um den Streß wegzuspülen. Dann zündete sie eine Zigarette an und blies den Rauch in meinen rechten Nasenflügel.
»Wenn ich 'nen Kreislaufkollaps kriege, verklag' ich die Typen«, sagte sie entschlossen.
Ich hätte mich gerne umgedreht, um ihr zu sagen, wie leid es mir tat, daß sie so ein Pech mit den Malern gehabt hatte. Bei der Gelegenheit hätte ich sie auch bitten können, ihren Ellenbogen aus meinen Rippen zu nehmen. Doch ich konnte mich nicht bewegen, denn sie und der Typ, der links neben mir stand, schränkten meinen Bewegungsspielraum stark ein. Der Typ links modelte zur Zeit für Unterwäsche. Eigentlich war er Schauspieler, nur hatte er in der letzten Zeit keine Möglichkeiten gehabt, seinen Beruf auszuüben, erzählte er, weil die Castingfrauen Nutten waren.
»Die nehmen dich nur, wenn du mit ihnen schläfst«, sagte er betrübt in mein linkes Ohr.
Der Ärmste mußte zum Umfallen schön oder die Castingfrauen so häßlich sein, daß sie gezwungen waren, ihre berufliche Position zur Kompensation der Qualitäten zu nutzen, die ihnen die Natur vorenthalten hatte. Um eine Antwort auf diese Frage zu bekommen, schielte ich nach links und warf einen Blick auf ihn. Er war zum Umfallen

schön – zumindest vom Profil her zu urteilen. Bei mir hätte er unbehelligt arbeiten können, denn ich stehe nicht auf schöne Männer. Ich kriege nur bei markanten Typen weiche Knie.

Paulas Gesicht tauchte hinter der linken Schulter des Model/Schauspielers auf. Sie stand anscheinend auf schöne Männer, denn als unsere Blicke sich kreuzten, rollte sie ihre Augen in seine Richtung und leckte sich genießerisch die Lippen. Dann hob sie die Hand und schwenkte ihr leeres Glas in der Luft.

»Noch einen?« schrie sie.

Ich nickte. Ihr Gesicht verschwand hinter der Schulter des Models und tauchte kurz darauf am Tresen wieder auf. Ich konnte sehen, wie sie ihre Lippen bewegte. Der Barmann nickte. Er mußte Ohren wie eine Fledermaus haben, wenn er sie in diesem Lärm verstehen konnte. Die Frau mit dem Malerproblem hatte inzwischen eine Lösung gefunden:

»Ich werde Ranken darüber wachsen lassen!«

Ich konnte nicht verstehen, was ihr Gegenüber von dieser Idee hielt. Er oder sie schien jedenfalls nicht den Enthusiasmus zu zeigen, den die vom Schicksal gebeutelte für diese kreative Lösung verdient hatte.

»Was heißt hier Buschmesser«, sagte sie beleidigt, »in Italien haben alle Leute Efeu in der Küche!«

Diese Frau war in Sachen Einrichtung anscheinend eine Expertin, aber ihr Gesprächspartner ließ sich davon nicht beeindrucken. Er hatte wieder irgendwelche Einwände.

»Na gut, nicht unbedingt Efeu«, sagte die Frau friedfertig, »aber Kräuter und so, und Weinranken. Vor allem Wein. Apropos: Trinken wir noch einen?«

Ihr Gegenüber hatte anscheinend wieder etwas einzuwenden, und die Rankenfrau sagte enttäuscht, daß sie es total nervig fand, daß er oder sie immer so früh schlappmachte.

»Arno, du bist langweilig«, sagte sie sauer.

Ich fand, daß sie recht hatte. Arno hatte in bezug auf die Rankensache statt Fantasie zu zeigen, pingelige Kommentare über deren botanische Zuordnung abgelassen. Wen interessierte schon, wie die Dinger hießen, Hauptsache sie waren orange-abdeckend. Arno war eine Buchhalternatur, langweilig und beschränkt. Er erinnerte mich an Matthias. Wenn er nicht ab und zu bereit war, etwas länger mit seiner Freundin auszugehen, war es nur eine Frage der Zeit, bis sie sich in die Arme eines Sascha warf und todunglücklich wurde. Arno müßte dann alleine in Bars herumstehen und auf Esseneinladungen bei verheirateten Paaren das fünfte Rad am Wagen spielen. Jetzt hatte er einmal die Chance, über sich hinauszuwachsen, und ausgerechnet dann wollte er nach Hause. Das war anscheinend beschlossene Sache, denn die Rankenfrau schwieg weiterhin. Da von dieser Seite kein Input mehr kam, konzentrierte ich mich wieder auf mein linkes Ohr. Das Model/Schauspieler war inzwischen zu der Überzeugung gelangt, daß man vorübergehende Flauten im Berufsleben mit Fassung tragen muß.

»Es hat ja auch seine Vorteile, arbeitslos zu sein«, sagte er tapfer, »ich kann morgens ausschlafen, tagsüber Sport machen, und abends weggehen so lange und so viel ich will.«

Seine Einstellung war bewundernswert. Ich dachte, daß sich die Rankenfrau mit dem Model/Schauspieler zusammentun sollte, anstatt sich mit dem langweiligen Arno herumzuärgern. Es war mir ein Rätsel, was sie überhaupt an ihm fand. Vielleicht war er gut im Bett? Oder er sah gut aus? Noch umwerfender als das Model. Ich versuchte mich umzudrehen, um den langweiligen, aber gutaussehenden Arno zu Gesicht zu bekommen, als der nächste James Bond kam und mich ablenkte. Plötzlich entstand eine Bewegung hinter mir. Die Rankenfrau zahlte, und meine Rückendeckung fiel weg. Es war ärgerlich, daß sie gegangen waren, ohne daß ich einen Blick auf Arno hatte werfen können, aber ich wurde dadurch entschädigt, daß ihr Hocker freiwurde. Als ich meinen Po blitzschnell auf die leergewordene Fläche schob, kollidierte er mit einem fremden Hintern. Ich drehte mich um und sah direkt in

ein schwarzes Augenpaar. Es gehörte dem Model/Schauspieler.
»Entschuldige«, sagte er höflich und stand auf, »ich hab dir den Platz weggenommen.«
Ich stand ebenfalls auf. »Ist schon o. k., wir können uns ja abwechseln!«
»Na gut«, lenkte er ein, »du zuerst. Du bist die ganze Zeit gestanden.«
»Du doch auch!«
»Ich bin nicht so müde wie du.«
»Willst du damit sagen, daß ich fertig aussehe?«
Er lachte. Sogar seine Zähne waren schön.
»Du siehst toll aus«, sagte er, »ich dachte nur, daß du müde bist, weil du die ganze Zeit kein Wort geredet hast.«
In dieser Bar hörte man nicht nur tatsächlich geführten, sondern auch nicht-geführten Gesprächen zu.
»Das liegt daran, daß du zwischen mir und meiner Freundin stehst!«
Ich deutete auf Paula, die hinter ihm stand. Er drehte sich um und prostete ihr zu. Dann machte er Platz, so daß Paula sich zu uns stellen konnte. Wir stellten uns vor und Paula strahlte. Das Model hieß Georg.
»Und das ist Mirko«, sagte er.
Mirko war ein blonder Mensch in einem Nike-Shirt, der Whiskey pur trank. Er sah aus wie Roger Moore, und ich sagte ihm das. Mirko faßte das als Kompliment auf und orderte sofort für uns alle einen James Bond. Das Model/Schauspieler unterhielt sich währenddessen mit Paula und guckte mich dabei hin und wieder an, als erwarte er, daß ich auch etwas zum Gespräch beitrug. Da ich aber wegen der lauten Musik kein Wort von dem verstehen konnte, was sie redeten, lächelte ich nur höflich zurück. Er sah wirklich toll aus. Aber wer konnte wissen, welche Abgründe sich hinter dieser perfekten Fassade verbargen? Sascha hatte es schließlich auch nicht auf die Stirn tätowiert, daß er ein Problemfall war. Möglicherweise war Paulas Strategie die einzig richtige. Um Enttäuschungen mit Männern zu vermeiden, mußte man sie nach Gebrauch wegwerfen.

»Hier. Auf dein Wohl!«
Ich war zu beschäftigt gewesen, Georg anzuglotzen, und hatte nicht bemerkt, daß Mirko mit den Drinks gekommen war. Um nicht undankbar zu wirken, verwickelte ich unseren Gönner in ein Gespräch über James-Bond-Filme. Bis auf den letzten, den ich nicht gesehen hatte, kannte ich mich ziemlich gut aus. Vor allen Dingen, was die Bond-Girls anging. Sie waren viel schärfer als James Bond selbst.
»Eigentlich müßte man die Filme mit den Frauen in der Hauptrolle drehen«, sagte ich.
»Bist du etwa eine Emanze«, fragte Mirko.
Er sprach das Wort so aus, als sei es die Bezeichnung für eine ansteckende Krankheit. Ich wußte nicht so recht, was ich darauf antworten sollte, denn ich fand, daß es nichts mit dem Thema zu tun hatte. Es gab viele Filme, die nach Frauen benannt waren, wie zum Beispiel Jackie Brown, die auch für Nicht-Emanzen freigegeben waren. Mirko hatte anscheinend etwas gegen Frauen.
»Du stehst wohl mehr auf Männer?« fragte ich.
Jetzt guckte er, als hätte ich behauptet, er hätte die ansteckende Krankheit. Mirko war ein schwieriger Gesprächspartner.
»Worüber redet ihr?« fragte Paula und schob sich zwischen mich und Mirko.
»Deine Freundin hat mich gefragt, ob ich schwul bin«, sagte Mirko beleidigt.
Georg fand das urkomisch und mußte schallend lachen.
»Der arme Mirko«, sagte er zu mir, »das passiert ihm dauernd. Er lebt nämlich mit zwei Schwulen zusammen, daher die allgemeine Neugier. Aber keine Sorge, es lohnt sich, mit ihm zu flirten!«
Ich machte mir keine Sorgen, weil ich nicht vorhatte, mit Mirko zu flirten. Der Typ war das reinste Minenfeld. Egal, was man sagte, er kriegte es in den falschen Hals. Das kannte ich von Sascha. Mit so jemandem flirtet man nicht.
»Seine Freundin hat ihn vor kurzem sitzengelassen«, flüsterte Georg mir ins Ohr, »deshalb ist er etwas empfindlich.«

Er hätte nicht zu flüstern brauchen, denn in der Bar konnte man nichts verstehen, was einem nicht direkt ins Gesicht gebrüllt wurde. Außerdem unterhielt sich Mirko inzwischen mit Paula. Sie schienen sich gut zu amüsieren. Paula war aufgrund ihrer jahrelangen Erfahrung als praktizierender Single eine so versierte Flirterin, daß auch Typen wie Mirko kein Hindernis für sie darstellten. Das freute mich für ihn, denn das beste für ein gebrochenes Herz war bekanntlich ein neuer Flirt.
»Das tut mir leid«, sagte ich.
Georg winkte ab. »Halb so wild. Er ist schon auf dem Weg der Besserung.«
»Trennungen sind was schlimmes!«
»Erst mal ist es, als würde eine Welt zusammenbrechen«, bestätigte Georg, »man hat sich ein kleines Universum gebaut, und wenn es zerplatzt, steht man da wie neugeboren. Ohne Schutz.«
Der Typ sollte die Schauspielerei hinschmeißen und Drehbücher schreiben, dachte ich. Wozu anderer Leute Texte auswendig lernen, wenn man selbst welche im Kopf hatte? Georg verkaufte sich vermutlich unter Wert. Wie Sascha. Er hätte jede Menge Möglichkeiten, wenn er nur an sich glauben würde. Aber statt dessen pflegte er seine Minderwertigkeitsgefühle und versuchte, sie mit Koks zu übertünchen.
»Du bist ganz still«, bemerkte Georg, »habe ich was Falsches gesagt?«
Ich schüttelte den Kopf. Jemand wie Georg sagte nichts Falsches. Es waren die Typen wie Sascha, die ständig nur das Falsche sagen und tun. Zur Hölle mit Sascha, dachte ich, irgendwann werde ich einen anderen Typen kennenlernen und total vergessen, was ich jemals an Sascha toll gefunden hatte. Im Grunde wußte ich es jetzt schon nicht mehr.
»Was findest du an einer Frau toll«, wollte ich von Georg wissen.
Er lachte.
»Das ist echt schwierig!«

»Versuch's einfach!«
»Hmmm? Das wichtigste ist, daß man miteinander reden kann«, sagte er, »ich will bei einer Frau das Gefühl haben, daß sie zu mir steht. Daß wir über die gleichen Sachen lachen. Aber das Reden ist noch wichtiger. Man sollte über alles reden können. Darüber wie es im Bett ist. Oder welche Musik man gerne hört, oder welche Träume man hat. Und welches Bond-Girl das beste ist!«
Das hatte er gehört? Wie süß! Er war ein Mann, der einem sogar zuhörte, wenn man nicht mit ihm redete, eine nette Abwechslung zu Sascha, der niemals zuhörte, schon gar nicht, wenn man mit ihm redete. Ich küßte ihn auf die Wange.
»Wofür war das denn?«
»Nur so. Und, welches Bond-Girl ist das beste?«
»Ursula Andress«, sagte Georg wie aus der Pistole geschossen.
Das war eine Nominierung ganz nach meinem Geschmack, deshalb würdigte ich sie entsprechend.
»Tataaa«, rief ich, »wir haben den Sieger unseres diesjährigen Bond-Girl-Wettbewerbs gefunden. Es ist Georg!«
Natürlich ist Ursula Andress das beste Bond-Girl, weil sie so sexy aussieht, aber ich hätte eine andere Nominierung auch gelten lassen, weil Georg einfach nett war. Er war kein Typ wie Arno, der wegen jeder Kleinigkeit eine Riesendiskussion vom Zaun brach. Ganz zu schweigen von Typen wie Sascha, die keine James-Bond-Filme guckten, weil Bruce Willis nicht mitspielte. Allein dafür, daß er nicht so drauf war, hatte Georg einen Preis verdient.
Als wir dem glücklichen Gewinner zuprosteten, bekam ich einen Schluckauf.
»Und, was kriegt er jetzt«, fragte Mirko.
Ich zuckte ratlos mit den Schultern.
»Na, den Preis eben«, sagte ich.
»Ich sehe keinen Preis«, nörgelte Mirko. Er war wie Arno: Pingelig. »Irgendwas muß er doch kriegen!«
»Was hättest du denn gerne«, fragte ich Georg.

Ich hoffte, er würde nicht sagen, daß ich ihm einen Drink ausgeben sollte, da ich kein Geld dabei hatte. Zum Glück war Georg ein eher sportlicher Typ.
»Wie wär's mit einem Tanz?« sagte er.
»O. k.«
Das war eine gute und billige Lösung. Georg ging zum DJ, um ein Lied zu bestellen, und Paula rollte mit den Augen, als stünde sie kurz davor, in Ohnmacht zu fallen. Ich nahm einen großen Schluck James Bond. Als Georg zurückkam, fing Tina Turner an zu singen. Es war nicht Golden Eye, aber ihre rauchige Stimme verursachte trotzdem ein Kribbeln unter meiner Haut. Wir tanzten los.
»Du fühlst dich gut an«, murmelte Georg in mein Ohr.
Und du dich noch viel besser, dachte ich und streichelte seinen Rücken.
»Du bist toll«, sagte Georg, »du hast eine besondere Ausstrahlung.«
Na wer sagt's denn? Ein schöner Mann, auf den alle Castingfrauen der Republik scharf waren, fand meine Ausstrahlung besonders. Das tat gut.
»Erzähl mir mehr davon«, sagte ich.
Ich legte meine Hand auf Georgs Schulter und guckte ihm tief in die Augen. Sie waren dunkel und warm. Georg hatte Augen wie Bambi und Hände, die fest zupackten und mich im Rhythmus der Musik bewegten. Ich ließ mich treiben und die James Bonds in meinem Kopf trugen mich auf Georgs Händen davon. Mir war schwindlig.
»Ich weiß nicht, wie ich es ausdrücken soll«, sagte Bambi, »du hast so etwas Zerbrechliches. Man möchte dich nur streicheln und küssen.«
Das tat er dann auch, und es war wunderschön. Ich bekam ein warmes, wohliges Gefühl im Bauch wie nach einer guten Tasse Tee, was bewirkte, daß mein Schluckauf aufhörte. Seine Lippen waren sanft und fest. Sie schmeckten süß. Anders als Saschas Lippen. Georg roch anders als Sascha. Er war nicht Sascha. Er konnte auch nicht Sascha sein, dachte ich, denn Sascha küßte ja Doro und nicht mich. Bei dem Gedanken kamen mir plötzlich die Tränen,

so daß ich mit dem Küssen aufhören mußte, weil ich befürchtete, daß Georg sonst davonschwimmen würde. Ich versteckte meinen Kopf an seiner Brust.

»Hey, was ist denn«, fragte er leise.

»Ich bin eben zerbrechlich«, schniefte ich.

Danach kamen nur noch unverständliche Laute aus meinem Mund, und ich mußte es aufgeben, ihm erklären zu wollen, wie ich zu meiner Ausstrahlung gekommen war. Ich ließ mich auf den Barhocker fallen und vergrub das Gesicht in den Händen und heulte weiter.

»Ist ja gut«, sagte Paula und streichelte meinen Kopf, »es reicht für heute, wir gehen nach Hause.«

Entschlossen zog sie mich vom Hocker und schob mich durch die Menschenmenge, die mich anguckte, als hätte ich eine ansteckende Krankheit. Außer Georg, der sagte einfach nur tschüß.

»Ich habe Mirko nicht tschüß gesagt«, schluchzte ich, als wir draußen waren. Es war schon schlimm genug, daß er mich für eine Männerhasserin hielt, ich wollte nicht auch noch unhöflich erscheinen.

»Vergiß Mirko«, sagte Paula mit einer wegwerfenden Handbewegung, »was glaubst du, was ich in meiner Tasche für dich habe?«

Ich zuckte ratlos mit den Schultern.

»Ein Taschentuch?«

Paula grinste spitzbübisch und schüttelte den Kopf: »Georgs Telefonnummer!«

I don't want to talk about it

Ich weiß nicht mehr, wie ich an dem Abend ins Bett gekommen bin, aber am nächsten Morgen ging es mir besser. Vielleicht spürte ich aber den Knoten im Magen nur deshalb nicht, weil mir der Schädel brummte. Um mich herum war eingeschränkte Sicht mit Bodennebel, was zwar unangenehm aber praktisch war, weil ich nicht dazukam, Sascha zu vermissen. Das einzige, wonach ich mich sehnte, war eine Kopfschmerztablette. Und Moritz.
»Ich will zu Moritz«, jammerte ich, als Paula Tee und Aspirin ans Bett brachte, »ich muß sofort los!«
Doch der Versuch, das Bett zu verlassen, belehrte mich augenblicklich eines besseren.
»Autsch!« Ich preßte meine Hände gegen meine Schläfen, als könnte ich dadurch verhindern, daß die tausend Messer, die in meinem Kopf steckten, sich noch tiefer bohrten. »Was ist eigentlich drin in diesem James Bond?«
»Pures Gift«, sagte Paula, »aber es sind auch die vielen Zigaretten, die einen so fertigmachen. Ich habe gestern bestimmt eine Milliarde geraucht.«
Sie schaltete den Fernseher an. Im Kosovo töteten sich die Menschen weiter, und Christy Turlington behauptete, daß sie so gut aussah, weil sie Jade-Lippenstifte benutzte.
»Das ist ja deprimierend«, sagte Paula und schaltete wieder ab.
Nachdem wir das Frühstück à la Betty Ford schweigend zu uns genommen hatten, rief ich Nicole an, und wir verabredeten, daß ich Moritz nach seinem Mittagsschlaf abholen würde. Dann duschte ich ausgiebig und schlüpfte in die Klamotten, die Paula mir zurechtgelegt hatte. Diesmal nicht vampig, sondern eher sportlich.

»Gut siehst du aus«, sagte sie anerkennend, »Tragik steht dir. Willst du das jetzt wirklich durchziehen?«
Ich nickte.
»Meinst du nicht, du brauchst noch einen Tag für dich?«
»Nein, nein. Mir geht's gut.«
Immerhin hatte ich mich noch nicht aus dem Fenster gestürzt.
»Wie du meinst. Hol Moritz her, und dann bleibt ihr so lange ihr wollt, damit es sich wenigstens einmal lohnt, daß mein Vater diese riesige Wohnung zahlt. Ich ruf dir ein Taxi.«
Sie rief beim Taxistand an, dann holte sie ihren Geldbeutel und drückte mir einen Schein in die Hand.
»Viel Glück, Süße! Und vergiß nicht: Du bist es nicht, die Mist gebaut hat.«
Das versuchte ich mir einzuprägen, als ich bei Nicole klingelte.
Jörg öffnete die Tür.
»Da bist du ja«, sagte er, als sei ich von einer Expedition ins Weltall zurück.
»Hi! Wie ging's mit Moritz?«
»Gut. Bestens!«
Er guckte mich eindringlich an. Ich hörte Moritz brabbeln, und Nicole in Kindersprache antworten. Geschirr klapperte in der Küche, und der Duft von frischem Kaffee wehte durch die Wohnung.
»Sag mir lieber, wie es dir geht«, wollte Jörg wissen.
Ich zuckte mit den Schultern.
Mir geht's schlecht, dachte ich, hundeelend. Ich bin heimatlos und verlassen. Ich gehe nicht nach Hause, nie wieder. Es reicht mir, ich hab genug von diesem Irrsinn. Ich habe keine Lust mehr, meine Nächte mit Arabella zu verbringen, während mein Mann seine Chefin küßt.
»Hi, Baby«, sagte eine wohlbekannte Männerstimme.
Ein Schauer lief mir über den Rücken. Augenblicklich bekam ich Angst – nicht vor ihm und seinem Blick, der jetzt die Pitbullhaftigkeit verloren hatte und verunsichert war, so daß ich fast Mitleid mit ihm bekam, sondern vor dem

Leben an seiner Seite. Das Koks, die verdreckte Küche, in der unfreundliche Leute wie Ike saßen und meine Brötchen verspeisten – und Doro. Der Knoten in meinem Bauch wurde hart wie Stein und tat weh.

»Ich habe mir Sorgen um dich gemacht«, sagte er, als hätte ich einen Anlaß dazu gegeben. Die Bilder der vorletzten Nacht kamen mit geballter Macht hoch und legten sich wie bleierne Gewichte um meine Gedanken. »Mel, ich muß mit dir reden.«

»Aber ich nicht mit dir!«

»Kommst du nach Hause?«

»Nein.«

Ich schob mich an ihm vorbei ins Wohnzimmer, wo Nicole mit den Kindern spielte. Moritz hatte offensichtlich nicht bemerkt, daß ich länger weggewesen war, denn er begrüßte mich mit einem flüchtigen Grinsen und widmete seine Aufmerksamkeit dann wieder seinen Cousinen, die auf dem Parkett eine Auto-Rallye veranstalteten.

»Brmmm«, sagte er begeistert.

Ich küßte ihn und ließ ihn weiter Schumacher spielen. Nicole guckte mich aufmerksam an.

»Du mußt mit ihm reden«, sagte sie.

»Ich habe ihm nichts zu sagen!«

Nicole stand vom Boden auf und zog mich auf die Couch. »Na komm, Kleine!« Sie tätschelte meine Hand. »In jeder Beziehung gibt es mal Krisen, das ist normal. Aber du kannst sie nicht lösen, indem du davonläufst!«

»Du hast keine Ahnung, wovon du redest!«

»Doch«, sagte sie, »Sascha hat mir alles erzählt.«

»Das kann ich mir nicht vorstellen. Da müßte er ungefähr ein Jahr lang reden.«

»Er hat mir erzählt, was auf dem Fest passiert ist.«

»Das war ein Hammer und hat mir tierisch wehgetan, aber es ist ein Klacks im Vergleich zu dem, was sonst noch zwischen Sascha und mir schiefläuft. Es ist nur die Spitze des Eisbergs, ehrlich.«

»Immerhin ist es der Auslöser dafür, daß du ihm endlich

mal gezeigt hast, daß es dir reicht. Aber du kannst nicht erwarten, daß auf einen Schlag der ganze Berg verschwindet. Du mußt ihn Stück für Stück abtragen, also, warum nicht an der Spitze anfangen?«

»Weil ich nicht weiß, ob ich das überhaupt noch will.«

Es sagte sich leicht für Nicole, daß ich mit Sascha über seinen Flirt mit Doro reden sollte. Wie soll man über etwas reden, an das man nicht einmal denken kann, ohne einen Knoten im Bauch zu kriegen? Noch dazu mit Sascha! Er war kein angenehmer Gesprächspartner, was Nicole nicht wissen konnte, weil sie noch nie versucht hatte, einen Kinobesuch mit ihm zu planen. Wie redet man mit einem Mann, der sich in seiner Freiheit eingeschränkt fühlt, wenn man ihn fragt, ob er abends nach Hause kommt? Ich hätte Nicole mal an meiner Stelle sehen wollen. Welche schlauen Sätze würde sie von sich geben, wenn ihr Mustergatte Doro geküßt hätte? Nicht daß das jemals passieren würde, denn erstens kannten sich die beiden nicht, und zweitens küssen Mustergatten nur die eigene Frau.

»Jörg ist auch nicht der Bilderbuchehemann, für den du ihn hältst«, sagte Nicole, als hätte sie meine Gedanken erraten, »wir haben auch unsere Probleme.«

»Wirklich? Du Ärmste! Bringt er den Müll nicht runter, das Schwein?«

Sie seufzte und schwieg.

»Nicole, du hast keine Ahnung.«

»Ich weiß, daß Sascha ein schwieriger Typ ist«, sagte sie, »ich bin ja nicht blind. Aber er ist bereit, sich zu ändern. Es tut ihm leid und er will noch mal neu anfangen. Das ist doch etwas!«

Ich hätte nichts dagegen gehabt, den Anfang meiner Beziehung mit Sascha noch mal neu zu erleben, es war der siebte Himmel gewesen, aber dabei blieb es ja nicht. Es war die Landung auf der Erde, und was danach kam, das mir Sorgen machte.

»Ich finde, du solltest ihm eine Chance geben!«

»Noch eine? Du weißt nicht, was du da verlangst!«
»Ich verlange es ja nicht. Ich wünsche es mir nur für euch. Und für euren süßen Sohn! Er ist doch die Mühe wert, guck ihn dir an!«
Moritz saß breitbeinig gegen ein Kissen gelehnt und strahlte über beide Backen. Ein Blick, und ich wußte, daß ich alles tun wollte, damit er glücklich war.
»Wir beide wissen, daß es für Kinder schwer zu kapieren ist, warum Eltern sich trennen«, sagte Nicole, »du willst ihm doch später nicht erzählen müssen, daß er ohne Vater aufgewachsen ist, weil du dich nicht zu einem Gespräch durchringen konntest?«
Diese Frau war ein Profi. Sie wußte genau, welche Knöpfe sie drücken mußte.
»Du solltest in die Politik gehen«, sagte ich.
Nicole lachte und drückte den nächsten Knopf.
»Liebst du Sascha denn nicht mehr?«
Ich schwieg.
»Rede mit ihm!«
»O. k.«
Nicole ging raus und nahm die Kinder mit. Eine Sekunde später stand Sascha in der Tür.
»Na, wie geht's dir?«
»Schlecht.«
»Mir auch.«
Sein Gesicht war grau, als hätte er die ganze Nacht durchgefeiert.
»Ich habe mir solche Sorgen gemacht«, sagte er, »du hast mir Angst eingejagt!«
In dem Moment verwandelte sich der Knoten in meinem Bauch in blanke Wut. Wie konnte er nur derart die Tatsachen verdrehen? Ich hatte schließlich Doro nicht geküßt. Ich war nicht diejenige, die über jede Kleinigkeit ausflippte, die permanent stänkerte und Autos kaufte statt Kinderbetten.
»Das muß schon ein Schock sein, wenn du mit der einen Freundin auf eine Fete gehst und dann die andere auftaucht«, sagte ich wütend, »tut mir leid, aber das konnte

ich nicht ahnen, weil du ja behauptet hast, du gehst in den Club!«

»Melanie! Das war doch alles nicht geplant!«

Er zuckte hilflos mit den Schultern, was mich noch mehr in Rage brachte. Er hatte kein Problem damit, die dicksten Dinger zu drehen, aber sobald es darum ging, Verantwortung zu übernehmen, verwandelte er sich in ein hilfloses Kind, das mit den Schultern zuckte. Ich hätte ihm am liebsten geschüttelt, um herauszufinden, ob er wirklich so hohl war wie er aussah.

»Stehst du auf sie?« bohrte ich.

»Spinnst du«, rief Sascha, »natürlich nicht! Wie kommst du denn darauf?«

Der bloße Gedanke, daß man für eine Person, die man küßt, etwas empfinden könnte, schien ihm vollkommen absurd.

»Und, hast du mit ihr geschlafen?«

»Mel, ich will doch nur dich, glaub mir.«

Er stellte sich vor mich hin und wollte mich umarmen, aber ich schubste ihn weg.

»Faß mich bloß nicht an.«

»Ist schon gut!«

»Was willst du von Doro? Was ist zwischen euch?«

Sascha seufzte, und ich überlegte, ob ich ihm eine scheuern sollte.

»Wir arbeiten zusammen, das ist alles, wirklich!«

Er fuhr sich mit den Händen durch die Haare – eine Variation des Kleinkindverhaltens, die mich so wütend machte, daß ich nicht anders konnte als ihn anzuschreien.

»Wieso zum Teufel hast du sie geküßt?«

Ich hatte Sascha noch nie zuvor angeschrien. Es tat gut. Das hätte ich schon viel früher tun sollen, dachte ich. Spätestens jetzt müßte er ausflippen und wutentbrannt aus dem Zimmer stürmen, um sich in die Arme seiner Doro zu flüchten. Vermutlich hatte er das immer getan, nachdem er einen Streit vom Zaun gebrochen hatte, um einen Vorwand dafür zu haben, daß er von zu Hause weg auf direktem Weg in den Club rennen mußte.

Ich wünschte mir fast, daß er jetzt wieder so reagieren würde. Dann wäre ich ihn auf einfache und bequeme Art los und müßte weder Nicole noch Moritz in ein paar Jahren eine Erklärung abgeben. Er ist abgehauen, könnte ich sagen, und alle hätten Mitleid mit mir. Aber Sascha spielte wieder mal nicht mit. Er blieb.
»Es ist nichts zwischen Doro und mir«, sagte er, »es hat sich einfach so ergeben ...«
Ich hatte von Anfang an gewußt, daß es keine gute Idee war, mit ihm zu reden, und wenn es so weiterging, würde ich wegen Mordes hinter Gittern landen und mir damit jedes Mitleid verspielen.
»Wie ergeben«, schrie ich, »ihr seid zufällig in dieser dunklen Ecke rumgestanden und eure Lippen haben sich zufällig berührt? Du kannst nichts dafür, hab ich recht?«
Von wegen Kleinkindverhalten! Dieser Typ war eine Heulboje! Und wegen dieser halben Nummer hatte ich mir die Augen aus dem Kopf geheult und schlaflose Nächte mit Arabella verbracht? Ich mußte bescheuert gewesen sein!
»Wir sind rausgegangen, weil wir an die frische Luft wollten«, sagte die Heulboje, »na ja, und da hast du uns gesehen. Es war wirklich nicht geplant. Ich war dicht, nur deshalb ist es passiert.«
»Ach so? Das Koks war schuld. Oder das Bier. Oder beides, jedenfalls nicht du, sehe ich das richtig?«
Nur der Gedanke an diese Fernsehserie über das Frauengefängnis hielt mich davon ab, ihn zu erwürgen.
Egal, wie dicht man war, so etwas passierte nicht einfach. Mir jedenfalls nicht, dachte ich zuerst. Außer mit Georg, dachte ich als nächstes, aber den Gedanken schob ich wieder weg, denn hier ging es schließlich nicht um mich. Außerdem ließen sich die beiden Küsse nicht miteinander vergleichen, denn ich hatte Sascha nicht erzählt, ich müsse arbeiten gehen, um mich hinter seinem Rücken mit jemand anderem zu treffen.
»Wieso gehst du eigentlich mit ihr aus und nicht mit mir?«

»Mel, zum hundertsten Mal: Ich hab das nicht geplant! Mich hat das mit den Möbeln genervt, und dann mußte ich in den Club, und da war nichts los, und als Doro dann meinte, sie wüßte was von einem Fest, dachte ich, du bist noch hier. Und ich wollte nicht hierher zurück, weil Jörg dann bestimmt rumgenervt hätte, daß wir die Möbel fertig aufbauen sollen.«

»Wow! Eine unglückliche Verkettung der Umstände also? Oder ist Jörg schuld?«

Sascha seufzte.

»Aber das hat nicht zufällig etwas damit zu tun, daß du mit Doro mehr Spaß hast, weil sie kein Baby hat, wegen dem sie morgens aufstehen muß?«

Sascha fuhr sich zur Abwechslung wieder mit den Händen durch die Haare.

»Es stimmt schon«, sagte er, »ich muß manchmal einfach raus.«

»Glaubst du vielleicht, ich nicht? Aber das heißt nicht, daß ich fremde Typen küsse.«

Es sei denn, es handelt sich um einen Notfall, und der Typ sieht aus wie Georg.

Ich zündete eine Zigarette an und paffte wütend vor mich hin.

»Ich verstehe, daß du sauer bist«, sagte Sascha, »aber glaub mir, es tut mir leid. Sehr leid! Und es wird nie wieder vorkommen!«

»Doch«, sagte ich, »das wird es, und ich weiß auch schon wann: Wenn du dir das nächste Mal eine Line reinziehst oder ein paar Bier zuviel trinkst oder sonstwas machst, das dich vergessen läßt, daß ich existiere. Dann wirst du aggressiv, unsensibel, du lebst, als wärst du ein Single, du kümmerst dich weder um Moritz noch um mich und tust nur, was du willst. Vielleicht beamst du dich ja weg, weil du ein Problem damit hast, eine Beziehung und ein Kind zu haben? Ich weiß es nicht! Es interessiert mich auch nicht, und ich habe es satt, mir darüber den Kopf zu zerbrechen. Du hast keine Ahnung, was ich in den letzten Monaten durchgemacht habe, und ich will das nicht

mehr. Nie mehr. Wenn du so leben willst, tu das, aber ich steige aus.«
Sascha guckte mich erschrocken an.
»Das war's? Du willst nicht mehr mit mir zusammensein?«
Er ließ sich aufs Sofa fallen und vergrub das Gesicht in den Händen.
»Verdammt«, murmelte er. Er schaute hoch, und ich konnte sehen, daß er Tränen in den Augen hatte. »Es ist vorbei? Einfach so?«
Er starrte mich mit seinen glasigen Augen an wie Bambi als seine Mutter erschossen wurde, aber ich hatte kein Mitleid. Georg hatte gestern auch so geguckt. Womöglich war das ein Trick und es gab Kurse an der Volkshochschule, in denen Männer lernten, auf Kommando zu heulen.
»Liebst du mich denn nicht mehr?« fragte Sascha plötzlich.
Er stand auf und stellte sich vor mich hin.
»Ich liebe dich jedenfalls wie am Anfang, Mel.«
»Du bist nicht mehr der Mann, in den ich mich verliebt habe«, sagte ich und hätte am liebsten auch losgeheult.
»Ich weiß, daß ich ein Kotzbrocken war ...«
Er legte seine Hand in meinen Nacken, aber ich schob sie wütend weg.
»Was ist nur in dich gefahren? Seit Moritz auf der Welt ist, hast du dich total verändert!«
»Ich weiß. Mir ist alles über den Kopf gewachsen, das Kind, der Job, was weiß ich. Ich habe vergessen, was das wichtigste in meinem Leben ist, nämlich du! Ich will dich nicht verlieren, das bringt mich um!«
»Ich bringe Blumen auf die Beerdigung.«
»Ich kann nicht ohne dich leben, ich kann es nicht und will es nicht. Bitte, bitte, Mel, tu mir das nicht an! Gib uns noch eine Chance.«
»Ich kann so nicht weitermachen.«
»Sollst du auch nicht. Es wird alles wieder so wie früher, ich verspreche es.«

»Klar«, schnaubte ich wütend, »warum versprichst du nicht gleich, daß du dein Leben lang kein Koks mehr anrührst!«
»Wenn es das ist, was du willst, o.k.! Ab sofort lasse ich die Finger von dem Zeug.«
»Einfach so? Das schaffst du doch gar nicht!«
»Dein Vertrauen ehrt mich.«
»Du brauchst es doch. Zum Arbeiten, zum Leben, für den ultimativen Megakick, um ein cooler Typ zu sein.«
Sascha seufzte.
»Aber dich brauche ich noch mehr.«
»Was du brauchst, ist eine Therapie!«
»Und du solltest weniger Talkshows gucken«, grinste er. Dann räusperte er sich.
»Mel, ich weiß doch selbst, daß das Ganze außer Kontrolle geraten ist. Ich war ein Idiot. Das sehe ich jetzt – leider sehr spät, ich weiß. Es tut mir leid! Ich bitte dich, verzeih mir noch einmal, wenn du kannst. Bitte versuch es, du wirst es nicht bereuen, das versprech ich dir.«
Er nahm meine Hände und küßte sie. Dann legte er den Arm um mich und zog mich zu sich heran. Ich hätte auf der Stelle losheulen können, weil ich ihn so sehr vermißt hatte. Kein Mann würde sich jemals so anfühlen wie Sascha. Ohne ihn würde ich mein Leben lang Georgs küssen müssen. Vielleicht sollte ich ihm wirklich noch eine Chance geben? Aber wenn es schiefging, würde ich wieder schrecklich leiden, und das wollte ich nicht. Ich war völlig verwirrt.
»Laß es uns noch einmal miteinander versuchen, bitte«, flüsterte Sascha in mein Ohr. Seine Stimme jagte mir kribbelige Schauer über den ganzen Körper. »Ich liebe dich, Mel. Wir haben uns ein Leben zusammen aufgebaut: Schmeiß das doch nicht so weg, bitte!«
Er streichelte meinen Rücken und fuhr mir mit der Hand durch die Haare. Dann nahm er mein Gesicht in seine Hände.
»Du bist die einzige für mich! Ich liebe dich, Mel, und du liebst mich doch auch.«

Ich schwieg.
»Wenn es nicht so ist, dann sag es mir jetzt, Baby.«
Ich sagte nichts.
Sascha streichelte meine Wange.
»Und Moritz braucht eine Familie«, sagte er dann.
»Damit er jemanden hat, den er im Knast besuchen kann, oder was?«
»Ich hab doch gesagt, ich mach Schluß mit dem Koks. Wenn du nicht an mich glaubst, wer dann? Laß mich nicht im Stich, Mel.«
»Und was, wenn es nicht klappt?«
»Wenn du mir hilfst, schaff ich alles.«
Er beugte sich zu mir und küßte mich. Die Wut war weg, der Knoten im Bauch auch. Sascha hatte mich um Hilfe gebeten. Ich liebte Sascha. Ich mußte uns eine Chance geben. Ich wollte es.
»Laß uns nach Hause gehen«, sagte ich.
Sascha strahlte über das ganze Gesicht. Er hob mich hoch und drehte sich mit mir im Kreis.
»Danke, danke, danke«, rief er, »du bist die Größte, Tollste, Schönste und Beste!«
Von zu Hause aus rief ich Paula an.
»Ich hoffe, der Mistkerl weiß, was für ein Glück er hat«, sagte sie.

I dream of jeannie

Als ich am nächsten Morgen aufwachte, prasselte der Regen gegen die Fensterscheiben. Ich hatte keine Ahnung, wie spät es war, weil ich so tief geschlafen hatte wie schon lange nicht mehr. Moritz! Er mußte glauben, daß ich ihn vergessen hatte. Er hatte bestimmt Hunger und eine volle Windel.

Ich sprang aus dem Bett, warf meinen Bademantel über und lief in sein Zimmer.

Moritz saß auf der Fred-Feuerstein-Wickelkommode und ließ sich von Sascha eine frische Windel anziehen. Er grinste mich an, Sascha auch. Das war nicht die einzige verwirrende Veränderung an diesem Morgen. Ich machte die Augen zu und öffnete sie wieder, doch das Bild blieb: Die Möbel waren montiert und aufgestellt. Ich muß verdammt lange geschlafen haben, dachte ich. Mindestens ein paar Wochen, oder ich tat es immer noch und träumte?

»Guten Morgen, Mel«, sagte der Mann in meinem Traum, der wie Sascha aussah.

Ich war in einem Werbespot gelandet. Das kommt davon, wenn man zu viel Fernsehen guckt.

»Hast du gut geschlafen?« fragte der Mann, der wie Sascha aussah.

Es konnte unmöglich Sascha sein, denn der schlief um diese Uhrzeit noch.

»Ganz prima«, sagte ich, »und wer bist du, Fremder?«

Er lachte.

»Findest du es gut, wie ich das Kinderzimmer eingerichtet habe?«

Der Fremde nahm mein Kind auf den Arm, kam zu mir und küßte mich. Er schmeckte wie Sascha. Da standen wir nun wie die Heilige Familie der Frühstücksmargarinespots zu dritt in der Tür und bestaunten das Bilderbuchkinderzimmer. Endlich wußte ich, wie es war, wenn man so lebte wie in der Werbung.

»Und was passiert jetzt? Du fährst mit deinem chicen Auto zu deinem chicen Job, und ich trage ein gebügeltes T-Shirt und stehe in der Tür und winke dir hinterher?«

Sascha guckte mich verständnislos an.

»Sag mal, trinkst du heimlich?« Er grinste. »Ich glaube, du brauchst jetzt erst mal einen Tee, um wachzuwerden. Du bist es nicht gewöhnt, so lange zu schlafen.«

»Wie spät ist es denn?«

»Mittag.«

»Oh je! Moritz stirbt bestimmt vor Hunger!«

»Du unterschätzt mich. Ich hab ihm dieses Schokozeug angerührt, das war doch o. k., oder?«

Ich nickte. Schokobrei war für Moritz immer o. k. Heute war anscheinend nicht nur mein Glückstag.

Sascha umarmte mich.

»Ich habe von dir geträumt«, sagte er und grinste anzüglich.

Er zog mich eng an seinen Körper.

»Ich vermisse dich«, flüsterte er, »deine Nähe.«

Ich mußte nur den Duft seiner Haut einatmen und hatte sofort wahnsinnige Sehnsucht nach ihm. Die tiefgefrorenen Gefühle tauten auf und meine Hormone schlugen Purzelbäume. Wir küßten uns lange und leidenschaftlich.

»Hmm, wie gut du dich anfühlst«, sagte Sascha, »ich will dich nur noch küssen und im Arm halten.«

Das war das Stichwort, und das Bild von Sascha, der Doro küßte, schob sich vor meine Augen.

»Komm doch mit mir zurück ins Bett«, flüsterte Sascha in mein Ohr.

Ich fragte mich, ob er von Doro träumen würde, sobald ich ihn wieder an mich heranließ. Aber ich wollte mir nicht die Laune verderben lassen, schob meine Zweifel in die hinterste Gehirnschublade, in der auch Paulas Kommentar von gestern abend lagerte. Es gelang mir nicht so

recht. Zweifel können sperrig sein. Ich löste mich aus der Umarmung.
»Ich muß jetzt frühstücken.«
Wenn er dich noch mal enttäuscht, hatte Paula gesagt, bring ich ihn um! Doch es sah nicht so aus, als würde Sascha heute einen gewaltsamen Tod finden. Er tat alles, um sich für die Rolle im Margarinespot zu qualifizieren. Nachdem wir zu dritt gefrühstückt hatten, ging er sogar mit Moritz und mir spazieren, und die Leute, die an uns vorbeiliefen, mußten denken, wir seien die Familie, die ich mir immer gewünscht hatte.
Als Moritz anfing zu quengeln, nahm Sascha ihn auf den Arm und schlug vor, daß wir uns in ein Café setzen sollten. Ich nickte nur. Sascha war wieder Sascha. Wie früher, bevor der ganze Streß losging. Wo war er nur in der Zwischenzeit gewesen? Entweder hatte ich die letzten Monate an einer Wahrnehmungsstörung gelitten, oder Aliens hatten mich in ein Paralleluniversum verschleppt, in dem sich alles genau entgegengesetzt verhielt wie hier auf der Erde. Ich war froh, wieder zu Hause und bei Sinnen zu sein.
Oder war Sascha von Aliens verschleppt worden, die seine Seele zu experimentellen Zwecken vertauscht hatten? Würden sie wiederkommen und ihn holen? Mißtrauisch ließ ich meinen Blick durch das Café wandern, auf der Suche nach Seelendieben von fernen Planeten. Doch es war alles ruhig.
Sascha lächelte. Moritz war in seinen Armen eingeschlafen und wurde von seinem Vater liebevoll in den Wagen gelegt. Es war ein Bild des Friedens.
Als Sascha sich wieder hinsetzte, nahm er meine Hände und guckte mir tief in die Augen.
»Ich bin so froh, daß du bei mir bist«, sagte Sascha, »du bist so schön, so wertvoll und so wichtig! Ich wüßte nicht, was ich ohne dich anfangen sollte!«
»Mach dir darüber Gedanken, wenn's soweit ist.«
»Hey, mach bitte keine Witze darüber! Das ist nicht lustig, immerhin hätte ich dich beinahe verloren!«

»Stimmt. Aber laß uns jetzt nicht darüber reden!«
Sascha hatte Antipasti und gegrillte Garnelen bestellt. Ich hatte eindeutig meinen Mann wieder, denn der Typ aus dem Paralleluniversum hatte keine Ahnung von meinen Vorlieben gehabt.
»Hier, ich hab was für dich«, riß Saschas Stimme mich aus meinen Gedanken.
Er reichte mir ein kleines Päckchen.
»Was ist das denn?«
»Mach's auf. Ich hoffe, es gefällt dir.«
Es war eine Schneekugel. Ich schüttelte sie. Leise rieselte der Schnee in der Zuckerbäckerwelt.
»Ich möchte, daß du mit nach Venedig kommst«, sagte Sascha.
Der Schnee senkte sich und ich konnte die Silhouette von Venedig und eine kleine Gondel erkennen.
»Kneif mich«, sagte ich, »ich glaub, ich träume!«
»Heißt das ja?«
Ich nickte.
Natürlich hatte ich Lust, mit ihm nach Venedig zu fahren, mit dem alten-neuen Sascha. Mit dem Typ aus dem Paralleluniversum wäre ich nirgendwohin gefahren.
Sascha strahlte.
Sascha und Urlaub? Heute war anscheinend der Tag der einschneidenden Veränderungen. Es mußte eine besondere kosmische Konstellation sein, die die Aliens aus dem Feld geschlagen hatte und die Bedrohung von unserem Planeten abgewendet hatte.
»Was guckst du denn so«, fragte Sascha, »freust du dich denn nicht? Du wolltest doch so gerne mal weg!«
»Will ich auch, aber ich dachte, wir hätten kein Geld?«
»Mach dir darum keine Sorgen«, sagte Sascha lässig, als wäre unser finanzieller Engpaß nie ein Thema gewesen. »Ich buche die Zugtickets und wir fahren einfach los. Nur wir drei in der Sonne, na, ist das nicht klasse?«
Was sollte ich sagen? Es war eine neue Erfahrung, daß die Tatsache, daß der Liebste eine andere küßte, sich so

positiv auf das eigene Leben auswirken konnte. Daß diese Wirkung sich auch auf unser Bankkonto erstreckte, fand ich allerdings mehr als verwunderlich.
»Jetzt mal im Ernst, Sascha, woher haben wir auf einmal das Geld?«
»Ich hab mir einen Vorschuß aus dem Club genommen.«
»Einen Vorschuß auf was? Heißt das, daß wir uns nach dem Urlaub die Windeln für Moritz nicht mehr leisten können?«
»Keine Panik, Süße. Wir erwarten demnächst einen dicken Gewinn.«
»Und es macht Doro nichts aus, alleine zu arbeiten?«
»Du sagst doch immer, daß Doro auch mal was tun sollte.«
»Außer dich zu küssen, meinst du?«
Sascha stand auf und ging vor mir in die Hocke.
»Mel, du hast ein besseres Leben verdient. Ab jetzt werde ich alles tun, damit du glücklich bist.«
»Ich bin pflegeleicht. Wenn du so bleibst, wie du jetzt bist, bin ich zufrieden.«
»Manchmal frage ich mich, was du an einem Typen wie mir überhaupt findest.«
»Bist du sicher, daß das der richtige Zeitpunkt ist, um nach Komplimenten zu fischen?«
Sascha lachte.
»Wie auch immer«, sagte er, »Venedig ist genau das richtige für unseren Neuanfang. Weißt du noch, wie schön es war, als wir zum ersten Mal dort waren?«
Als könnte ich den romantischsten Urlaub meines Lebens jemals vergessen.
»Ich dachte, du hättest das alles vergessen«, sagte ich.
»Ich weiß«, sagte er, »aber es wird alles so wie früher. Vertrau mir!«
»Ich versuch's!«
»Also, was ist? Fahren wir?«
Ich nickte. »Und wann?«
»Wie wär's mit morgen?«
»Schon?«

»Dann hätten wir ein paar Tage zusammen. Mein Termin ist am Samstagabend, und danach muß ich zurücksein.«
»O. k., dann morgen!«
»Ich freue mich so«, sagte Sascha.
Um ihm zu zeigen, daß ich mich auch freute, küßte ich ihn, und ein Schwarm Schmetterlinge flatterte wie wild in meinem Bauch herum. Es war fast zuviel auf einmal. Ich fürchtete, daß mein Körper die plötzliche Zufuhr von Glückshormonen nicht verkraften könnte und verzog mich, als wir wieder zu Hause waren, mit Moritz in die Badewanne, um Abstand zu Sascha zu schaffen.
Nach dem Bad legte ich mich mit Moritz auf die Couch. Sascha machte Tee für mich und das Fläschchen für Moritz und setzte sich dann zu uns. Die Frühstücksmargarinefamilie glücklich vereint beim five o'clock tea. Als das Telefon klingelte, stand Sascha auf.
»Ich muß mit Doro den Ablauf der nächsten Tage besprechen«, sagte er, »also reg dich nicht auf, wenn sie es ist!«
Es war nicht Doro, sondern meine Mutter.
»Na, wie geht's dir?«
Ich hatte keine Ahnung, was ich antworten sollte, denn im Moment war alles sehr verwirrend, deshalb sagte ich, es ginge mir den Umständen entsprechend. Meine Mutter war mit dieser Antwort zufrieden.
»Und wie geht's Möhrchen?«
»Auch gut!«
Ich fürchtete, daß meine Mutter angerufen hatte, weil Nicole geplappert hatte, aber das war anscheinend nicht der Fall. Sie erzählte belangloses Zeug von ihren Wanderplänen mit den neuen Nachbarn und daß sie neue Weingläser gekauft hatte. Ich war beruhigt.
»Sie waren derart günstig, daß ich sie mitnehmen mußte. Die alten, die wir von früher hatten, waren ja doch schon etwas stumpf«, sagte meine Mutter.
Ich gratulierte ihr zu ihrem Jagderfolg.
»Auf so eine Gelegenheit hatte ich schon seit Jahren gewartet«, sagte sie, »die alten Gläser haben dein Vater und ich zur Hochzeit bekommen.«

»Dann war es wirklich höchste Zeit, daß du neue gekauft hast«, sagte ich.
Es war kein Wunder, daß meine Mutter das Ende ihrer Ehe noch nicht verkraftet hatte, wenn sie deren Überbleibsel in diesem Tempo entsorgte.
»Deine Service sind auch noch von damals«, erinnerte ich sie, »die könntest du auch mal austauschen.«
»Ich weiß nicht? Das gute Porzellan! Es hat immerhin eine Nachkaufgarantie von fünfzig Jahren.«
Es war schon eine verwirrende Welt, in der die Garantie auf einen Teller länger gültig war, als ein Heiratsversprechen. Kein Wunder, daß meine Mutter den Durchblick verloren hatte.
»Du mußt es ja nicht wegwerfen, du könntest es in den Keller tun.«
»Hättest du es denn gerne?«
»Nein, danke.«
Ich hätte nichts gegen ein schönes Service gehabt, aber die Relikte meiner zerstörten Kindheit wollte ich mir bei allem Verständnis für die Vergangenheitsbewältigung meiner Mutter nun doch nicht aufhalsen lassen.
»Also ihr könntet dringend Gläser gebrauchen! Das ist mir neulich schon aufgefallen, als ich bei euch war. Was benutzt du eigentlich, wenn du mal schön deckst?«
Ich seufzte. Wenn niemand schwerwiegendere Probleme hatte als diese, mußte das das Paradies sein.
»Ich dachte, ich besorge dir und Nicole morgen auch gleich mal zwei Sätze«, redete meine Mutter weiter, »das sind jeweils vier Stück, also insgesamt acht. Damit du mal was Ordentliches hast, wenn Gäste kommen.«
Mir sollte es recht sein. Sascha und ich hatten schon lange keine Gäste mehr gehabt, und wenn wir mal wieder Leute einladen würden, dann bestimmt nicht, damit sie unsere Gläser bestaunten, aber das war nicht der Punkt. Ich wollte nicht dafür verantwortlich sein, daß meine Mutter wegen ihrer vielen unausgefüllten Zeit unglücklich wurde, deshalb sagte ich, daß ich gerne neue Gläser hätte. Da sie jetzt wieder eine Aufgabe hatte, war sie zufrieden.

Dann erzählte ich ihr von Venedig.
»Na so was«, sagte sie nur.
Hatte Nicole am Ende doch gequatscht, und meine Mutter war skeptisch, ob mir ein gemeinsamer Trip mit meinem untreuen Mann guttun würde? Doch wie sich herausstellte, quälten sie andere Sorgen.
»Hoffentlich ist das Wetter dort besser als hier«, sagte sie, »zu dumm, daß wir dir die Jacke noch nicht gekauft haben.«
»Keine Sorge, es heißt nicht umsonst der sonnige Süden!«
»Das besagt nichts. Nimm für alle Fälle was Warmes mit. Besonders für den Kleinen!«
Nachdem ich die Kleiderfrage mit meiner Mutter besprochen hatte, wünschten wir uns schöne Ostern, und ich rief Paula an, die auch noch nichts von unseren romantischen Reiseplänen wußte.
»Wie geht's wie steht's?«
»Den Umständen entsprechend«, spulte ich meine bewährte Antwort ab, aber Paula war nicht meine Mutter.
»Heißt das gut oder schlecht«, wollte sie wissen.
»Gut.«
»Willst du immer noch, daß ich mit Sara oder Lynn rede? Bis jetzt hab ich nur den Anrufbeantworter erwischt.«
»Vergiß es. Ich tue es auch. Und was gibt's bei dir?«
»Ich habe einen Entschluß gefaßt.«
Das hörte sich spannend an.
»Hm? Laß mich raten: Du verstößt gegen deine Prinzipien und gehst mit einem Mann aus, obwohl du schon mal mit ihm im Bett warst? Ist es Tomas?«
Paula lachte.
»Quatschkopf«, sagte sie, »ich habe mich von meinem Vater abgenabelt.« Dann schwieg sie bedeutungsvoll.
Ich wußte nicht, wie diese Eröffnung zu verstehen war, weil Paula nie den Eindruck gemacht hatte, als sei sie mit ihrem Vater über das Bankkonto hinaus verbunden gewesen.
»Du meinst, auch von seinem Geldbeutel?«

Sie lachte. »Gerade von seinem Geldbeutel. Was sagst du jetzt?«
»Du bist verrückt. Wovon willst du jetzt leben? Du bist immerhin arbeitslos!«
»Na und? Die halbe Bundesrepublik ist arbeitslos. Ich werde schon einen neuen Job finden, und bis dahin kriege ich Arbeitslosengeld wie jeder andere auch. Ist das nicht toll?«
»Du bist mit Sicherheit die einzige Arbeitslose, die das so sieht.«
»Himmel, Mel! Es war nicht o. k., daß ich mit meinem Vater nur über Geld kommuniziert habe. Ich habe ihm das alles erklärt und gesagt, daß er sich in Zukunft was anderes einfallen lassen muß, wenn er Kontakt mit mir haben will. Sein Geld war nur ein Alibi, das ihm erlaubt hat, meine Abschlußfeiern zu verpennen und mir, mich in meinen emotionalen Elfenbeinturm zurückzuziehen. Es hat mich nicht glücklich gemacht!«
»Aber es hat deine Rechnungen bezahlt!«
»Wenn du mich nicht verstehen willst, dann laß es bleiben. Ich habe das so entschieden, und mir geht's gut damit, o. k.?«
»Prima, ich gratuliere!«
»Das einzige Problem ist, daß ich mir eine billigere Wohnung suchen muß, wenn ich nicht bald einen Job finde.«
»Wie wär's denn mit einer Mitbewohnerin?«
»Ich kenne niemanden, der im Moment ein Zimmer sucht. Außerdem müßte ich zwei Zimmer vermieten, um über die Runden zu kommen, und ich habe keine Lust, jeden Morgen fremden Leuten im Bad zu begegnen.«
»Damit hattest du doch bis jetzt auch keine Probleme!«
Wir gackerten beide los, und Sascha, der hereinkam, um Moritz zur Fütterung abzuholen, guckte irritiert. Ich lächelte ihn an, damit er nicht denken sollte, daß wir über ihn lachten, aber der runderneuerte Sascha hatte nicht die Angewohnheit, alles persönlich zu nehmen. Er grinste zurück und ging mit Moritz auf dem Arm aus dem Zimmer.

»Also«, sagte Paula, »wenn du was von einer billigen Wohnung hörst, sag mir Bescheid.«

»Mach ich.«

Ich hörte zwar nie von billigen Wohnungen, nur von Leuten, die welche suchten, aber das mußte ich ihr ja nicht auf die Nase binden. Frischabgenabelte darf man nicht entmutigen.

»Jetzt erzähl endlich, wie es mit Tomas läuft?«

»Gut«, sagte Paula.

»Das ist ja toll! Aber du hättest mir jetzt nicht gleich alles auf einmal verraten müssen!«

Sie lachte. »Was soll ich sagen? Wir sehen uns ab und zu, und noch ist es sehr nett.«

Es war klar, daß ich mich für heute mit dieser knappen Information begnügen mußte.

»Alles klar.«

»Du erzählst mir ja auch nichts von Sascha«, rechtfertigte Paula sich.

Ich berichtete ihr von Venedig. Sie war beeindruckt.

»Höchste Zeit, daß der Mistkerl mal was für dich tut«, sagte sie.

An diesem Abend waren ausnahmsweise mal alle zufrieden.

20.000 meilen

Es war noch dunkel als der Wecker anfing zu bimmeln. Ich tastete blind nach ihm und schaltete das nervige Gepiepse aus. Dann schlief ich wieder ein, bis mir der Duft von Tee in die Nase stieg. Sascha stellte die Tasse neben dem Bett auf dem Boden ab und streichelte meine Haare.

»Aufwachen! Venedig wartet«, sagte er leise, »es ist alles bereit, du mußt dich um nichts kümmern. Alles, was du tun mußt, ist aufstehen und mit mir zum Zug kommen.«

»Das schaff' ich nicht.«

Der Streß war von mir abgefallen und machte einer totalen Erschöpfung Platz. Ich hätte den ganzen Tag schlafen können. Doch das ließ Sascha nicht zu. Er zog mir die Decke weg und streichelte meinen Rücken.

»Komm mit mir in die Stadt der Liebenden«, sagte er theatralisch.

»Fahren wir nach Paris?«

»Non, Madame! Ich hoffe, Venedig erfüllt den Zweck auch.«

Paris, Venedig – von mir aus hätten wir nach Wolfenbüttel fahren können, Hauptsache weg von hier. Weg von der Sorge ob und in welchem Zustand Sascha aus dem Club kommen würde, der untrennbar mit der schmerzhaften Erinnerung an seinen intensiven Speichelaustausch mit seiner Chefin verbunden war.

Ich sprang aus dem Bett. Nichts wie weg hier!

»Jetzt hast du es aber auf einmal eilig«, bemerkte Sascha, »aber du mußt dich nicht stressen. Trink deinen Tee in Ruhe, ich mache Moritz fertig.«

Als wir etwas später das Eltern-und-Kind-Abteil gefunden und uns hingesetzt hatten, war es hell geworden. Ich

fühlte mich trotzdem, als wäre es tiefste Nacht. Zugfahrpläne werden in der Abteilung der Hölle gemacht, in der die Neider schmoren, die es nicht verkraften können, daß andere verreisen, während sie langweilige Zeittafeln erstellen müssen. Es verschafft diesen Leuten vermutlich eine gewisse Genugtuung, daß die Urlauber ihre Reise unausgeschlafen antreten müssen.
»Ich hoffe, wir müssen nicht um diese unmenschliche Zeit zurückfahren«, erkundigte ich mich bei Sascha.
Er fütterte gerade Moritz oder versuchte es jedenfalls. Für Ungeübte ist es eine Geduldsprobe, ein Gläschen Birnenmus in einen Babymund zu stopfen, der sich nie zur gewünschten Zeit öffnet oder schließt.
»Brrrr«, machte Moritz und spritzte das klebrige Zeug auf Saschas Hemd. Der guckte mich fragend an.
»Macht er das immer so?«
Ich nickte.
»Ich werde dem Burschen schon Tischmanieren beibringen«, grinste Sascha, »spätestens im Kindergarten wird er essen wie ein englischer Lord! Wir fahren übrigens auf dem Rückweg nachmittags los und kommen irgendwann nachts an.«
Wie gesagt: Zugfahrpläne werden in der Hölle gemacht.
Nachdem Moritz fertig gefrühstückt hatte und selig darüber eingeschlummert war, daß er ein frisches Hemd ruiniert hatte, zogen die ersten Berge am Fenster vorbei.
»Wie Menschen bloß so einsam leben können«, sagte Sascha, »guck dir das an: Die müssen kilometerweit laufen, wenn sie jemanden sehen wollen, der nicht zur Familie gehört!«
»Sauerstoff ist gut für die Nerven!«
»Und die braucht man, wenn Papi und Mami Bruder und Schwester sind.«
»Du bist widerlich!«
»Also, ich finde die Berge widerlich.«
»Außer, wenn du snowboarden willst.«
»O. k., aber im Sommer dürften sie von mir aus in sich zusammenfallen.«

»Das wäre praktisch. Dann hätten wir das Meer vor der Tür!«
Sascha zog die Vorhänge zu und ließ sich auf den Sitz neben mir fallen.
»Ich guck lieber dich an als die Landschaft«, sagte er.
»Danke!«
Wir guckten uns in die Augen. Anstarren war früher unser Spiel gewesen, das immer der gewann, der am längsten durchhielt ohne eine Reaktion zu zeigen. Meistens war es Sascha, er hatte ein Pokerface. Aber heute machte er schlapp und küßte mich.
»Ich hab gewonnen«, sagte ich.
»Du kriegst den ersten Preis, rate mal, was das ist!«
Er beugte sich zu mir und strich mit seinen Lippen über meinen Hals. Wie knutschten ein bißchen, doch als ich seinen Ständer spürte, schubste ich ihn weg.
»Wenn wir ganz leise sind, wacht Moritz nicht auf«, flüsterte Sascha.
»Spinnst du? Was ist, wenn der Schaffner kommt?«
»Ich weiß nicht, was du hast? Wir sind im Eltern-Kind-Abteil, wo sonst sollte man im Zug Kinder machen?«
Ich war platt. Dieser Mann hatte die letzten Wochen nichts anderes getan, als unsere Kleinfamilie nach Kräften zu torpedieren, und kaum saßen wir im Zug nach Italien, dachte er an Bambini.
»Wer sagt denn, daß wir ein Kind machen wollen?«
»Wir könnten zumindest üben!«
»Das wäre dann das, was man unter einer Trockenübung versteht.«
Sascha grinste. »Nicht unbedingt!«
»Ich kann mich ja täuschen«, sagte ich, »aber ich hatte den Eindruck, daß du schon mit einem Kind genug ausgelastet bist.«
Sascha hätte nicht erstaunter gucken können, wenn ich ihm eröffnet hätte, daß ich in Wirklichkeit von der Vega komme.
»Wie kommst 'n darauf? Ich liebe Kinder!«

Wenn er das nicht gesagt hätte, wäre ich nie draufgekommen. Es ist schon erstaunlich, wie manche Leute ihre Gefühle verstecken können.
»Und, möchtest du jetzt den Preis einkassieren«, fragte Sascha.
»Kein Sex im Zug, das ist mir zu gefährlich!«
»Was du nur immer denkst«, grinste Sascha und fischte ein grün eingewickeltes Geschenk aus seiner Reisetasche. »Das ist für dich!«
Er reichte mir das Päckchen.
»Eigentlich wollte ich es dir erst zu Ostern geben, aber wozu warten?«
Sascha liebte Feiertage wie Ostern und Weihnachten, das einzige, was ihn daran störte, waren die vorgegebenen Termine, die seiner angeborenen Abneigung gegen eine verbindliche Zeitplanung widersprachen. Deshalb feierten wir die Feste, wann Sascha es sagte. Mit ihm kam man sich vor wie ein Buddhist in Wanne-Eickel oder ein Jude in Rom. Doch lieber in der Diaspora leben als überhaupt nicht feiern.
»Mein Osterei bekommst du aber erst an Ostern«, warnte ich, »ich meine, wenn offiziell Ostern ist.«
Sascha grinste.
»Mach schon auf!«
Ich packte das Geschenk aus. Es war ein Buch.
»Es spielt in Venedig im Mittelalter«, erklärte Sascha, »ich hab's ein paarmal in Zeitschriften erwähnt gesehen. Es ist angeblich ziemlich spannend.«
Ich fragte mich, aus welchen Zeitschriften er wohl seine Literaturtips bezog. Aus dem Flyer mit den Veranstaltungstips? Wie auch immer, ich freute mich über das Buch, um so mehr als ich den ›Gott der kleinen Dinge‹ zu Hause vergessen hatte. Ich beugte mich zu Sascha rüber.
»Danke!«
Ich küßte ihn, und er nutzte den Moment, mich auf seinen Schoß zu ziehen. Da saß ich nun, und er flüsterte mir alle möglichen Schweinereien ins Ohr, die davon handelten, was er mit mir anstellen wollte, wenn wir in Venedig

auf dem Hotelzimmer waren. Es hörte sich sehr vielversprechend an und ließ die Schmetterlinge in meinem Bauch flattern, bis mir die Frage durch den Kopf schoß, ob er mit Doro auch so geredet hatte, als sie zusammen an der Mauer gestanden hatten, und meine Lust zerplatzte wie ein Luftballon.

Ich löste mich aus Saschas Umarmung und setzte mich neben ihn.

»Ist was?« fragte er.

Ich schüttelte den Kopf, weil ich nicht mehr über Doro reden wollte. Dieser Urlaub sollte ein Neuanfang sein, und die Meerluft sollte die alten Erinnerungen aus meinem Gehirn pusten. Sobald ich die Palazzi und Gondeln sah, würde ich sie schon vergessen, hoffte ich.

»Ich guck mal ein bißchen in das Buch«, sagte ich.

Sichtlich zufrieden über die Beachtung, die sein Geschenk erfuhr, lehnte Sascha sich zurück und schloß die Augen. Es kann ein Segen sein, daß Männer nicht besonders spitzfindig sind was die Gefühle anderer Leute angeht.

Das Buch spielte im Mittelalter. Es fing damit an, daß eine Frau namens Beatrice zu einer Party in einem Palazzo am Canale Grande gerudert wurde. Während sie in der Gondel saß, beobachtete sie das Spiel der Wellen, die sich pinkfarben auf dem Wasser brachen. Sie war in einer sentimentalen Stimmung, und nach einer halben Seite war ich dabei, die Geduld mit ihr zu verlieren.

Sascha räkelte sich in seinem Sitz.

»Puh, ist das unbequem hier! Na, gefällt dir das Buch?«

Ich nickte.

Sascha zuliebe wollte ich Beatrice noch eine Chance geben. Noch eine Seite, dachte ich, aber nur, wenn sie aufhört über pinke Wellen zu reden. Als hätte sie es geahnt, machte Beatrice eine schnelle Überleitung zum Thema Stoffe, die ähnlich sanft ihren Körper umschmiegten wie die Wellen die Gondel. Ich konnte mir ungefähr vorstellen, was sie meinte, wobei mich das Thema genausowenig interessierte. Aber es schien sich dabei, um eine wichtige Hintergrundinfo zu handeln, denn ich erfuhr, daß Beatrice die Tochter eines wohlhabenden Tuchhändlers war. Doch anstatt jetzt endlich in die Geschichte einzusteigen, zog sie die Beschreibung der Stoffe ähnlich in die Länge wie die der Wellen vorhin, und ich wollte das Buch schon zuklappen, als sie anfing, von einem Typen namens Orazio zu erzählen. Beatrice war scharf auf ihn, aber leider beruhte das Interesse nicht auf Gegenseitigkeit, denn Orazio hatte noch nicht zur Kenntnis genommen, daß Beatrice überhaupt existierte. Das lag daran, daß die Weiber ihn umschwirrten wie Motten das Licht, und er vermutlich den Überblick verloren hatte. Man kann sich vorstellen, daß die Sache an Beatrices Nerven zehrte, und deshalb verzieh ich ihr das Geschwafel am Anfang. Bei Liebeskummer ist es schwer, einen klaren Kopf zu behalten. Das Ganze wurde noch dadurch verschlimmert, daß Beatrices Vater unbedingt wollte, daß die Familie Venedig über den Sommer verließ. Es kursierte nämlich das Gerücht, daß in der Stadt etwas Beunruhigendes vor sich ging. Beatrice gab nichts auf das Gerede, aber der Gedanke, daß Orazio am Ende des Sommers von einer der Motten in den Hafen der Ehe geschleppt wurde, während sie auf dem Landsitz der Familie vor sich hinschimmelte, bereitete ihr schlaflose Nächte. Ich konnte sie gut verstehen, denn dieser Orazio-Bursche war ein heißbegehrter Junggeselle. Er sah nicht nur umwerfend gut aus – sofern man sich auf das Urteilsvermögen einer verliebten Frau verlassen konnte –, sondern war darüber hinaus witzig und klug und natürlich stinkereich. Eine gute Partie also. Da Beatrices Vater beim Abendessen vor dem Fest wieder davon angefangen hatte, daß sie alle aufs Land sollten, mußte Beatrice schleunigst handeln. Orazio sollte angeblich auch auf das Fest kommen, und ich war gespannt, was Beatrice unternehmen wollte, um ihn zu ködern.

Plötzlich blieb der Zug mit einem Ruck stehen. Sascha wachte auf und zog das Fenster runter. Warme Luft strömte ins Abteil.

»Das muß die Grenze sein«, sagte er.

Der Bahnhof sah aus wie aus einem Schwarzweißfilm. Wir standen am Fenster und beobachteten einen dickbäuchigen Don Camillo in Uniform, der sich mit dem Schaffner auf italienisch unterhielt. Vermutlich tauschten sie Informationen über verdächtige Personen an Bord aus, denn sie machten ernste Mienen wie Spione, die im Auftrag Ihrer Majestät ihr Land vor der Roten Gefahr retteten. Mit ihrem wichtigtuerischen Gehabe wollten sie wohl darüber hinwegtäuschen, daß das Schengener Abkommen sie zu Statisten degradiert hatte, die hier als folkloristische Dinosaurier ihr Gnadenbrot fristeten, bevor sie in die Geschichte eingingen. Sie konnten einem leid tun.
Sascha hatte anscheinend kein Mitgefühl für die Opfer der gesamteuropäischen Umwälzung.
»Was machen diese Kerle da?« fragte er ungeduldig, »es gibt keine Grenzkontrollen mehr.«
»Vielleicht ist das noch nicht zu ihnen vorgedrungen.«
»Ich geh mal raus und gucke nach, was los ist. Vielleicht kann ich uns ja was zu essen kaufen.«
Kaum war er ausgestiegen und im Bahnhofsgebäude verschwunden, beschloß Don Camillo, das Schwätzchen zu beenden. Er winkte dem Kollegen am anderen Ende des Zuges, woraufhin der in seine Trillerpfeife blies. Ich fürchtete schon, daß der Zug ohne Sascha weiterfahren würde, doch zum Glück stürmte er jetzt aus dem Bahnhof und sprintete zum Zug, der inzwischen angeruckelt war. Sascha sprang auf, und Don Camillo schloß mit lautem Fluchen hinter ihm die Tür. Danach sah er zufrieden aus. Es schien ihm gut getan zu haben, daß Sascha ihm für eine Sekunde das Gefühl gegeben hatte, mehr als nur ein Statist zu sein.
Sascha hatte Kekse und Prosecco gekauft, und wir stießen auf den Urlaub an.
»Auf bella Italia!«
»Auf uns!«
»Laß uns heute abend richtig toll schlemmen gehen, o.k.?«
Ich nickte.

»Wir können ja in das Restaurant gehen, wo wir letztes Mal so toll gegessen haben, weißt du noch?«
Wir hatten das kleine Restaurant durch Zufall gefunden. Ich hatte dort die besten Spaghetti Vongole meines Lebens gegessen und dazu Unmengen Weißwein getrunken. Als die Hauptspeisen kamen, waren wir zu satt, um sie zu essen. Daher gingen wir gleich zum Dessert über, das wir mit noch mehr Weißwein runterspülten. Es wurde ein sehr romantischer Abend, und später liebten wir uns im Hotel so leidenschaftlich, daß jemand an unsere Türe klopfte und fluchte, wir sollten endlich ruhig sein. Da wir inzwischen wieder hungrig geworden waren, zogen wir uns an und setzten uns mit Tramezzini und einer Flasche Wasser ans Ufer des Canale und beobachteten wie die Sonne aufging.
»Klar, weiß ich das noch. Ich erinnere mich an alles, was ich mit dir erlebt habe«, sagte Sascha und streichelte mein Gesicht. »Es war wunderschön, und genau so wird es wieder.«
»Außer, daß wir diesmal keine Nudeln bestellen und danach kein Baby machen.«
Sascha lachte.
»Was hast du gegen Babys?«
»Gar nichts!«
Ich liebte Babys, und liebte es, mit Sascha Babys zu machen, doch dummerweise hörte Sascha auf, liebenswert zu sein, wenn er ein Baby hatte. Er kaufte Cabrios und legte sich Geliebte zu. Um nicht daran zu denken, guckte ich wieder in mein Buch.
Beatrice kam auf die Fete und schaffte es sogar, ein paar Worte mit Orazio zu reden. Sie unterhielten sich über einen befreundeten Maler, und ich fragte mich, wie Beatrice darauf kam, Männer mit kunstgeschichtlichen Abhandlungen ködern zu können. Paula und mir war jedenfalls während des Studiums nicht aufgefallen, daß diese Masche zieht, aber Beatrice lebte ja auch in einer Zeit, in der es weder Fußball noch Actionfilme gab.
Inzwischen war Moritz wachgeworden und wollte unter-

halten werden. Ich überredete Sascha, mit ihm einen kleinen Spaziergang durch den Zug zu machen, weil ich sehen wollte, wie es mit Beatrice weiterging.
Sie gefiel mir immer besser. Man durfte sich von ihrer lethargischen Stimmung auf dem Weg zur Party nicht täuschen lassen, denn die Frau hatte Power. Als eine der Motten auf der Bildfläche erschien, schlug sie die Konkurrenz aus dem Feld, indem sie ihr eine vermeintliche Nachricht von Orazio zukommen ließ, er erwarte sie im Gartenhäuschen. Der Trick funktionierte, denn die Motte flatterte freudig erregt davon und wurde die nächste Stunde nicht gesehen. Doch Beatrice konnte den Zeitvorsprung leider nicht nutzen. Orazio wurde ihr von dem Mottenschwarm abgejagt, und später tanzte er sogar mit der Frau aus dem Gartenhäuschen, und Beatrice quälte sich mit der Frage herum, ob ihre List möglicherweise ein Eigentor gewesen war und sie die Konkurrentin zusätzlich angeheizt hatte. Als das Fest zu Ende war, war Beatrice gefrustet. Doch am nächsten Tag hatte sie sich wieder gefangen und dachte sich neue Taktiken aus. Es ist verblüffend, wieviel Fantasie Frauen entwickeln, wenn sie scharf auf einen bestimmten Mann sind. Wenn diese Energie für andere Dinge frei wäre, würde die Welt den Frauen gehören. Beatrice verlegte sich jetzt auf Kirchenbesuche. Ich hielt Gebete für Zeitverschwendung, aber im Mittelalter wurden sie anscheinend noch erhört, denn Orazio spazierte eines Tages tatsächlich in den Markusdom, als Beatrice gerade mit der Beichte fertig war. Ich muß dazu sagen, daß Beatrice ein ziemlich lüsternes Ding war. Sie wollte Orazio hauptsächlich deshalb heiraten, um ihn ins Bett zu kriegen, jedenfalls machte es den Eindruck, weil ihre Gedanken nur darum kreisten, wie unglaublich gut er aussah, und sie keinen müden Gedanken an seinen Charakter verschwendete. Sie sehnte sich so stark nach Orazios Körper, daß ihre Fantasie durchdrehte, und sie sich die Hochzeitsnacht in allen Einzelheiten ausmalte, wobei es zum gegebenen Zeitpunkt nicht so aussah, als würde es jemals soweit kommen.

Doch immerhin lieferte ihr die Tatsache, daß die Kirche erotische Fantasien zur Sünde erklärte, die gebeichtet werden mußte, einen plausiblen Grund für ihre ständigen Besuche. Die Priester, die sich ihre Stories anhören mußten, konnten einem leid tun.

Bevor ich erfuhr, wie Beatrices Falle zuschnappte, fuhren wir über die Brücke, die Venedig mit dem Festland verbindet.

»Wir sind da!«

Sascha kam ins Abteil und trug Moritz mit ausgestreckten Armen wie einen giftigen Käfer vor sich her. Der Käfer und sein Finder waren in Orangensaft gebadet, wobei der Käfer mit seinen dicken Beinen zappelte und vergnügt grinste, während der Finder eine angenervte Miene machte.

»Dieses Kind ist ein Schwein«, stellte Sascha fest.

Der Apfel fällt nicht weit vom Stamm, sagte eine Stimme in meinem Kopf, die ich verfluchte. Höchste Zeit, daß frische Meeresluft durch meinen Kopf pustete und meine Gedanken von altem Ballast befreite.

»Gib her«, sagte ich und nahm ihm den kleinen Mistkäfer ab. Da ich als einziges sauberes Mitglied der Truppe bei unserer Ankunft nicht ebenfalls kleben wollte, verfrachtete ich ihn umgehend in seinen Wagen. Er schob seine Unterlippe beleidigt nach vorne und zappelte protestierend mit den Beinen. Als ich ihn küßte, lächelte er wieder. In diesem Alter sind Männer noch leicht zufriedenzustellen.

Sascha begutachtete mißgelaunt sein verdrecktes Hemd.

»Wie hältst du das nur jeden Tag aus«, fragte er.

Ich schätzte, daß dieser Urlaub Saschas Gerede über ein zweites Bambino ein jähes Ende bereiten würde. Kein Verhütungsmittel ist so wirkungsvoll wie die Gesellschaft eines Kleinkindes.

Als wir aus dem Zug stiegen, blies uns warme Meeresluft sanft ins Gesicht. Ich fühlte mich augenblicklich besser.

Wir fuhren mit dem Vaporetto bis zur Akademie und machten uns auf die Suche nach unserem Hotel. Es war ein moderiges Gemäuer, das von außen so aussah, als

würde es die Zeit unseres Aufenthalts nicht überleben, aber da es das einzige Hotel mit Babysitting war, das wir auf die Schnelle hatten finden können, hatten wir keine Wahl. Von innen war es dann sehr hübsch.
An der Rezeption saß eine schwarzgefärbte Frau um die sechzig in einer Art Chanelkostüm mit Goldknöpfen, die uns so freudig empfing, als wären wir ihre seit langem verschollene Verwandtschaft. Der Löwenanteil ihrer Freundlichkeit galt Moritz, auf den sie gleich temperamentvoll einplapperte.
»Das muß der Babysitter sein«, sagte Sascha, »macht einen professionellen Eindruck.«
Moritz schien ebenfalls mit der Babysitterin zufrieden zu sein und lächelte sie nicht weniger begeistert an als seine leibliche Oma. Nach dem Palaver mit den Ausweisen überreichte uns die Leihoma den Schlüssel zu unserem Zimmer und erklärte, daß sie ab sofort für Moritz zur Verfügung stehe. Für den vereinbarten Aufpreis versteht sich. Doch ich wollte, daß er seinen ersten Abend im Urlaub mit seiner leiblichen Familie verbrachte und stellte der Leihoma den Nebenverdienst für morgen in Aussicht.
Als wir unser Gepäck nach oben trugen, sagte Sascha, ich sei eine Glucke und Moritz könne ruhig lernen, auch mal mit anderen Leuten klarzukommen. Ich ging davon aus, daß das Thema Bambini damit abgehakt war.
»Wozu haben wir ein Hotel mit Babysitting, wenn du ihn doch überallhin mitschleppen willst?«
»Sascha, er kennt die Frau überhaupt nicht!«
»Er ist erst sieben Monate auf der Welt, sein Bekanntenkreis ist generell noch sehr überschaubar!«
»Ich weiß, aber das geht mir einfach zu schnell.«
»Was erwartest du? Daß sie erst mal Telefonnummern austauschen?«
»Ich dachte, daß wir der Frau das Babyphon geben, wenn er schläft. Aber solange er wach ist, möchte ich selbst auf ihn aufpassen.«
»Ich glaube, ich bin eifersüchtig«, sagte Sascha.
Ich blieb auf der Treppe stehen und küßte ihn.

»Wir machen uns einen schönen Abend«, sagte ich, »und morgen werde ich keine Glucke mehr sein. Versprochen.«

Als wir uns geduscht und umgezogen hatten, spazierten wir durch die abendlich-quirlige Stadt. Moritz war von der Szenerie so geplättet, daß er keinen Mucks von sich gab.

Als wir an unserem Restaurant ankamen, war im Moment kein Tisch frei.

»Attende un po'«, riet der Kellner.

Aber wir hatten keine Lust zu warten und tranken einen Cinar in einem Café mit Blick auf Santi Giovanni e Paolo. Danach spazierten wir weiter, bis wir ein Restaurant fanden, in dem es freie Plätze gab. Wir bestellten Pasta und Fisch und tranken Weißwein dazu. Nach dem Essen schoben wir den Kinderwagen zurück ins Hotel und legten uns in das knarzige Bett. Sascha umarmte mich von hinten.

»Ich liebe dich«, flüsterte er.

Für den Moment konnte ich Doro vergessen und schlief eng an Sascha gekuschelt ein.

laura non c'é

Als Sascha aufwachte, hatten Moritz und ich gerade geduscht. Der nackige Frosch lag auf meinem Bauch und nuckelte an seiner Flasche.
»Das ist aber ein schöner Anblick!«
Sascha küßte mich auf die Stirn und fuhr Moritz über die nichtvorhandenen Haare, dann ging er zum Telefon und bestellte das Frühstück aufs Zimmer. Als er die Fensterläden öffnete, drangen helles Sonnenlicht und laute Stimmen von der Straße herein, und der Blick fiel auf ein stuckverziertes Haus. Alle Zeiger standen auf Urlaub.
Vom Frühstück war nur der Kaffee genießbar, es sei denn, man steht auf trockene Panini, salzige Butter und deutsche Marmelade in Alupäckchen, daher ging Sascha nach draußen und besorgte Tramezzini. Als er zurückkam, hatte ich Moritz angezogen und in seinem Wagen unter das Fenster in die Sonne gelegt. Wir aßen die Tramezzini im Bett, und Sascha streichelte mir über den Rücken.
»Du bist wunderschön«, sagte er leise.
Ob er das zu Doro auch gesagt hatte? Instinktiv zog ich die Decke hoch, als ob ich dadurch verhindern könnte, mit ihr verglichen zu werden. Doch Sascha ließ sich nicht abwimmeln. Er ging ans Fußende des Bettes und fing an, meine Beine zu streicheln. Es fühlte sich gut an. Dann schob er die Decke zurück und fuhr mit der Hand sanft über meinen Bauch. Er hatte einen Ständer. War er scharf auf mich oder war das die übliche Morgenlatte? Ich vermutete letzteres und zog die Decke wieder hoch.
»Was ist denn«, fragte Sascha, »hast du keine Lust?«
Wie sollte ich wissen, ob ich Lust hatte oder nicht, wenn ich damit beschäftigt war, über Doro nachzudenken?
»Erzähl mir, was zwischen dir und Doro gelaufen ist!«

Der Schwanz schrumpfte auf sein Pinkelmaß zusammen, und sein Besitzer seufzte bedauernd.
»Mußt du jetzt von ihr reden?«
»Nicht unbedingt, aber ich muß dauernd an sie denken!«
»Vergiß sie!«
»Kannst du das denn?«
Sascha setzte sich auf und fuhr sich durch die Haare.
»Ja«, sagte er entschieden, »ich habe kein Interesse an der Frau. Sie ist mir scheißegal, wenn du es genau wissen willst!«
Ich schaute ihn zweifelnd an.
»Mel, wir haben uns kaum gesehen, und wenn, dann haben wir gestritten, und mit Doro arbeite ich zusammen. Das ist alles.«
Er erzählte etwas von den Situationen, die zwangsläufig entstehen, wenn Männer und Frauen Tag für Tag zusammen arbeiten. Es hörte sich an, als redete er von einem Tierversuch, in dem die Auswirkungen räumlicher und zeitlicher Faktoren auf das Paarungsverhalten untersucht wurden. Ich wußte nicht so recht, worauf das hinauslaufen sollte. Das Ergebnis bedeutete entweder, daß Männer und Frauen nicht zusammen arbeiten dürften, oder daß monogame Beziehungen grundsätzlich nicht funktionieren. Oder daß Sascha bescheuert war. Er selbst lieferte mir die Antwort.
»Ich war bescheuert«, sagte er, »und das habe ich erst gemerkt, als ich diese Panik hatte, dich zu verlieren.«
»Heißt das, ich muß dir regelmäßig Angst einjagen, wenn du weiter mit Doro arbeitest? Sascha, das ist mir zu stressig. Ich will dir vertrauen können.«
»Kannst du auch.« Er seufzte. »Ich will doch nur mit dir zusammensein, Mel!«
»Weiß Doro das auch? Hast du mit ihr geredet? Was ist passiert, nachdem Paula und ich weg waren?«
»Nichts. Ich bin nach Hause gefahren, weil ich gehofft hatte, daß du da bist. Dann ist mir eingefallen, daß du bei Nicole sein mußt, weil Moritz dort ist. Die beiden hatten natürlich schon geschlafen, aber sie haben super reagiert.

Ich hatte immer gedacht, daß deine Schwester mich auf den Tod nicht ausstehen kann, aber wir haben ganz gut geredet, und ich hab dann dort auf der Couch übernachtet.«

Das hörte sich plausibel an und war darüber hinaus leicht nachzuprüfen, daher gab ich mich mit der Antwort zufrieden.

»Nicole ist echt nett, wenn man ihr Superwoman-Gehabe nicht so ernst nimmt. Ehrlich gesagt, finde ich es sogar ganz schön, wie sie und Jörg mit den Kindern leben. So ähnlich hatten wir uns das auch vorgestellt, stimmt's, Mel?«

Das aus dem Mund eines Menschen zu hören, der bisher kein gutes Haar an meiner Schwester gelassen hatte, verschlug mir erst mal die Sprache.

»So ähnlich«, sagte ich, als ich sie wiedergefunden hatte, »bis auf ein paar Kleinigkeiten. Die Möbel zum Beispiel.«

Sascha grinste. Er stellte sich vor die Badezimmertür und lieferte eine perfekte Pantomime von Fred Feuerstein, wie er verzweifelt versucht, wieder ins Haus zu gelangen, nachdem ihn der Tiger unsanft vor die Tür gesetzt hatte.

»Wilmaaa!«

Ich mußte lachen. Sascha warf sich aufs Bett, schlang seine Arme fest um mich und küßte mich, bis ich bettelte, daß er aufhören solle.

Als er mich losgelassen hatte, ging ich in die Dusche, danach war Venedig angesagt.

Draußen war es warm. Sascha schob den Kinderwagen durch die überfüllten Gassen und ich guckte Schaufenster an. Wir klapperten den obligatorischen Trampelpfad zwischen San Marco und Rialto ab, weil dort die besten Läden sind. In Venedig werde ich spätestens nach einem halben Tag von einer unbezwingbaren Einkaufssucht gepackt, weil die ganze Stadt ein einziger Laufsteg ist, auf dem einem die neuesten Klamotten so lange vorgeführt werden, bis man wie ferngesteuert in den nächsten Laden rennt und den Verkäuferinnen sein Geld in die Hände drückt.

Erst wenn ich genauso angezogen bin wie der Rest der Stadt, habe ich das Gefühl, im Urlaub zu sein. Danach schlägt unweigerlich das schlechte Gewissen zu, weil ich mehr ausgegeben habe, als ich besitze, und auf dem Heimweg schwöre ich hoch und heilig, mich beim nächsten Mal der Attacke standhaft zu widerstehen. Doch das ist Illusion. Sobald ich das alte Kopfsteinpflaster unter den Füßen spüre, werde ich wieder schwach. So auch heute. In dem Schaufenster, das meine guten Vorsätze endgültig pulverisierte, hing eine ärmellose Bluse aus einem zarten, leicht durchsichtigen Stoff. Die mußte ich haben.

»Ich geh da mal kurz rein«, konnte ich gerade noch murmeln, und schon hatte mich der Modehimmel verschluckt. Es ist beruhigend zu wissen, daß sich manche Dinge nie ändern, und daß Blusen aus zarten Stoffen einen die Doros dieser Welt kurzzeitig vergessen lassen können.

Eine hektische halbe Stunde später spuckte mich der Laden wieder aus, und ich stand in der himmlischen Bluse, einem atemberaubenden Rock aus weichfließendem Stoff – hier machte sich Beatrices Einfluß bemerkbar – und der dazugehörigen Jacke mit diversen weiteren Tüten in der Hand auf der Piazza. Sascha saß in einem Café und glotzte wie ein Mondkalb, als er mich sah.

»Wow!« sagte er bewundernd.

Ich ging mit lässigem Hüftschwung vor ihm auf und ab. Sämtliche Männer auf dem Platz glotzten wie Sascha. Moritz auch.

Sascha stand auf und zog mich eng an sich heran.

»Das kannst du nur in meiner Begleitung anziehen«, flüsterte er in mein Ohr, »du siehst wahnsinnig heiß aus!«

Ich war froh, daß sich die Investition gelohnt hatte und ließ mich erschöpft auf einen Stuhl fallen. Sascha hatte Campari Soda bestellt und ich nahm einen Schluck aus seinem Glas. Einkaufen macht durstig.

»Du bist die schönste Frau der Welt«, behauptete Sascha.

Ich klopfte mit der Hand auf meine Tüten.

»Du wirst umfallen, wenn du erst siehst, was ich mir für heute abend gekauft habe.«
Sascha legte seine Hand auf meinen Nacken und zog mein Gesicht zu sich heran.
»Es spielt keine Rolle, was du anhast«, sagte er, »du bist immer schön, besonders ohne Kleider!«
»Das hättest du früher sagen sollen, dann hätten wir eine Menge Geld gespart.«
Sascha lachte, dann küßte er mich und ich spürte ein Kribbeln im Bauch. Es waren die Schmetterlinge.
Wir standen auf und spazierten Arm in Arm weiter, ohne etwas zu sagen.
Als wir am Markt vorbeikamen, war Moritz vom vielen Gucken müde geworden und eingeschlafen. Das arme Kerlchen muß hungrig sein, dachte ich, und würde miese Laune haben, wenn er aufwachte. Er war ein flexibles Kind, das mitten im größten Trubel einschlafen konnte, das mit Schlüsseln oder Löffeln spielte, wenn nichts anderes zur Hand war, aber wenn er Hunger hatte, wurde er zum Tier. Um den Ernstfall zu vermeiden, erkämpfte ich mir in letzter Minute unter einem halb heruntergelassenen Gitter den Zutritt zu einem Supermarkt und erstand ein Gläschen Babynahrung.
»Die Tomaten duften so toll«, sagte Sascha, als ich wieder rauskam.
Er stand vor einem abenteuerlich aufgetürmten Gemüseberg, hinter dem eine braungebrannte Dunkelhaarige hervorlugte.
Ich atmete tief ein. Es roch nach Salzwasser und Sonne.
»Wäre es nicht toll, wenn wir hier wohnen würden«, sagte Sascha, »wir könnten jeden Tag auf diesem geilen Markt einkaufen und uns tolle Sachen kochen.«
Sascha hatte oft gekocht, bevor er im Club angefangen hatte. Damals hatte er in einer Kneipe gearbeitet, und der Club war sein großer Traum gewesen. Manche Träume sollten einfach nicht in Erfüllung gehen.
Wir setzten uns auf die Stufe vor einem Hauseingang und ließen uns von der Sonne bescheinen.

»Das da drüben gefällt mir zum Beispiel gut«, sagte Sascha und deutete auf ein dreistöckiges Haus.
Es hatte einen terracottafarbenen Anstrich und war von Efeu und wildem Wein überwuchert. Die Rankenfrau wäre entzückt gewesen. Aus dem mittleren Stockwerk ragte ein schmiedeeiserner Balkon mit blühenden Pflanzen. Typisch Sascha, dachte ich, sich in das schönste Haus am Platz zu träumen. Mindestens war dies ein Traum, den ich mit ihm teilen konnte.
»Ganz oben, unter dem Dach schlafen wir«, entschied Sascha. »Das Zimmer ist in hellem Gelb marmoriert, damit wir auch bei Regenwetter in der Sonne aufwachen. Wir haben natürlich ein Himmelbett.«
Ich nickte. Ein Mouseklick und ich liege unter dem weißen Musselin. Sascha kommt nur mit einem Handtuch bekleidet ins Zimmer und bringt mir eine Tasse Tee ans Bett. Halt, da stimmt etwas nicht. Ich klicke auf die Stelle zurück, an der Sascha reinkommt und lasse ihn ausnahmsweise Espresso servieren, weil es besser zu Venedig paßt. Saschas Handtuch fällt herunter, und ich küsse seine nackte Haut.
»Wir haben wilden Sex in dem Bett«, sagte Sascha, »jeden Morgen.«
Wir waren im gleichen Programm.
»Danach gehen wir zusammen unter die Dusche«, klickte Sascha uns weiter, »ich seife dich am ganzen Körper ein, und dann machen wir's noch mal im Stehen. Danach trockne ich dich ab und wickel dich in ein dickes weißes Handtuch. Vielleicht willst du dich ja dann auf den Balkon setzen und etwas essen?«
»Ich glaube, das könnte ich dann gebrauchen. Melone mit Schinken.«
Sascha legte den Arm um meine Schultern und küßte mich. Er schmeckte salzig und roch nach Sex. Er nahm meine Hand und führte sie vorsichtig an seinem Hosenbein entlang. Als ich seinen Ständer spürte, erschrak ich.
»Sascha, die Marktweiber werden uns lynchen. Wir sind in einem katholischen Land.«

Sascha lachte.
»Ich wollte nur, daß du merkst, wie heiß du mich machst! Aber du mußt noch warten, weil ich jetzt erst mal dein Frühstück mache. Unsere Küche ist natürlich groß und gemütlich. Wir haben einen langen Tisch mit einer weißen Marmorfläche, auf der man auch Gemüse schneiden kann.«
»Und an den Wänden hängen getrocknete Kräuter. Die ganze Küche duftet danach.«
Sascha guckte mich überrascht an.
»Woher weißt du denn das?«
»Na hör mal, ich kenn doch unsere Küche!«
»Logo«, sagte er, »wir haben sie ja zusammen eingerichtet. Aber wir essen meistens in dem Zimmer, das auf den Canale blickt. Abends sitzen wir da und rauchen einen Joint und gucken aufs Wasser. Das Zimmer ist knallrot gestrichen und total leer bis auf einen großen Eßtisch und Stühle. Wir brauchen natürlich Vorhänge, damit keiner reingucken kann. Was meinst du, in Weiß?«
»Müssen wir die Farbe der Vorhänge jetzt entscheiden?«
Sascha lachte und gab mir einen Kuß auf die Haare.
»Wir bräuchten noch ein Kinderzimmer«, sagte ich, »und eine Rumpelkammer. Ganz unten, neben dem Eingang …«
»Wozu brauchen wir denn eine Rumpelkammer?« fragte er.
»Na, um die alten Möbel zu restaurieren, die wir auf Flohmärkten und Auktionen kaufen.«
»Wenn wir uns dieses Haus leisten können, haben wir es nicht nötig, die Möbel selbst zu restaurieren!«
»Ich würde es trotzdem gerne machen. Einfach so, zum Spaß.«
»Ich nicht«, sagte Sascha, »das dauert mir zu lang.«
Das war das Problem mit Saschas Träumen: Sie mußten schnell zu verwirklichen und auf keinen Fall mit Anstrengungen verbunden sein, sonst verlor er sofort das Interesse. Von wegen der Weg ist das Ziel! Sascha lebte nur für das Ziel, der Weg dorthin war ein lästiges Hindernis,

das es nach Möglichkeit zu umgehen galt. Sobald das Ziel erreicht war, wurde es ihm langweilig und er sah sich nach einem neuen um.
»Dann restauriere ich die Möbel eben alleine«, sagte ich, »und was machst du den ganzen Tag?«
»Keine Ahnung«, sagte Sascha achselzuckend, »vielleicht kaufe ich mir ein Boot.«
Typisch Sascha: In unserem Haus hingen noch keine Vorhänge, und er düste schon mit seinem Boot neuen Ufern entgegen.
»Ich weiß nicht, wie es dir geht«, sagte ich, »aber mich hat die Einrichterei hungrig gemacht. Laß uns was essen gehen.«
Ich stand auf. Sascha guckte an mir hoch und legte seine Hände auf meine Hüften. Dann zog er mich zu sich heran, schob meine Bluse ein Stück nach oben und legte seinen Mund an meinen Bauch. Plötzlich spürte ich seine feuchte Zunge in meinem Nabel. Der Schmetterlingsschwarm flog wild durcheinander.
Sascha stand auf und zog mich an sich heran.
»Du bist so verdammt sexy«, flüsterte er in mein Ohr.
Er küßte mich und stieß mir dabei seine Zunge tief in den Mund, bis ich die Hitze an meinen Beinen hochsteigen spürte. Ich schloß meine Augen. Dann ließ er mich auf einmal los und klatschte in die Hände.
»Mangiare«, sagte er, »subito Signora!«
Als wir den Kinderwagen durch die mittlerweile menschenleeren Gassen schoben, sagten wir beide kein Wort. Es war heiß, und die neue Bluse klebte auf meiner Haut. Ich konnte an nichts anderes denken als an Sex mit Sascha.
Nach ein paar Minuten oder Stunden kamen wir an einen großen Platz, der in der Mittagshitze vor sich hin dümpelte. Ein Café hatte seine Tische an der Wand eines Hauses aufgestellt, aus dem Geschirrgeklapper und Musik zu hören waren. An einem Tisch saß ein älterer Mann, der in der Zeitung blätterte. Wir schoben den Kinderwagen unter einen Sonnenschirm und setzten uns hin. Sascha

nahm meine Hände in seine und guckte ihre Innenseiten eingehend an.
»Kannst du Handlesen? Was siehst du?«
Sascha lächelte geheimnisvoll und fuhr mit einem Finger an den Linien auf meiner Handfläche entlang.
»Ich sehe, daß du eine schöne und intelligente Frau bist, die Hunger hat. Außerdem wirst du ein langes, glückliches Leben haben, und dein Gesicht wird nie so faltig werden wie deine Handfläche.«
Er lachte und hielt mir seine Hand hin. »Sag mir, was du darin siehst!«
Ich betrachtete seine festen Hände und wünschte mir, sie auf meiner Haut zu spüren. In dem Himmelbett.
»Ich sehe, daß du Sex mit einer schönen und intelligenten Frau haben wirst, die Hunger hat«, sagte ich.
Sascha küßte meine Hand und sah mir tief in die Augen.
»Ciao Giovanni«, rief eine Frauenstimme.
Ich guckte unwillkürlich nach oben. Die Frau hatte eine Föhnfrisur wie Peg Bundy und hielt eine Zigarette in der Hand, mit der sie herumgestikulierte, während sie mit heiserer Stimme ihre Story zum besten gab. Giovanni raschelte mit der Zeitung und krächzte hin und wieder etwas zurück.
Dann war es wieder still. Der Platz war leer, bis auf ein paar Kinder, die mit den Tauben Fangen spielten. Es lief so ab, daß die Tauben sich in sicherer Entfernung von den Jägern niederließen und provokant lässig ihr Gefieder zupften. Das war sozusagen die Aufforderung für die Kinder, mit der Jagd zu beginnen. Sie rasten los. Die Tauben blieben erst mal cool, doch sobald sich die Kinder auf eine gewisse Entfernung genähert hatten, flatterten sie mit hektischem Flügelschlagen ein paar Meter weiter, immer nur so weit, daß die Kinder glauben konnten sie diesmal zu erwischen. In Wirklichkeit hatten sie keine Chance. Die Tauben gewannen immer. Es mußte für die Kinder ein frustrierendes Spiel sein, und ich fragte mich, warum sie sich darauf einließen. Giovanni krächzte ihnen hin und wieder etwas zu. Er war anscheinend eine In-

stitution auf diesem Platz, denn jeder der vorbeikam, grüßte ihn.
»Ciao Giovanni!«
Giovanni ließ dann seine Zeitung sinken und krächzte einen Gruß zurück.
Seine Stimme war heiser von den vielen Zigaretten, die er gewissenhaft eine nach der anderen anzündete, als sei er eine Art Feuergott, der die ewige Flamme am Brennen halten muß.
»Sag mal, wie lange läßt der uns noch warten«, fragte Sascha und deutete auf den Kellner, der seelenruhig in der Tür des Cafés lehnte und uns nicht die geringste Aufmerksamkeit schenkte.
Er war viel zu beschäftigt, mit einem langen dünnen Mann zu debattieren, der sich durch das Tragen von Shorts und Rucksack als Tourist outete. Man konnte nur hoffen, daß sie ihr Thema durch hatten, bevor wir verhungert waren. Ich versuchte mitzukriegen, worüber sie redeten. Der Dünne war Amerikaner und suchte sein Hotel. Der Kellner, der von Giovanni mit Paolo angeredet wurde, beschrieb ihm den Weg und unterstützte seine Ausführung mit entsprechenden Handbewegungen. Als der Ami, nachdem der Kellner mit der Regelmäßigkeit einer tibetanischen Gebetsmühle immer wieder denselben Text heruntergeleiert hatte, immer noch glotzte wie ein Schaf und sich nicht von der Stelle bewegte, brannte Giovanni die Sicherung durch. Er legte die Zeitung beiseite, drehte sich in seinem Stuhl um und krächzte dem Amerikaner lauthals zu, er solle einfach immer in Richtung Kirche gehen. Der Ami nickte und rührte sich nicht vom Fleck.
Jetzt wurde Sascha ungeduldig.
»Mistladen«, sagte er, »das ist doch kein Service hier!«
»Ich finde es nett, daß der Typ dem Ami helfen will.«
»Ach, hör doch auf! Wenn ich mir im Club so einen Service erlauben würde, könnten wir dichtmachen!«
Im Club erlaubten sie sich ganz andere Dinger, zum Beispiel die Leute stundenlang bei Wind und Wetter vor der

Türe warten zu lassen, um sie dann doch nicht reinzulassen. Aber das sagte ich nicht, weil Sascha offensichtlich in Gefahr war, sich in das Ekelpaket aus dem anderen Universum zurückzuverwandeln, und ich diesen Prozeß nicht fördern wollte. Aber Sascha brauchte meine Hilfe nicht, er redete sich ganz allein in Rage.

»Europa ist eine Dienstleistungswüste. Hier bist du doch als Kunde immer der Arsch!«

»Hast du es eilig?«

Die Ader am Hals schwoll bedrohlich an.

Ich war erschrocken. Wenn Aliens um eine Seele kämpfen, lassen sie anscheinend nicht so schnell locker.

»Du regst dich doch genauso auf wie ich«, herrschte Sascha mich an, »du gibst es nur nicht zu, weil du so verklemmt erzogen worden bist.«

Im Moment machte es den Eindruck, daß der folgenreichste Fehler in meiner Erziehung der war, daß mich niemand vor Männern wie Sascha gewarnt hatte. Aber es hatte keinen Sinn, darüber nachzugrübeln, weshalb meine Eltern diese Lektion übersehen hatten, ich war jetzt auf mich gestellt und mußte damit fertigwerden.

Ich stand auf und ging zu dem Ami und erklärte ihm auf englisch, was ich glaubte, daß Paolo auf italienisch gesagt hatte. Es war zu hoffen, daß ich damit nicht völlig daneben lag, und der Ami schien überzeugt. Er lud sein Schneckenhaus auf den Rücken und schlurfte davon, und ich bestellte. Paolo nickte und wollte gerade reingehen, als Sascha mir zurief, daß er gerne ein Bier hätte.

»E una birra per favore«, sagte ich in meinem perfekten Italienisch.

Als ich zurück an den Tisch kam, sagte Sascha kein Wort. Er schmollte bis die Getränke kamen, dann leerte er das Bier in einem Zug.

»Mann, war ich durstig!«

Ich schwieg.

Sascha legte seine Hand auf meine.

»Hey, Baby! Sei nicht sauer.«

Ich war sauer.

»Na komm schon. Es tut mir leid!«
Ich seufzte und schluckte meinen Ärger runter.
»Ist schon gut.«
»Ich finde es toll, wie du dich traust, italienisch zu sprechen«, sagte Sascha.
Ich mußte grinsen.
»War es so schlimm?«
Sascha lachte.
»Ich denke nicht«, sagte er, »aber das Tolle ist, daß du dir keine Gedanken darüber machst. Dir ist egal, was andere denken.«
»Du meinst, ich habe kein Problem damit, mich zum Affen zu machen?«
Sascha lachte wieder.
»So hab ich das nicht gemeint, Mel. Du bist unabhängiger als ich, weil du niemandem etwas beweisen willst. Das bewundere ich an dir, verstehst du?«
»Nein.«
»Ist auch egal.«
Die Frau mit der Föhnwelle war aus dem Haus gekommen. Sie setzte sich zu Giovanni und zündete sich eine Zigarette an. Giovanni hielt ihr die Zeitung vor die Nase und schlug mit der flachen Hand mehrfach auf die Titelseite, auf der ein glatzköpfiger Mann abgebildet war, der laut Schlagzeile gerade verhaftet worden war. Giovanni hielt anscheinend nicht viel von dem Glatzkopf, jedenfalls regte er sich fürchterlich über ihn auf. Die Frau nickte zustimmend und stimmte lauthals in seine Tirade ein. Der Glatzkopf konnte von Glück reden, daß er hinter Gittern saß und keine Gefahr bestand, daß er Giovanni und der Föhnwelle über den Weg laufen würde.
Ich leerte meine Cola mit einem großen Schluck.
»Hast du noch Zigaretten?« fragte Sascha. Nachdem er einen Blick in die Schachtel geworfen hatte, sagte er: »Ich geh mal und kaufe welche.«
Er stand auf und schlenderte zu einem kleinen Laden auf der anderen Seite des Platzes. Als die Föhnwelle das sah, sprang sie von ihrem Stuhl auf und folgte ihm. Da ihre

Beine nur halb so lang waren wie Saschas, mußte sie sie doppelt so schnell bewegen, um das Tempo zu halten, doch die Anstrengung konnte ihrer sturmfesten Frisur nichts anhaben. Ich überlegte, wieviel Haarspray sie wohl für dieses aerodynamische Kunstwerk brauchte. Dem Anschein nach hatte sie sich zum Ziel gesetzt, das Ozonloch im Laufe ihres Lebens mindestens zu verdoppeln.
Kurz vor der Ladentür hatte sie Sascha überholt und verschwand mit einem Hechtsprung nach drinnen. Sascha ging mit lässigen Schritten hinterher.
In diesem Moment bog der Ami wieder um die Ecke. Meine Italienischkenntnisse waren anscheinend nicht annähernd so gut, wie ich gehofft hatte, denn er schleppte immer noch das Schneckenhaus mit sich herum. Giovanni war der Meinung, daß dieser Fall nicht in sein Ressort gehörte und rief mit seiner krächzigen Stimme nach Paolo. Der erschien mit einem Grinsen im Gesicht in der Tür und ließ den Ami kommen, der sehr abgekämpft aussah. In Zukunft würde er bestimmt nur solche Hotels buchen, in denen Wert darauf gelegt wurde, daß die Gäste sie auch finden konnten.
»I need a drink, it's so fucking hot!« sagte er und verschwand mit Paolo nach drinnen.
Ich schloß die Augen und genoß die Sonne, bis ich einen Kuß auf meiner Wange spürte.
»Ich hab Zigaretten und ein paar Postkarten gekauft«, sagte Sascha, »magst du welche schreiben?«
»Nein«, sagte ich.
Sascha guckte mich erstaunt an.
»Es tut so gut, nicht an Zuhause zu denken.«
»Soll ich die Karten wegschmeißen?«
»Nein. Gib her!«
Ich schrieb an Paula, Nicole und meine Mutter jeweils den gleichen Text, mit unterschiedlichem PS. Paula bekam den Zusatz, daß Liebe schön war, Nicole ein Dankeschön dafür, daß sie meiner Mutter nichts erzählt hatte, und die die Information, daß Venedig tatsächlich im sonnigen Süden lag.

»Möchtest du unterschreiben?« fragte ich.
»Soll ich?«
Ich gab Sascha die Karten, und er setzte seinen Krakel drunter.
»Und an wen schreibst du?«
»An den Club. Die ärgern sich, wenn sie lesen, daß wir hier in der Sonne sitzen.«
›Die‹ war Doro, und ich stellte mir vor, wie sie an einem regnerischen Nachmittag aus ihrer Wohnung gekrochen kam und in den Club runterging. Es roch nach kaltem Rauch und Bier. Sie stolperte über die Post, die auf dem Fußboden verstreut lag. Es waren nichts als Rechnungen und eine Karte von dem Mann, den sie liebte, der ihr aber einen Korb gegeben hatte und jetzt mit einer anderen in die Sonne gereist war. Die Erkenntnis, daß ihr Leben seinen Sinn verloren hatte, traf Doro wie ein Keulenschlag, und sie ertränkte sich in einer Pfütze Bier.
»Woran denkst du«, fragte Sascha.
Ich schreckte auf und blinzelte in die Sonne.
»An nichts. Wo bleiben eigentlich die Tramezzini?«
»Ich geh mal rein und hole sie.«
Als Sascha im Café verschwunden war, fiel mir auf, daß er mich nicht gefragt hatte, ob ich die Postkarte an den Club unterschreiben wollte.
Die Föhnwelle saß wieder bei Giovanni am Tisch, wo die beiden in einträchtigem Schweigen die Bestände des Tabakladens vernichteten, während sie den Kindern beim Spielen zuguckten. Sascha erschien mit den Tramezzini in der Tür, gefolgt von Paolo und dem Ami.
Der Ami machte sich wieder auf den Weg, und Paolo blieb in der Türe stehen und guckte ihm nach.
»Endlich«, sagte ich, als Sascha das Essen vor mich hinstellte, »ich war schon kurz vor dem Hungertod!«
»Beatrice, Lauredana!« schrie Paolo quer über den Platz.
Aus der Gruppe der Kinder lösten sich zwei Mädchenköpfe und guckten hoch. Paolo winkte und die Mädels trabten gehorsam näher. Ich fragte mich, welche von ihnen Beatrice war. Ihrer Kleidung nach zu urteilen, hätte

jede von ihnen die Tochter eines Tuchhändlers sein können. Die Modepüppchen gingen ins Café und kamen kurz darauf mit Eis in der Hand wieder nach draußen. Giovanni und die Föhnwelle standen auf und gingen mit den Mädchen ins Haus.

Sascha lächelte mich an. Dann rückte er seinen Stuhl neben meinen und legte den Arm um meine Schulter. Es war schön, hier mit ihm zu sitzen und zu schweigen.

Ich angelte mein Buch aus der Tasche und lehnte mich an Saschas Arm.

Beatrice hatte inzwischen die geniale Idee, über den befreundeten Maler an Orazio ranzukommen. Der Maler war ziemlich gut im Geschäft und strich sämtliche Aufträge für Wandmalereien in den Kirchen ein. Beatrice fädelte es so ein, daß sie für ihn Modell stehen konnte, natürlich inkognito, denn es gehörte sich nicht für eine Frau ihres Standes, nackt vor Männern zu posieren. Der Maler sollte Orazio zu der Session einladen und mit ihm ein bißchen Wein trinken, während er pinselte. Als sie nackt in der Kirche stand, war Beatrice ziemlich nervös, weil die Situation sehr ungewohnt für sie war, doch der Aufwand lohnte sich. Der Maler malte, und Orazio trank süßen Wein und konnte seinen Blick nicht von der Schönen wenden. Als die Session zu Ende war, hatte er Feuer gefangen. Er war eben auch nur ein Mann. Von da an löcherte Orazio den Maler, weil er wissen wollte, wer die schöne Unbekannte war. Er dachte ursprünglich an eine lockere Affäre, aber als er erfuhr, daß es Beatrice war, machte er ihr nach allen Regeln der Kunst den Hof, weil er sie unbedingt heiraten wollte. Aber jetzt spielte Beatrice die Spröde. Doch als Orazio ihr in Murano eine Kette aus Glasperlen anfertigen ließ, in die Goldstaub eingeschmolzen wurde, hörte Beatrice auf, ihn zappeln zu lassen, und die beiden beschlossen zu heiraten. Beatrice war natürlich erleichtert, daß sich der ganze Aufwand doch noch gelohnt hatte, aber ich konnte mich nicht so recht mitfreuen. Irgendwie war mir dieser Orazio-Bursche auf einmal nicht mehr so ganz geheuer, ich hatte keine Ahnung, warum. Vielleicht war ich nur neidisch auf Beatrice, und gönnte ihr kein Happy-End, solange meines noch in der Luft hing. Vielleicht machte es mich aber auch mißtrauisch, daß ich noch mehr als hundert Seiten zu lesen hatte.

Als Sascha noch einen Caffé Latte serviert bekam, riß mich Paolo aus meinen Überlegungen, ob ich eine Zicke war, oder zu festgefahrene Lesegewohnheiten hatte. Ich bestellte noch eine Cola.

»Ich könnte den ganzen Tag hier sitzen und den Leuten zuschauen«, sagte Sascha, »guck mal die Frau da drüben an!«

Die Frau saß auf einem Brunnen, der so aussah, als hätte er zu Beatrices Zeiten schon hier gestanden.

»Was ist mit ihr?«

»Sie hat Blumen in die Kirche gebracht. Sie ist eine ganze Weile da dringeblieben, hat gebetet wahrscheinlich.«

Oder auf einen Orazio gewartet, dachte ich.

»Ich finde das faszinierend«, sagte Sascha, »wenn Leute eine Richtung in ihrem Leben haben, etwas, woran sie sich halten können, weißt du? Ich hätte das auch gerne.«

»Nichts leichter als das. Die Kirchen suchen händeringend nach Mitgliedern.«

Sascha lachte.

»Du mußt mir nur noch sagen, welche Religion zu mir passen würde.«

»Heutzutage muß man sich nicht festlegen. Das Ganze ist ein großes esoterisches Buffet. Du suchst dir aus jeder Religion heraus was dir gefällt und mischst dir deine eigene.«

Sascha knuffte mich in den Arm.

»Mel, du weißt, was ich meine, oder?«

Ich nickte. Ich wußte es genau. Er brauchte etwas, das ihm Gewicht gab und ihn daran hinderte, herumgewirbelt zu werden wie Herbstlaub im Wind. Aber sobald er es gefunden hatte, wurde ihm das Gewicht zu schwer, und er schüttelte es ab, um frei durch die Luft schweben zu können wie ein Blatt, bevor es in einer Pfütze landet.

Ich hatte keine Lust, in einer Pfütze zu landen.
»Halt mich fest«, sagte ich zu Sascha.
Er stand auf, zog mich an den Händen von meinem Stuhl hoch und umarmte mich. Seine Arme waren fest und sicher, und ich fühlte mich rundum geborgen. Als wir uns wieder hinsetzten, stand Paolo in der Tür und grinste uns an.
Moritz rekelte sich in seinem Wagen. Er hatte die Augen noch nicht offen, als er schon losbrüllte. Ich stellte das rettende Gläschen bereit und nahm Moritz auf den Schoß. Er war warm und weich vom Schlafen. Sascha leckte seinen Kaffeelöffel ab und reichte ihn mir. Moritz verschlang den Brei, als sei er tagelang auf Nulldiät gewesen. Er starrte gierig auf den Löffel und hatte keine Augen für Paolo, der an unseren Tisch kam und versuchte, mit ihm zu schäkern. Während ich mit der Raubtierfütterung beschäftigt war, quetschte Paolo Sascha über Moritz aus. Wie alt er war, wie er hieß, und Sascha hatte auf einmal keine Hemmungen mehr, italienisch zu sprechen. Oder keine Wahl. Als er Moritz' Eckdaten abgefragt hatte, erzählte Paolo von Beatrice und Lauredana. Ich fühlte mich bereits wie eine alte Freundin der Familie, schließlich kannte ich bis auf die Mutter der Mädchen sämtliche Mitglieder, zumindest die, die über dem Café wohnten. Das wichtigste im Leben waren die Familie und eine gute Gesundheit, meinte Paolo. Ich war erstaunt, daß Sascha ihm nicht widersprach. Außerdem war noch wichtig, daß Italien beim nächsten Mal Fußballweltmeister wurde, aber in diesem Punkt war Sascha anderer Meinung.
Als Moritz gegessen hatte und wieder strahlte, wickelte ich ihn in Paolos Toilette, dann schoben wir den Wagen über den Platz. Sascha blieb vor dem Brunnen stehen und blätterte im Reiseführer. Die Frau mit den Blumen war verschwunden.
»Das ist eine Wasserzisterne«, sagte er, »sie ist über tausend Jahre alt.«
Ich strich mit der Hand über den abgewetzten Stein. Er war warm von der Sonne und fühlte sich weich an. Beatrice hatte diesen Brunnen bestimmt gekannt.

»Schon komisch«, sagte Sascha, »daß dieses alte Ding hier schon rumgestanden hat, als wir nicht mehr waren, als eine schlummernde Erbanlage in der DNA von irgendwelchen Leuten, die in Höhlen lebten. Und es wird noch hier stehen, wenn es uns längst nicht mehr gibt.«
Ich nickte. Fast erwartete ich, daß Beatrice um die Ecke biegen würde. Ich konnte ihr Lachen und das Rascheln ihrer Kleider hören. Doch statt Beatrice kam ein kleiner brauner Köter. Er schnüffelte an der Zisterne und hob sein Bein. Moritz quietschte schrill vor Vergnügen und ruderte mit seinen kleinen Ärmchen in der Luft.
»Soviel zum Respekt vor der Vergangenheit«, sagte Sascha.
Dann guckten wir die Kirche an. Vor dem Altar lagen weiße Lilien und verbreiteten einen betäubenden Geruch. Den Rest des Nachmittags verbummelten wir und guckten noch ein paar Kirchen und mittelalterliche Hundetoiletten an. Die Stimmung war ruhig und beschaulich, und der Alien kam nicht mehr zurück.
Abends versuchten wir wieder, in unserem Sentimentaljourney-Restaurant einen Tisch zu bekommen, aber es war hoffnungslos. Der Laden war zu bekannt geworden. Vermutlich hatte es sich unter Paaren mit Kinderwunsch herumgesprochen, daß die Spaghetti Vongole fruchtbarkeitsfördernde Wirkung hatten. Da wir restauranttechnisch neue Welten erkunden mußten, fanden wir das ›Nuovo Mondo‹ ganz passend. Wir aßen uns durch die Speisekarte: Antipasti, Nudeln mit Sardellen in Kapern und Rosinen, Fische vom Rost, Salat, und zum Nachtisch gab es Amarettocreme für mich und Aprikosenkuchen für Sascha.
Nach dem Dessert war ich so satt und müde, daß ich mich am liebsten sofort ins Bett gelegt und geschlafen hätte. Mit der Rechnung kamen zwei Grappa. Am Nebentisch saß eine ältere Frau, die ein Vermögen an Gold am Körper trug. Sie hatte den ganzen Abend in Papierkram gestöbert und nickte uns jetzt aufmunternd zu. Goldmarie war anscheinend Besitzerin des Ladens und nutzte ihre Posi-

tion, um nebenbei einen informellen Grappatest mit den Gästen durchzuführen. Vermutlich hatte sie das Zeug selbst gebraut und wartete jetzt gespannt darauf, ob ihre Testpersonen tot umfallen oder blau anlaufen würden. Wir prosteten ihr zu und schütteten das Gebräu die Kehlen hinunter. Es brannte wie Feuer. Wenn sie es selbst gebraut hatte, war dies mit Sicherheit ihr erster Versuch.

»Molto bene«, sagte ich, sobald ich wieder japsen konnte.

Die Frau lächelte zufrieden. Dann winkte sie dem Kellner und ließ uns noch eine Runde Feuerwasser bringen. Diesmal brannte es etwas weniger. Wir sagten wieder, der Grappa oder was sie dafür hielt, sei molto bene, und die Frau lächelte wieder zufrieden. Ich fürchtete schon, daß unsere geschundenen Kehlen noch für eine dritte Runde herhalten mußten, doch Goldmarie beließ es dabei und widmete sich wieder ihrem Papierkram. Wir waren entlassen. Nicht ohne zu zahlen, versteht sich. Die Mitarbeit am Grappatest wurde nicht verrechnet.

»Und was jetzt?« fragte ich, als wir auf der Straße standen.

Der Grappa rann wie feurige Lava durch meine Blutbahn und meine Müdigkeit war wie weggeblasen.

Sascha umarmte und küßte mich.

»Ich wüßte da schon was«, murmelte er, »komm mit!«

Er legte den Arm um mich und schob mit der freien Hand den Kinderwagen durch die leeren Straßen zum Hotel. Grappa im Blut läßt Venedig glitzern.

Die Vollbusige saß wie immer an der Rezeption und guckte Fernsehen. Parallel dazu blätterte sie in einer Zeitschrift. Der Grappa war inzwischen in meinen Kopf geschossen und sorgte dafür, daß ich unbedingt noch etwas unternehmen wollte. Also brachten wir Moritz nach oben und schalteten das Babyphon an. Die Vollbusige drehte die Glotze leiser und beteuerte, daß Moritz bei ihr in besten Händen sei. Daran hatte ich keinen Zweifel.

»Ich brauche etwas, das mich wieder runterbringt«, sagte ich.

Um diese Uhrzeit gibt es nur wenige offene Bars in der Stadt, von denen wir zufällig eine fanden. An der Theke entschied ich spontan, Feuer mit Feuer zu bekämpfen und bestellte einen Grappa. Die Methode klappte vorzüglich, denn mein Körper wurde langsam müde, dafür arbeitete das Sprechzentrum in meinem Gehirn auf Hochtouren. Wir unterhielten uns über Gott und die Welt und amüsierten uns köstlich. Ich hätte den Rest meines Lebens hier stehen und mit Sascha reden können. Er war witzig und süß, und ich war bis über beide Ohren in ihn verliebt.
Als ich endlich genug hatte, schlenderten wir Arm in Arm über den menschenleeren Markusplatz zurück zum Hotel. Der Mond hüllte die alten Gebäude in fahles Licht und versteckte die Arkaden unter tiefschwarzen Schatten. Der Campanile ragte wie eine übergroße Lakritzstange in den Himmel. Wir blieben stehen und guckten schweigend den verzauberten Platz an.
»Ist das irre hier, oder was«, flüsterte Sascha.
Ich nickte.
Sascha hatte mich von hinten umarmt und drückte mich fest an seinen Körper. Mit einer sanften Bewegung schob er meine Haare beiseite und küßte meinen Nacken. Ein wohliger Schauer lief mir über den Rücken. Dann ließ er seine Hände an meinem Körper runterwandern und drehte mich mit einer Bewegung um. Wir schauten uns direkt in die Augen. Ich stellte mich auf die Zehenspitzen und schlang ein Bein um seine Hüfte. Sascha hielt meinen Oberschenkel fest, und ich zog sein Gesicht zu mir und küßte ihn lang und leidenschaftlich. Sascha war der erotischste Mann der Welt und mit Abstand der beste Küsser. Seine Haut duftete, und er hatte einen Ständer. Ich weiß nicht mehr, wie es passierte, aber plötzlich standen wir unter einer Arkade und Sascha hatte meinen Rock nach oben geschoben. Im nächsten Moment war seine Hose offen, und ich spürte sein warmes Fleisch. Er hob mich hoch und setzte mich drauf. Ich fühlte seinen heißen Atem in meinem Nacken. Das Blut raste in meinen Adern. Ich war

so ausgehungert nach ihm und so scharf, daß es mir nicht schnell genug gehen konnte.
Als wir uns danach auf die Stufen unter den Arkaden setzten, legte Sascha den Arm um mich und zündete eine Zigarette an. Der warme Saft lief aus mir heraus und an den Beinen entlang.
»Danach habe ich mich den ganzen Tag gesehnt«, sagte Sascha und küßte meinen Hals. »Magst du?«
Er reichte mir die Zigarette. Ich schüttelte den Kopf. Entweder ich bekam auf der Stelle noch einen Grappa, oder ich mußte schlafengehen. Doch die Chancen auf Grappa standen schlecht.
»Ich will nur noch schlafen«, sagte ich.
Sascha lachte.
»Jetzt weiß ich endlich, wie ich dich ins Bett kriege«, grinste er.
Er stand auf, nahm meine Hand und zog mich hoch. »Na komm. Ich bring dich nach Hause!«
Als wir im Zimmer ankamen, ließ ich mich aufs Bett fallen. Sascha zog mir die Schuhe aus und legte sich neben mich.
»Du bist so verdammt erotisch«, sagte er, »los, deck dich zu, sonst garantiere ich für nichts.«
Ich blinzelte ihn müde an und sah, daß er schon wieder einen Ständer hatte.
Er lachte.
»Ich lasse dich schlafen, wenn es unbedingt sein muß«, grinste er, »leg dich nur noch ganz kurz zu mir. Ich will dich in meinen Armen halten!«
Ich drehte mich zu ihm, und als mein Busen seine Haut berührte, stöhnte er auf.
»Ich bin so empfindlich. Du glaubst nicht, wie sehr es mich reizt, dich anzufassen. Deine Brüste machen mich total verrückt.«
Wir fingen wieder an, aneinander rumzumachen, als mir einfiel, daß das Babyphon noch an war. Ich löste mich aus Saschas Umarmung und schaltete es aus. Nach der Zugabe schliefen wir endlich ein.

love and marriage

Am nächsten Morgen schien wieder die Sonne.
»Das ist doch nicht zu fassen«, sagte Sascha, als er die Fensterläden öffnete, »das Wetter ist so penetrant schön hier, das gibt es doch gar nicht!«
Ich stand auf und stellte mich hinter ihn ans Fenster. Seine Haut war weich und duftete nach Sex und Schlaf. Sascha drehte sich um und küßte mich. Er schmeckte nach Kaffee, und ich wollte ihn zum Frühstück. Ich nahm seine Hand und zog ihn vom Fenster weg. Sascha kam mir einen Schritt hinterher, doch dann blieb er stehen.
»Da ist schon ein Mann in deinem Bett«, sagte er und deutete auf Moritz, der in der Mitte des Bettes lag und vor sich hin döste.
»Wer sagt denn, daß ich mit dir ins Bett will?«
Sascha grinste, dann hob er mich hoch und trug mich ins Badezimmer. Er setzte mich unter der Dusche ab und machte die Türe leise zu.
»Und wozu hast du heute sonst noch Lust«, fragte er, als wir danach auf dem Bett lagen.
»Ich will Meer, Sand und Sonne. Und dich.«
»Kannst du haben.«
Es wurde ein fauler Tag. Nachdem wir im Florian gefrühstückt hatten, was ich ziemlich dekadent fand, weil dort sogar die Luft zum Atmen auf die Rechnung gesetzt wird, kauften wir sommerliche Klamotten für Moritz, dann setzten wir mit dem Vaporetto zum Lido über und legten uns in den Sand.
Sascha legte sich unter den Sonnenschirm, nahm Moritz auf seinen Bauch, und beide schliefen sofort ein. Ich guckte eine Weile den Wellen zu, dann las ich weiter in meinem Buch.

Nach etwa zwanzig Seiten tat es mir schrecklich leid, daß ich Beatrice ihr Glück geneidet hatte, denn inzwischen wütete die Pest in Venedig, und die Menschen starben wie die Fliegen. Beatrices Leben hatte sich komplett verändert. Sie mußte ihre kranke Mutter pflegen und traf kaum noch Bekannte, weil alle entweder tot oder infiziert waren oder jemanden pflegten, der im Sterben lag. Aber noch schlimmer als die Pest war das Mißtrauen. Kein Mensch traute dem anderen, jeder hatte Angst, diskriminiert zu werden, wenn herauskam, daß man krank war oder einen Kranken in der Familie hatte. Wer noch nicht befallen war, versuchte krampfhaft, die Gefahr zu ignorieren und stellte eine Lebenslust zur Schau, die aber in Wirklichkeit Endzeitstimmung war. Seine wahren Gefühle versteckte man, manche gingen sogar soweit, daß sie ihre Gesichter hinter Masken verbargen. Der einzige Lichtblick war, daß Beatrice und Orazio heiraten wollten. Ich konnte mir lebhaft vorstellen, wie schwierig es war, unter diesen Umständen eine Hochzeit zu planen.
Ich schloß die Augen und sah Beatrice in ihrem Hochzeitskleid aus feinstem Tuch, wie sie an der Seite ihres Vaters zu den Klängen von Orgelmusik in die Kirche schritt. Die Gäste hatten ihre Masken abgelegt und hielten den Atem an. Beatrices Schritte hallten auf dem Marmorboden. Orazio wartete vor dem Altar auf sie, und die abgeschlagene Motten-Konkurrenz verrenkte sich die Köpfe, um einen Blick auf die Siegerin zu werfen. Eine von ihnen sah aus wie Doro. Beatrice warf ihr einen kurzen Blick zu, in dem ihr ganzer Triumph zum Ausdruck kam, und danach hatte sie nur noch Augen für Orazio. Die Kirche duftete nach Lilien und die Orgel orgelte.
Über dieser Seifenoper mußte ich eingeschlafen sein, denn als ich aufwachte, waren Sascha und Moritz samt Kinderwagen verschwunden.
Ich rieb mich noch mal mit Sonnenblocker ein und ging ans Wasser. Es war kalt. Die Wellen umspielten meine Füße, und jedesmal, wenn sie von der unsichtbaren Kraft in den Horizont gesaugt wurden, sanken sie tiefer in den

Sand ein, bis sie ganz darin verschwunden waren. Ich war ein Baum, der aus dem Meer wuchs. Das Wasser glitzerte silberblau, und ich wäre am liebsten reingesprungen – wenn es nur nicht so kalt gewesen wäre. Wir kommen im Sommer wieder, dachte ich, als ich meine Wurzeln aus dem Sandloch befreite, und dann werde ich schwimmen. Ich sammelte ein paar Muscheln, und als ich mit vollen Händen an unseren Platz zurückkam, waren Sascha und Moritz wieder da.

»Wo wart ihr denn?«

»Einkaufen«, sagte Sascha und deutete auf eine Tüte, die unter dem Kinderwagen im Schatten stand. Ich zeigte ihm meine Muschelsammlung.

»Hübsch«, sagte er, »wirklich toll!«

Ich warf noch einen Blick auf die Muscheln, dann ließ ich sie in den Sand fallen.

»Nein, nein«, protestierte Sascha, »die nehmen wir mit nach Hause!«

»Wozu das denn?«

»Wir können sie auf unseren Eßtisch legen. Wenn wir mal italienisch kochen.«

»Für wann ist das denn geplant?«

»Wir könnten doch mal Nicole und Jörg einladen«, sagte Sascha, »ich koche.«

Ich weiß nicht, ob es die Sonne war oder die paar hundert Kilometer, die zwischen dem Strand und Zuhause lagen, aber wenn Sascha so redete, konnte man den Eindruck bekommen, daß die ganze letzte Zeit nur ein schlechter Traum gewesen und in Wirklichkeit nie passiert war. Vielleicht waren aber auch seine Gehirnzellen schon zerstört, und er wußte deshalb nichts mehr davon.

»Wir haben schon lange keine Leute mehr eingeladen«, sagte ich, um Saschas Gedächtnis zu testen.

»Ich weiß«, sagte er, »höchste Zeit, daß das anders wird.«

»Stimmt.«

Ich ließ mich auf das Handtuch fallen.

»Es ist ganz schön heiß hier«, stöhnte ich.

»Du brauchst wohl eine kleine Abkühlung?«

Ich spürte seine Hände auf meinem Rücken, und im nächsten Moment hatte er mich hochgehoben und ging in Richtung Meer.
»Spinnst du? Was hast du vor? Laß mich los!«
Sascha lachte.
»Ich denke, dir ist heiß?«
»Das Wasser ist eisig, tu mir das nicht an!«
Ich wehrte mich, so gut ich konnte, aber ohne Erfolg. Sascha ließ mich ins Wasser fallen. Als ich japsend wieder auftauchte, stand er lachend vor mir. Seine Augen blitzten in der Sonne. Ich stand auf und drückte meinen nassen Körper gegen ihn. Sascha stöhnte auf.
»Verdammt, bist du kalt!«
Er legte die Arme um mich und ließ sich ins Wasser gleiten, so daß wir beide untertauchten. Als wir wieder hochkamen, nahm ich seinen nassen Kopf in die Hände und küßte ihn auf den Mund. Er schmeckte nach Meer. Das Wasser kam mir auf einmal nicht mehr so kalt vor.
»Wer als erster draußen ist!«
Wir rannten gleichzeitig los, aber Sascha war schneller.
»Autsch, verdammt«, schrie ich und stampfte mit dem Fuß auf.
Sascha kam zurück.
»Was ist denn los, Baby?«
»Ich bin auf etwas Spitzes getreten!«
»Zeig mal her!«
Ich hob den Fuß hoch, und Sascha nahm ihn in die Hand, um ihn zu untersuchen. Ich nutzte den Überraschungsmoment, schubste Sascha ins Wasser und rannte was das Zeug hielt. Kurz nachdem ich mich auf unser Handtuch fallengelassen hatte, war Sascha auch da.
»Vor dir muß man sich in acht nehmen«, sagte er atemlos, »du bist ganz schön durchtrieben!«
»Wer austeilt, muß auch einstecken können!«
Ich guckte ihn unschuldig an und streichelte Moritz dabei sanft über den Bauch.
Sascha trocknete sich ab.

»Ich hab uns 'nen Imbiss mitgebracht«, sagte er, »hast du Hunger?«
Ich nickte. Die Portionen im Florian sind nicht nur unverschämt teuer, sondern auch unverschämt klein.
»Was gibt's denn?«
Sascha packte Weißbrot aus der Tüte und legte es auf das Handtuch. Dazu gab es Bel Paese. Genau wie damals, als er mir den Heiratsantrag gemacht hat. Bel Paese mit Weißbrot, und dazu hatten wir Bellinis getrunken. Es war genau hier gewesen, an diesem Strand. Ich fragte mich, ob Sascha noch wußte, was wir damals gegessen hatten.
Sascha fischte zwei Gläser aus der Tüte und reichte mir eines. Als er die Flasche Prosecco und den Birnensaft herausholte, sah ich es genau vor mir, wie es vor fast anderthalb Jahren gewesen war. Sascha hatte sich damals hochoffiziell vor mich hingekniet und gesagt, daß er mich liebe. Daß er für immer mit mir zusammensein wolle. Und dann hatte er mir den Heiratsantrag gemacht.
Sascha reichte mir ein Glas Bellini. Dann kniete er sich vor mir in den Sand.
»Mel«, sagte er, »ich liebe dich. Bitte heirate mich.«
Genau das waren auch damals seine Worte gewesen, und wie damals verfehlten sie ihre Wirkung nicht. Als ich meine Sprache wiedergefunden hatte, sagte ich ja. Ich wollte ihn rasend gerne heiraten. Am besten sofort, hier in Venedig! Mit Moritz als Trauzeugen. Wir küßten uns, und Sascha sagte, daß er noch nie in seinem Leben so glücklich war wie mit mir.
»Du bist die Sonne in meinem Leben«, sagte er, »so hell, so strahlend. Du machst alles warm und schön, ohne dich kann ich nicht leben.«
Mir fiel kein entsprechendes Bild ein, das ich dieser kosmischen Liebeserklärung hätte entgegensetzen können. Ich konnte ja schlecht sagen, daß Sascha mein Mond war, der manchmal hell erstrahlte und sich zu anderen Zeiten vom dunklen Himmel verschlucken ließ, obwohl das nicht weit von der Wahrheit entfernt war, sofern man Menschen mit Gestirnen vergleichen kann. Ich ließ den

Vergleich auf sich beruhen und sagte, daß ich zwar ohne ihn leben könnte, es aber nicht wollte.
»Dann tu es nicht«, sagte Sascha.
Wir stießen mit unseren Gläsern an und redeten darüber, wie schön es sein würde, verheiratet zu sein und allen zu zeigen, daß wir für immer zusammengehörten. Ich war in einer großen rosa Blubberblase und glücklich wie nie zuvor.
Als wir von meinem himmlischen Pendant genug hatten, packten wir unsere Sachen zusammen und stapften durch den Sand zurück zur Straße. Wir kamen direkt vor dem Hotel Des Bains raus, ein riesiger kolonialer Kasten, der genauso gut im Hochland von Darjeeling oder am Fuß des Kilimandscharo stehen könnte. Man hört die Elefanten trompeten, Meryl Streep sitzt in einem Rattanstuhl auf der Terrasse und wartet auf Robert Redford. Sie hat ihre Locken onduliert und trägt einen knielangen Leinenrock, unter dem ihre weißen Waden hervorblitzen.
Ich schüttelte den Sand von den Füßen ab, schlüpfte in meine Sandalen und ging ein paar Schritte die Stufen hoch. Der Geruch von wildem Oleander stieg mir in die Nase.
»Na komm schon!«
Sascha guckte mich zweifelnd an.
»Meinst du, die lassen uns rein? In diesen Klamotten?«
Er guckte an seinem zerknautschten T-Shirt hinunter auf die sandigen Schuhe.
»Denen ist egal, ob die Kreditkarte in einem Hemd von Calvin Klein oder von H&M steckt, Hauptsache, sie funktioniert!«
»Hauptsache, sie ist golden«, schnaubte Sascha, »Mel, ich verspreche dir, daß wir irgendwann mal in diesem Palast Urlaub machen …«
»Irgendwann ist mir zu spät«, sagte ich und ging entschlossen die Stufen nach oben. Sascha blieb weiterhin unten stehen.
»Nur auf einen Tee«, rief ich, »jetzt komm schon!«

»Was soll das? Es zieht mich nur runter, wenn ich Leute sehe, die für eine Nacht so viel ausgeben können, wie ich in einem Monat verdiene.«
»Dann guck nicht hin.«
Sascha seufzte, dann trug er den Kinderwagen die Stufen hoch.
Drinnen war es still und kühl. Ein Boy in weißer Livree empfing uns, als seien wir auf Staatsbesuch und fragte, ob er uns das Gebäude zeigen dürfte. Er durfte.
Wir folgten ihm auf weichem Teppich einen nicht endenwollenden Flur entlang in Zimmer mit riesigen Himmelbetten, blumenumrankten Balkonen und geräumigen Bädern aus weißem Marmor mit alten Messingarmaturen, die auf Hochglanz poliert waren. Die Hochzeitssuite übertraf alles. Sie war das Paradies pur und verschlug uns die Sprache. Der Boy strahlte, als sei dieser Himmel auf Erden sein persönliches Werk.
Er zog die Vorhänge beiseite und öffnete die hohe Flügeltür zum Balkon. Oleanderduft strömte ins Zimmer.
»Ecco, il mare«, sagte er stolz, als sei auch die Aussicht sein Verdienst.
Der Boy hieß Maurizio. Wir sagten ihm unsere Namen, woraufhin er anfing, ganz un-boy-haft Moritz Kußhände zuzuwerfen. Ich ließ mich in einen der großen Rattansessel fallen. Sascha wollte wissen, wieviel die Hochzeitssuite für eine Nacht kostete. Maurizio nannte eine Zahl mit vielen Nullen. Sascha bedeutete ihm, daß das eine Menge sei, und Maurizio nickte wissend. Entsprechend selten sei die Suite gebucht, sagte er, schade um den schönen Raum, daß er nicht öfter genutzt wurde. Besonders jetzt in der Vorsaison stünde er wochenlang leer. Ich wunderte mich darüber, daß es eine Saison für Hochzeiten gab, aber Maurizio meinte, die Suite würde selten von Hochzeitspaaren gebucht. Höchstens von japanischen. Ich erzählte ihm, daß wir noch nicht zum Heiraten gekommen waren, daß Sascha mir aber heute einen Antrag gemacht hatte. Maurizio gratulierte uns. Er fand das sehr romantisch und wollte wissen, wo und wann wir heira-

ten würden. Wir sagten, daß wir noch keine genauen Pläne hatten, aber daß es auf alle Fälle toll werden würde, auch wenn wir uns so eine Suite für die Hochzeitsnacht nicht leisten konnten. Daraufhin fiel Maurizio wieder ein, daß er sich nicht als Privatmensch mit uns unterhielt, sondern den Job hatte, die sündhaft teuren Zimmer loszuschlagen. Er schloß die Balkontür und die Besichtigung war damit beendet.

Maurizio geleitete uns noch auf die koloniale Terrasse, und wir bestellten Tee und englisches Gebäck.

»Macht es dir viel aus«, fragte Sascha, »daß wir uns kein Luxusleben leisten können?«

»Hmhm? Ich fände es toll, hier mit dir zu übernachten, keine Frage, aber es ist mir nicht so wichtig.«

»Nein?«

»Nein. Ich mag mein Leben, wie es ist.«

Wie es jetzt ist, setzte ich in Gedanken hinzu, wenn Doro und der Club und das Koks weit weg sind.

»Wirklich?« fragte Sascha

»Ich fand unser Leben schlimm in letzter Zeit, aber das ist ja jetzt vorbei. Was ich meinte ist, daß wir alles haben, um glücklich zu sein. Es kommt nur darauf an, was wir daraus machen.«

Sascha guckte mich nachdenklich an. Dann lachte er plötzlich auf.

»Schön, daß du so genügsam bist, Mel. Aber ich geb mich nicht mit dem zweiten Preis zufrieden, und das solltest du auch nicht.«

Ich hatte keine Zeit, über diese Äußerung nachzudenken, weil Moritz in diesem Moment anfing, äußerst unenglisch zu meckern, weil er eine volle Windel hatte. Ich nahm das in hohen Frequenzen quietschende Bündel auf den Arm und trug es in die koloniale Pracht, auf der Suche nach einem Wickelraum. Zum Glück war Maurizio zur Stelle und zeigte mir den Weg.

Als Moritz wieder gesellschaftsfähig war, brachte ich ihn zurück auf die Terrasse.

Dort unterhielt sich Sascha mit Maurizio.

»Ich hab eine Überraschung für dich«, sagte Sascha feierlich, »wir haben die Suite für eine Nacht!«
»Wow! Wirklich?«
Ich erinnerte ihn an die Zahl mit den vielen Nullen. Maurizio machte eine wegwerfende Handbewegung und nannte einen Preis, der wesentlich darunter lag. Ein Großteil der Nullen war plötzlich verschwunden. Ich fiel Maurizio um den Hals.
»Hey, hallo«, protestierte Sascha, »du umarmst den falschen Mann!«
»Wie hast du denn das hingekriegt«, fragte ich Sascha, nachdem Maurizio uns samt unserer Strandtasche in die Suite gebracht hatte.
»Das war kein Problem«, grinste Sascha, »ich habe ihm Sex mit dir versprochen.«
Ich knuffte ihn in den Arm.
»Im Ernst, wie hast du das gemacht?«
»Ich habe nichts gemacht, ehrlich. Das warst du. Du hast mit deinem Gerede über Hochzeiten sein romantisches Herz entfacht.«
»Was du nicht sagst.«
»Du bezauberst Menschen, so ist das eben! Na ja, und dazu kommt, daß die Suite sowieso leersteht, und Maurizio nichts dagegen hatte, ein bißchen Taschengeld zu verdienen.«
Sascha grinste frech und zog mich aufs Bett.
Später telefonierten wir mit der Leihoma, um ihr zu sagen, daß wir erst morgen zurückkommen würden, und danach widmeten wir uns nur noch dem Romantisch-Sein. Es bekam uns gut. Wir badeten in der großen alten Wanne und liebten uns im Himmelbett. Als wir hungrig waren, bestellten wir das Essen auf unseren Balkon, wo wir in dicken weißen Bademänteln saßen und zuguckten, wie die Sonne im Meer versank, und dazu Champagner schlürften. Es war wie im Film, nur besser, weil wir es selbst erlebten. An diesem Tag verließen wir die Hochzeitssuite nicht mehr.
Am nächsten Vormittag bedankten wir uns nach einem Frühstück im Bett mit vielen Worten und einem Um-

schlag bei Maurizio und verbrachten den Tag am Strand. Heute ging ich sogar freiwillig schwimmen. Gegen Abend fuhren wir mit dem Vaporetto zurück. Wir standen an Deck, und Sascha umarmte mich und zog mich ganz nah an sich heran.

»Ich liebe dich«, sagte er.

»Ich dich auch.«

»Mit dir macht alles so viel Spaß.«

»Nenn mir einen Menschen, mit dem so ein Urlaub keinen Spaß machen würde!«

Sascha knuffte mich in die Rippen.

»Ich meine es ernst, Mel. Ich brauche dich.«

Ich kuschelte mich ganz nah an ihn heran. Der Campanile schaukelte langsam auf uns zu. Er glitzerte wie eine Zuckerstange.

for whom the bell tolls

Abends hatte Sascha seinen Termin.
»Es dauert bestimmt nicht so lang«, sagte er, »wir können ja danach noch auf einen Drink gehen, oder?«
Ich hielt es für unrealistisch, Termine mit DJs zeitlich eingrenzen zu wollen.
»Guck einfach mal, wie es läuft«, sagte ich, »du kannst ja das Handy hier lassen und Bescheid sagen, wenn es länger dauert.«
Nachdem Sascha weg war, beschloß ich, mit Moritz Essen zu gehen. Leider war Moritz nicht in Ausgehstimmung. Er meckerte nonstop, während ich im Wettlauf gegen seine Müdigkeit einen Teller Nudeln in mich hineinstopfte. Ohne die Kellner, die um Moritz herumscharwenzelten und ihn abzulenken versuchten, hätte ich vermutlich keine Chance gehabt. Doch Moritz blieb ungehalten, und seine kleine Unterlippe zitterte so bedrohlich, daß ich, nachdem ich mich notdürftig mit Kalorien versorgt hatte, auf dem kürzesten Weg zurück ins Hotel ging.
Kaum waren wir in unserem Zimmer angekommen, hatte Moritz seinen toten Punkt überwunden und machte keinerlei Anstalten, einzuschlafen. Jetzt wollte er unterhalten werden.
»Schlechtes Timing«, sagte ich zu ihm, »jetzt ist die Show vorbei und du mußt schlafen!«
Moritz verzog seinen zahnlosen Mund zu seinem schönsten Strahlelächeln.
»Rrrrrr«, sagte er.
»Na gut«, sagte ich, »du darfst noch ein bißchen aufbleiben.«
Wir spielten mit Buzz. Er flog in langsamen Kreisen über

das Bett und landete dann im Sturzflug auf Moritz' Bauch. Moritz quietschte vergnügt und wedelte aufgeregt mit seinen dicken Ärmchen, als sei er der Fluglotse, der Buzz' Zusammenstoß mit dem Berg – seinem Bauch – zu verhindern hatte. Doch Buzz ignorierte die Signale. Er landete immer wieder auf dem Berg und der quietschte vergnügt. Als mein Arm lahm zu werden drohte, legte sich Buzz neben Moritz zum Schlafen.

»Buzz ist müde vom vielen Fliegen«, sagte ich, »er muß jetzt schlafen.«

Moritz guckte ernst.

»Mhmmm«, protestierte er.

»Doch, doch, glaub mir! Buzz war im Grand Canyon und hat den Adlern in der Luft Hallo gesagt, dann ist er über New York weitergeflogen, wo ihn die Wolkenkratzer an den Füßen gekitzelt haben, und dann ist er über das große Meer hierhergekommen. Das ist ein weiter Weg, wenn man ihn alleine fliegt.«

Moritz guckte mich aufmerksam an. Ich legte mich hin und nahm ihn in den Arm, dann erzählte ich noch ein bißchen, doch Moritz hörte irgendwann nicht mehr zu. Er war eingeschlafen. Ich rollte ihn vorsichtig auf die Seite und deckte ihn zu.

Draußen war die Hölle los. Ich stellte mich ans Fenster und guckte auf die kleine Gasse. Ein Mann im Haus gegenüber tat dasselbe. Er war blaß und sah irgendwie dekadent aus, wie er so zum Ausgehen fertig am Fenster stand und den steifen Kragen seines Hemdes nervös zurechtzupfte, während er hinunterguckte. Er schien auf jemanden zu warten. Die Gasse quoll vor Leuten über, die aussahen, als kämen sie gerade von einem Mode-Shooting für die Vogue. Sie schoben sich grüppchenweise durch den engen Schlauch und unterhielten sich lauthals. Um von meiner Loge aus ein bißchen am Nachtleben teilzuhaben, köpfte ich den Campari aus der Minibar und steckte meine letzte Zigarette an. Direkt unter mir stand eine Clique junger Männer in Tommy-Hilfiger-Uniformen. Ihre perfekt frisierten Köpfe drehten sich nach jeder

schönen Frau um, die vorbeilief. Da alle Frauen in dieser Gasse gut aussahen, waren die Köpfe ständig in Bewegung.
Als die Zigarette zu Ende war, ging ich unter die Dusche, danach schaltete ich die Glotze an.
Zwei fette Männer rangen miteinander. Einer der Klöpse hatte den anderen im Würgegriff und stellte ihm ein Bein, so daß dieser wie ein Sack Mehl auf die Matte schlug. Auf dem anderen Kanal hielt man ebenfalls nicht viel von gepflegter Kommunikation. Ein Priester und zwei Frauen in Bikinis stritten sich so heftig, daß die italienische Arabella, eine Wasserstoffblondine in einem pinken Kostüm, sich dazwischenwerfen mußte, um einen Mord vor der laufenden Kamera zu verhindern. Ich fragte mich, welches Programm die Leihoma wohl heute abend guckte? Mich interessierte keines, deshalb nahm ich mein Buch und guckte, was Beatrice so trieb.
Ich mußte eingeschlafen sein, denn ich bemerkte erst, daß Sascha zurückgekommen war, als er sich neben mich aufs Bett fallen ließ. Ich war froh, daß er wieder bei mir war und streichelte ihn schlaftrunken über Moritz hinweg.
»Laß das bitte!«
Sascha schob meine Hand weg und drehte mir den Rücken zu. Ich setzte mich auf.
»Wie war dein Treffen? Es hat ja doch etwas länger gedauert?«
»Jetzt mach mir bloß keine Vorwürfe«, sagte Sascha in die Dunkelheit.
Seine Stimme hörte sich verändert an. Schlagartig war ich hellwach. Ich sah unsere Wohnung, Sascha, den Alien, der in der Küche stand und über das Kinoprogramm ausflippte. Ich blieb bewegungslos unter der Decke liegen und starrte in die Dunkelheit.
Das Fenster war offen und umrahmte das gegenüberliegende Haus, als wäre es ein Ölgemälde einer venezianischen Szene aus einem vergangenen Jahrhundert. Das Bild war in matten Farben gehalten, hauptsächlich silber,

braun und blau. Über der Stadt lag ein Schleier aus Nebel. Eine Gondel schaukelte auf dem Kanal, schwarz und schwer, wie ein fetter Käfer. Der fette Käfer versuchte, sich einen Weg durch den Nebel zu bahnen. Er kam direkt auf mich zu.

Ich schloß meine Augen und öffnete sie wieder. Eine Armee von Käfern krabbelte auf mich zu. Mechanisch knipste ich das Licht an.

Das Haus war verschwunden. Sascha schlief auf der anderen Seite des Bettes, Moritz lag breitbeinig zwischen uns. Es gab keine Gondelkäfer in unserem Zimmer. Kein Grund zur Panik, ich mußte einfach nur schlafen.

Wie spät war es überhaupt?

Ich griff nach dem Handy. Es war halb drei. Früh genug, um wieder einzuschlafen, dachte ich beruhigt. Ich knipste das Licht wieder aus.

Mit der Dunkelheit kamen die Käfer wieder. Sascha war lange weggewesen und hatte nicht angerufen. Mir fiel ein, daß er vielleicht angerufen haben könnte, und ich das Bimmeln überhört hatte, weil ich eingeschlafen war. Jetzt wollte ich unbedingt wissen, ob er eine Nachricht auf der Mailbox hinterlassen hatte.

Um Sascha und Moritz nicht aufzuwecken, tastete ich in der Dunkelheit nach dem Handy und ging damit ins Bad. Es war eine Nachricht auf der Box. Sie war von Doro, die wissen wollte, ob alles klar lief. Sascha solle zurückrufen. Ich merkte, wie Wut in mir hochstieg. Diese Frau war eine verdammte Klette. Was ging es sie an, ob in Saschas Urlaub alles klar lief? War die Tatsache, daß er mit mir verreist war, nicht ein deutliches Zeichen, daß sie uns in Ruhe lassen sollte? Ich drückte auf Löschen und ließ Doros Stimme verschwinden. Hier ist kein Platz für dich, Dorogondelkäfer!

Als ich wieder ins Bett zurücktapste, schlugen die Kirchturmglocken. Es klang gespenstisch.

»Du schläfst ja gar nicht«, murmelte Sascha, »hab ich dich geweckt, als ich reingekommen bin? Ich war extra ganz leise, damit du nichts mitbekommst!«

»Ich hab auch nichts mitbekommen.«
»Dann ist ja gut.«
»Doro hat angerufen«, sagte ich.
Saschas Schatten schob sich ganz kurz vor das Bild mit dem Haus, dann ließ er sich wieder aufs Bett fallen.
»Was wollte sie denn?«
»Meine Nerven.«
»Was hat sie gesagt?«
»Sie wollte wissen, ob alles klar läuft.«
Lief denn alles klar? Ich war mir auf einmal nicht mehr sicher und hoffte, daß Sascha mir eine Antwort darauf geben konnte. Aber Sascha wollte nicht reden.
»Schlaf jetzt, Mel«, sagte er nur.
Mein Herz rast, die Kirchturmglocken schlagen, und Doro hat angerufen. Wie soll ich jetzt einschlafen?
»Hast du 'ne Ahnung, warum sie dich im Urlaub anruft?«
»Mel, ich hab jetzt keinen Bock, die ganze Nacht zu diskutieren!«
»Warum sollten wir deswegen diskutieren?«
»Melanie, ich bin saumüde! Kannst du mich jetzt bitte schlafen lassen!«
»O. k.«
»Wie nett von dir! Also dann gute Nacht.«
»Gute Nacht.«
Ich war hellwach.
Sascha räusperte sich.
»Weck mich, wenn du morgen aufstehst«, sagte er.
Bevor ich noch etwas sagen konnte, hatte er angefangen, leise zu schnarchen.
Um nicht auf das Haus mit den Gondelkäfern gucken zu müssen, drehte ich mich vom Fenster weg. Die Kirchturmglocken schlugen drei. Venedig ist eine laute Stadt. Ständig diese Glocken! Sie fingen an einem Ende der Stadt an und läuteten sich in verschiedenen Tonlagen immer näher heran, bis die Glocke der Kirche neben dem Hotel mit ihrem hohlen Klang einstimmte, der durch Mark und Bein ging. Zur Zeit der Pest hatte sie die Totenmessen eingeläutet.

Ich vergrub meinen Kopf unter dem Kissen.
Beatrice betrat die Kirche neben dem Hotel. Ihr schwarzes Kleid aus feinster Seide raschelte, als sie sich hinkniete. Sie betupfte ihre Stirn mit Weihwasser, dann ging sie nach draußen an den Kanal und sattelte einen Käfer und ritt auf ihm davon.
Warum hat Doro angerufen?
Ich drehte mich auf den Rücken und starrte an die Decke.
Im Haus gegenüber stand Orazio vor einem hohen Spiegel. Er schob den steifen Kragen seines Hemdes mit der Hand beiseite, dann lehnte er sich nach vorne und betrachtete aufmerksam seinen Hals. Sein Gesicht war bleich vor Angst.
Vor ein paar Tagen hatte er den schwarzen Fleck zum ersten Mal bemerkt. Er war direkt unter dem Haaransatz. Ich bin nicht krank, sagte Orazio voller Panik. Ich will leben. Ich werde meinen Geschäften nachgehen wie immer, und wenn die Nacht lang ist und die Frauen freundlich, werde ich eine von ihnen mit nach Hause nehmen, denn seit die schöne Beatrice die Stadt verlassen hat, fühle ich mich einsam und sehne mich nach einem warmen Körper.
»Du weißt, wo du mich findest, wenn du es dir anders überlegst«, hatte sie vor ihrer Abreise gesagt.
Aber ich werde ihr nicht folgen. Ich werde nicht zulassen, daß sich meine Feinde wie Hyänen auf meinen Besitz stürzen, während ich wie ein alter Mann auf dem Land herumsitze und und meine Tage damit zubringe, Beatrice beim Patiencenlegen zuzuschauen. Das ist kein Leben für mich.
Die Kirche wird die Seuche in den Griff bekommen. Ich habe meinen Teil gespendet, die Errichtung der neuen Basilika wird die himmlischen Mächte versöhnen. Der Glanz von Santa Maria della Salute wird die Seuche blenden. Die Pest ist eine Krankheit der Armen. Reiche Leute wie ich werden nicht befallen. Warum sagt Beatrice, ich solle mein Leben in Sicherheit bringen? Warum hat sie mich verlassen?

»Wie schlimm muß es kommen, bis du bereit bist, dein Leben zu ändern?« hatte sie gefragt.
Ich mußte über ihre Worte lachen. So was konnte nur von einer Frau kommen.
»Du bist eine Frau, die Schönste, die meine Augen je erblicken durften«, hatte ich geantwortet, denn sie liebt Schmeicheleien, »aber was verstehst du von den Geschäften eines Mannes?«
»Ich verstehe etwas vom Leben«, hatte das Weib geantwortet.
Das war typisch Beatrice: Sie hatte ein loses Mundwerk!
»Wenn du dein Leben nicht ändern willst, dann lebe es ohne mich«, hatte sie frech gesagt. »Es bricht mir das Herz, dich zu verlassen, aber ich werde dir nicht dabei zuschauen, wie du dich zugrunderichtest. Leb wohl, mein Geliebter!«
Hätte ich mitfahren sollen? Alles hinter mir lassen? Nein, Männer laufen nicht davon wie Kaninchen. Männer kämpfen. Wenn es sein muß, bis zum bitteren Ende.
Die Glocken schlugen wieder. Wach im Bett zu liegen und die Schläge der Kirchturmglocken zu zählen, ist ein Alptraum.
Ich stand auf und ging auf Zehenspitzen ins Bad und schaltete das Licht an. Nachdem ich die Tür vorsichtig zugedrückt hatte, drehte ich das kalte Wasser auf und spritzte es mir ins Gesicht.
Danach fühlte ich mich besser und hatte Lust auf eine Zigarette. Ich ging leise zurück ins Zimmer und tastete auf dem Fensterbrett nach dem Päckchen. Es war leer. Saschas Jacke lag auf dem Boden. Ich hob sie auf und durchsuchte die Taschen. In der einen waren unsere Wohnungsschlüssel und der Bund mit Schlüsseln für den Club, in der anderen sein Geldbeutel und ein Päckchen Zigaretten. Ich nahm es raus und holte mir aus der Minibar eine Cola und einen Schokoriegel. Mit diesem Morgensnack und meinem Buch bewaffnet, ging ich zurück ins Bad und setzte mich auf den Klodeckel.
Ich zündete eine Zigarette an und fing an zu lesen.

Beatrice war inzwischen jede Lüsternheit samt ihrer Lebensfreude vergangen. Sie hockte in ihrem Landhaus und machte sich fürchterliche Sorgen um Orazio. Es ist unglaublich, wie Frauen sich von einem Mann herunterziehen lassen können. Aber das Problem war, daß Beatrice, die schöne, kluge Beatrice, Orazio liebte. Sie wollte ihn retten. Deshalb fuhr sie heimlich zurück in die Stadt und suchte den Schwachkopf, der inzwischen dabei war, der Pest zu erliegen. Er war von seiner Dienerschaft aus Angst vor Ansteckung in ein Massenhospiz abgeschoben worden, wo er auf einer dreckigen Matte vor sich hin vegetierte. Um ihn herum siechende Leiber. Beatrice fand ihn gerade rechtzeitig, um ihm beim Sterben die Hand zu halten. Es war so herzzerreißend, daß ich noch eine Zigarette rauchen mußte. Als es draußen hell wurde, war Orazio tot.
Ich duschte mich und streifte das Kleid von gestern über, das im Bad über dem Handtuchhalter hing.
Als ich ins Zimmer kam, war Moritz schon wach und strahlte mich an. Sascha schlief noch. Er schnarchte leicht. Das Meeting muß wirklich anstrengend gewesen sein, dachte ich, vermutlich war er deshalb auch so übel draufgewesen, als er wiederkam. Damit er nicht aufwachte, wickelte ich Moritz im Badezimmer auf dem Fußboden.
Als er fertig war, legte ich mein Ostergeschenk neben Sascha auf das Kopfkissen, dann faltete ich die leere Zigarettenschachtel auseinander, schrieb darauf, daß Moritz und ich beim Frühstücken seien, und hinterließ die Nachricht auf dem Tisch.
Dann legte ich Moritz in seinen Wagen und wollte ihn gerade aus dem Zimmer schieben, als mir auffiel, daß etwas anders war als sonst.
Es war ein kaum wahrnehmbarer Unterschied, eine leichte Irritation. Wenn man etwas so oft gesehen hat, wie ich das Bild von Moritz in seinem Kinderwagen, kennt man jedes Detail und registriert eine noch so kleine Veränderung. Die Matratze lag irgendwie anders als sonst. Einen Tick höher.

Ich behielt Moritz auf dem Arm und tastete mit meiner freien Hand unter die Matratze. Meine Finger stießen auf etwas, das sich anfühlte wie Plastik. Es war Plastik. Dünne Plastiktüten mit weichem Sand gefüllt. Ich hob die Matratze hoch. Die Tüten waren voll mit Schnee.
Ich blieb wie festgewachsen stehen und starrte auf die Päckchen. Ich konnte nicht glauben, was ich da sah. So viel Kokain auf einem Haufen gab es nicht einmal im Film. Was für eine Osterüberraschung.

dumm gelaufen

Nur nichts anmerken lassen, dachte ich, während mir die Leihoma einen Caffé Latte nach dem anderen brachte.
»Sono stancha«, sagte ich und hoffte, daß das bedeutete, daß ich müde war.
Sie guckte mich mitleidig an und brabbelte irgendwas von Bambini, die einen nachts wach hielten, das mich nicht die Bohne interessierte. Mein Sohn saß auf einer Ladung Kokain, die ihm sein eigener Vater untergeschoben hatte. Ich wollte nur weg von hier. Schnell weg. Das ganze Zeug in den Kanal werfen und mit Moritz verschwinden, irgendwohin, wo ich Sascha nie wiedersehen würde. Und gestern hatten wir noch davon geredet zu heiraten! Ich hätte auf der Stelle losheulen können.
Doch vor der Leihoma mußte ich mich zusammenreißen. Sie durfte mir nicht anmerken, daß ich Panik hatte, sonst kam sie vielleicht auf die Idee, daß der nette Signore aus Alemagnia, der oben seinen Rausch ausschlief, ein Krimineller war, und hetzte die Polizei auf unsere Fersen. Sie würden uns Moritz wegnehmen und ihn in ein Heim stecken, und wenn ich nach Jahren aus dem Knast entlassen wurde, würde er mich nicht mehr erkennen.
Ich bat die Leihoma, Sascha auszurichten, daß wir bald zurück seien und schob den Kokstransporter auf die Gasse.
Doch draußen wurde die Paranoia noch schlimmer. Was, wenn Sascha gestern jemand gefolgt war, und die Polizei längst wußte, was unter der Babymatratze verborgen war, und nur darauf wartete, mich zu verhaften?
Ich setzte meine Sonnenbrille auf und guckte mich unauffällig um. Die Gasse war wie immer voller Menschen. Sie liefen an mir vorbei, scheinbar ohne mich zu beach-

ten. Auf den Stufen der Kirche saßen zwei Männer in dunklen Anzügen. Sie guckten zu mir rüber. Mein Herz schlug bis zum Hals.
Ich blieb stehen. Die Typen starrten mich unverschämt an. Ich starrte wütend zurück. Sie grinsten, und der eine warf mir eine Kußhand zu. Ich drehte mich auf dem Absatz um und schob den Kinderwagen wie einen Wellenbrecher durch die Menschenmenge. Sollten die Typen mich doch für eine Zicke halten, Hauptsache, sie waren keine Polizisten.
Ich schob den Wagen in einem Tempo durch die Straßen, als müßte ich einen olympischen Rekord brechen, ohne zu wissen, wo die Zielgerade war. Treppe rauf, Treppe runter. Moritz war über das Geruckel ungehalten, und ich verlangsamte das Tempo, weil ich seinen Frühstücksbrei nicht wiedersehen wollte. Ein kotzendes Kind hätte mir jetzt gerade noch gefehlt. Menschen strömten an uns vorbei, Tauben flatterten, die Sonne schien und Moritz beruhigte sich. Er liebte Spaziergänge. Irgendwann war er eingeschlafen, und ich fand mich in einer menschenleeren Gasse wieder. Endlich Ruhe.
Ich setzte mich auf die Stufen einer kleinen Brücke. Der Kanal roch nach Moder. Es gab nur eine Lösung: Ich mußte die Tütchen in das Brackwasser werfen.
Ich starrte auf die grüne Brühe. Das Sonnenlicht brach sich darauf und verwandelte sie in ein Meer aus glitzernden Kristallen, die so hell blendeten, daß mir die Augen wehtaten. Ich hätte sie am liebsten zugemacht und geschlafen, bis Sascha mich weckte und mir sagte, daß alles nur ein böser Traum war. Doch leider lief es genau andersherum: Ich mußte Sascha klarmachen, daß er ausgeträumt hatte.
Ich blinzelte in die Mittagssonne. Kein Lüftchen regte sich. Die gesamte Gasse befand sich kollektiv in der Siesta. Sämtliche Fensterläden waren zugezogen.
Ich stand auf. Diese Gasse wäre nicht aus ihrem Dornröschenschlaf aufgewacht, wenn ich hier eine Bombe gezündet hätte. Das bißchen Pulver zu entsorgen sollte kein Problem sein.

Aber was, wenn doch nicht alle schliefen? Wenn jemand hinter den Fensterläden stand und mich beobachtete? Ein junger Mann. Er hatte gerade Siestasex gehabt und stand jetzt mit der Zigarette danach am Fenster. Rein zufällig beobachtete er, wie unten eine Frau mit Kinderwagen Kokain in den Kanal kippte.
Mißtrauisch guckte ich an dem Haus hoch.
Es war kein junger Mann zu sehen. Auch kein alter. Dafür sah ich Sascha, wie er auf den Stufen gegenüber eines ähnlichen Hauses gesessen und meine Bluse hochgeschoben und meinen Bauchnabel geküßt hatte. Wir hatten davon geträumt, in so einem Haus zu leben.
Sascha hatte sich auf das Geschäft eingelassen, damit wir uns ein tolles Leben leisten konnten. Ein Leben ohne Doro und den Club. Er könnte von dem Erlös einen eigenen Laden aufmachen. Oder unser Traumhaus kaufen. Geld war für Sascha mehr als nur ein Zahlungsmittel. Es war sein Ticket zum Glück, und das Pulver war der Einsatz, den er bringen mußte, um den Jackpot zu knacken. Ich mußte ihm wenigstens die Chance geben, mich in seine Pläne einzuweihen.
Ich stand auf und schob den Wagen zurück in Richtung Markusplatz.
Kaum war ich wieder unter Menschen, wurde mir klar, in welcher Gefahr ich mich befand. Sascha hatte mich nicht eingeweiht, weil er wußte, daß ich seinen Plan niemals unterstützt hätte. Es war ein absurder Gedanke, daß er jetzt, wo er so kurz vor dem Ziel stand, alles beichten und damit riskieren würde, daß ich ihm einen Strich durch die Rechnung machte. Sascha wußte, daß ich keinen Jackpot brauchte, um glücklich zu sein. Er war es, der sich nicht mit dem zweiten Preis zufriedengeben konnte. Es hatte keinen Sinn, sich etwas vorzumachen, Sascha hatte mich benutzt.
Was sollte ich jetzt bloß tun?
Wir kamen am Eingang des Guggenheim-Museums vorbei, durch den sich gerade eine Gruppe Engländerinnen in Blümchenkleidern quetschte. Ohne viel nachzuden-

ken, schloß ich mich an. Ich mußte dringend ein bißchen Normalität tanken, selbst wenn das einen Laura-Ashley-Overkill bedeutete.
Die geblümten Frauen gruppierten sich wie Sofakissen um die Marini-Statue und begutachteten fachkundig den eregierten Schwanz des Reiters. Der Reiseleiter im hellblauen Polyesterhemd und brauner Krawatte erzählte, daß man das Teil herausschrauben könne, und daß Peggy Guggenheim das des öfteren zum Eigengebrauch getan habe. Die Sofakissen kicherten. Ein Bronzepenis ist bestimmt nicht der schlechteste Bettgefährte, dachte ich, aber er hat den Nachteil, daß er nicht küssen kann. Und er macht einem keinen Heiratsantrag. Aber er hintergeht einen nicht, und man muß auch keine Angst haben, seinetwegen im Knast zu landen. So überzeugend die Vorteile auch waren, ich nahm dem Polyestermenschen seine Story nicht ab, denn Peggy hätte ihre Liebschaft mit einem Kunstwerk, beziehungsweise einem Teil davon, bestimmt nicht in der ganzen Stadt herumposaunt. Er erzählte die Geschichte vermutlich nur, damit die Sofakissen sich amüsierten und ihm viel Trinkgeld gaben.
Ich ließ ihn reden und ging rein.
Als sich meine Augen an die Dunkelheit gewöhnt hatten, fiel mein Blick als erstes auf den Magritte. Die gespenstische Villa, in der dunkle Geheimnisse vor sich gingen, darüber der babyblaue Himmel mit den schäfchenweißen Zuckerwattewolken. Es flimmerte mir vor den Augen. Ich drehte mich auf dem Absatz um und schob den Kinderwagen auf die Straße. Jetzt war nicht mehr die Zeit, um darüber nachzugrübeln, wie es sein kann, daß Licht und Dunkelheit so nah nebeneinander existieren. Ich mußte mich für eines von beiden entscheiden.
Als ich etwas später in den Frühstücksraum des Hotels kam, hoffte ich wieder, daß die letzte Nacht nur ein schlechter Traum gewesen war. Die Realität war, daß der Mann, den ich liebte, lächelnd auf mich zukam. Die Cabriobrille lag auf dem Tisch.
»Hey, Baby!«

Er war ausgeschlafen und sah wunderbar aus. Er war der Vater meines Kindes, und ich liebte ihn.
»Wo warst du? Ich hab mir Sorgen gemacht.«
»Spazieren.«
»Warum hast du mich nicht geweckt?«
»Ich wollte dich schlafen lassen.«
»Du solltest mich aber wecken, wenn du aufstehst!«
»Wozu denn?«
»Nur so. Danke übrigens für die geile Brille. Ich hab mich total gefreut.«
»Prima.«
»Wann hast 'n die gekauft?«
»Neulich, als ich mit Paula auf dem Flohmarkt war.«
Sascha lachte.
»Geiles Geschenk«, sagte er, »was hältst du davon, wenn wir dir auch eine kaufen? Vielleicht fährst du dann ja öfter mal mit mir mit?«
»Umarm mich!«
Sascha legte den Arm um mich. Ich vergrub mein Gesicht in den vertrauten Duft von Duschgel und Sascha. Alles war wie immer, solange ich nicht daran dachte, daß Moritz' Matratze mit einer explosiven Ladung gepolstert war, die mein Leben in die Luft jagen und in tausend Stücke zerfetzen konnte. Mir kamen die Tränen.
Sascha guckte mich prüfend an.
»Stimmt was nicht?«
Ich wußte nicht, was ich sagen sollte. Sascha schuldete mir eine Erklärung, nicht umgekehrt.
»Sag schon, Mel. Ist was?«
»Ich bin müde. Ich hab schlecht geschlafen.«
»Es tut mir so leid, daß ich dich aufgeweckt habe! Ich hab mich wirklich bemüht, leise zu sein. Du bist doch erst wachgeworden, als ich schon im Bett lag, oder?«
Ich zögerte einen Moment, dann nickte ich. Sah Sascha erleichtert aus oder bildete ich mir das nur ein?
»Jetzt setz dich erst mal, Süße.«
Ich tat es, und Sascha schob mir seine Tasse hin.
»Espresso. Danach geht's dir bestimmt besser.«

Wenn das nur so einfach wäre. Ich guckte ihn zweifelnd an.

»Trink schon! Ich bestell mir einen neuen.«

Ich nahm einen Schluck von der braunen Brühe und zündete mir eine Zigarette an. Während ich lustlos daran herumpaffte, überlegte ich, wann der richtige Zeitpunkt wäre, Moritz aus dem Wagen zu nehmen und mit ihm auf und davon zu laufen. Ein Teil von mir wollte nichts lieber als das, und ich war bei jedem Zug an meiner Zigarette und jedem Schluck Kaffee kurz davor, es zu tun. Aber ich tat es nicht. Irgend etwas hielt mich zurück. Der Sand in meinen Schuhen und Saschas Heiratsantrag in meinem Ohr erschienen mir realer als der Schnee unter Moritz' Hintern.

»Alles o. k.?« wollte Sascha wissen.

Er war erstaunlich wenig nervös, wenn man bedenkt, daß ich den Stoff hätte entdecken können. Er war schließlich nicht besonders unauffällig versteckt. Vermutlich dachte Sascha, daß ich ihm in dem Fall schon längst eine satte Szene hingelegt hätte, die er problemlos wegbügeln könnte, weil ich ja so ein dummes Weichei war, immer bereit, meinem Herzbuben zu verzeihen. Aber diesmal hatte er sich geschnitten.

»Das wollte ich dich fragen«, konterte ich.

»Wieso denn das?«

Unser Sohn sitzt auf einem Haufen Schnee, der ein Schigebiet über die Sommersaison gebracht hätte, aber davon abgesehen ist alles o. k. Oder?

»Es ist spät geworden, gestern«, fing ich an.

Ich wußte selbst nicht mehr, was ich mir von einem Verhör versprach, weil klar war, daß Sascha niemals freiwillig die Karten auf den Tisch legen würde. Was hätte er auch sagen sollen? Ach übrigens, ich wollte dich und Moritz als Tarnung für meinen Deal benutzen, tut mir leid, Mel.

»Tut mir leid, Mel«, sagte Sascha, »ich hätte anrufen sollen.«

»Was war denn los?«

»Ach, nichts Besonderes! Das Übliche. Viel Gequassel, laber, laber, du weißt schon.«
Ich wußte es wirklich. Ich konnte es mir jedenfalls vorstellen. Sie testen den Stoff, sie reden über den Preis. Dann werden sie sich einig, und die Ware wechselt den Besitzer. Vielleicht fragt jemand interessehalber, wie sie transportiert werden soll. Das läuft glatt, sagt Sascha cool, ich hab die perfekte Tarnung. Ich merkte, wie die blanke Wut in mir hochstieg.
»Und, was machen wir jetzt«, wollte Sascha wissen.
»Ich dachte, wir könnten Moritz einen Buggy kaufen«, sagte ich kampfeslustig, »er wird langsam zu groß für den Kinderwagen. Und außerdem sind Buggys hier billiger.«
Sascha fuhr sich nervös durch die Haare. Er sah verdammt gut aus. Seine Mitgefangenen würden sich mit Jubelgeschrei auf ihn stürzen.
»Das ist doch bescheuert! Dann müssen wir ja zwei Kinderwagen schleppen!«
»Ach, ich hänge nicht an dem alten Teil, und Moritz auch nicht. Wir lassen ihn einfach hier.«
Ich stand auf.
»Na los komm, Sascha! Es macht doch Spaß, für unser Baby zu shoppen!«
Und noch viel mehr Spaß macht es, dich zappeln zu sehen.
»Mel, bitte, laß uns nicht die letzten Stunden, die wir hier haben, mit so was verplempern!«
Mel, bitte, mach mir nicht meine Pläne kaputt!
»Na gut, dann bleib du hier. Ich gehe alleine.«
Sascha stand auf und legte den Arm um mich.
»Hey Baby! Ich hab eine viel bessere Idee, was wir machen können.«
Er nahm mein Gesicht in die Hände und küßte mich.
»Komm doch mit mir nach oben! Ich hab was für dich, was es in keinem Geschäft gibt.«
Er fuhr langsam mit einem Finger an meinem Hals entlang. Ein Schauer lief mir über den Rücken.
»Jetzt?«

»Ich hab Sehnsucht nach dir«, flüsterte er in mein Ohr, »ich will nicht warten, bis wir zu Hause sind.«
Der Knast wird dein Zuhause sein. Ich werde die Polizei anrufen und dich verhaften lassen, während du noch deine Unterhose hochziehst. Ich stand auf.
»Wir lassen Moritz solange hier bei der Babysitterin.«
Sascha guckte mich erschrocken an.
»Nein! Nehmen wir ihn lieber mit nach oben!«
»Wieso das denn? Die Frau kann wunderbar auf ihn aufpassen. Oder sollen wir doch lieber zu dritt noch ein bißchen bummeln gehen? Vielleicht finden wir ja einen Kinderwagen?«
Sascha gab sich geschlagen. Er sagte der Leihoma, daß sie die Rechnung fertigmachen und währenddessen auf Moritz aufpassen sollte. Dann nahm er mich bei der Hand und führte mich nach oben.
Wir zogen uns eilig aus, und ich zelebrierte den Abschiedsfick von dem Mann, mit dem ich noch gestern den Rest meines Lebens hatte verbringen wollen. Beides war schneller vorbei, als ich gehofft hatte. Als wir uns wieder anzogen, kamen mir die Tränen. Sascha grinste.
»Was ist los, Süße, war ich so schlecht?«
»Ich will nicht zurück nach Hause«, schniefte ich.
Sascha drückte mich ganz nah an sich heran. Kein Mensch war mir jemals so nahegekommen wie er. Niemals waren Himmel und Hölle so dicht beieinander. In dem Moment wußte ich, daß ich keine Polizei einschalten würde. Es war eine Sache zwischen Sascha und mir.

Als wir auf unserem Bahnsteig ankamen, überfiel mich wieder die Paranoia.
Was, wenn Sascha gestern nacht doch jemand gefolgt war? Sascha schien die gleichen Sorgen zu haben, denn er lief ungeduldig hin und her und verlor die Nerven, weil wir seiner Meinung nach zu früh zum Bahnhof gekommen waren.
»Jetzt hängen wir hier rum«, schimpfte er, »für nichts und wieder nichts.«
»Der Zug fährt in ein paar Minuten los.«
Er reagierte nicht. Statt dessen zündete er eine Zigarette an und paffte nervös vor sich hin.
Er kam mit der Situation nicht klar. Was, wenn ich es auch nicht schaffen würde? Noch hatte ich die Chance, meine Haut zu retten. Doch statt davonzurennen, lief ich wie ferngesteuert auf dem Bahnsteig auf und ab und hatte Panik.
Jeder hier konnte uns möglicherweise gleich Handschellen anlegen. Polizisten haben spätestens seit den Straßen von San Francisco dazugelernt und vereiteln ihre Coups nicht mehr, indem sie Uniformen tragen, mit denen sie auffallen wie Clowns auf einer Beerdigung. Ich konzentrierte meine Beobachtung auf die Leute, die keine Uniform trugen. Außer dem Zugpersonal war jeder verdächtig.
Mehrere Männer mit Aktenkoffern standen herum und verständigten sich schreiend über ihre Handys. Sie waren unverdächtig, denn wichtige Informationen über bevorstehende Verhaftungen brüllte man nicht in der Öffentlichkeit herum. Als nächstes stand eine Frau in einem islamischen Wallegewand und vielen Koffern unter Ver-

dacht, die sich mit einem kleinen Jungen unterhielt. Das Kind war vermutlich ihr Alibi. In Wirklichkeit redete sie in ein Walkie-talkie, das unter den Schleiern verborgen war, mit dem Drogendezernat. Zwei Frauen um die dreißig verabschiedeten sich mit vielen Küssen und Umarmungen. Sie waren Stöckelschuhträgerinnen und wurden deshalb von der Liste der Verdächtigen gestrichen. Sie konnten auf den Dingern kaum gerade stehen, geschweige denn Verbrecher jagen. Als Sascha an ihnen vorbeilief, drehten sie sich nach ihm um und warfen ihm begierige Blick nach. Sie hätten ihn gerne mit nach Hause genommen, das war ihren Gesichtern anzusehen, und möglicherweise hätten sie ihm auch Handschellen angelegt, aber mit Sicherheit nicht, um ihn der Polizei zu übergeben. Sie waren in dem gefährlichen Alter, in dem einen das Ticken der biologischen Uhr so nervös macht, daß man sich mehr Zeit nimmt, ein Paar Schuhe auszusuchen, als einen Mann. Ich wußte genau, was sie durchmachten. Ich war dort gewesen, wo sie jetzt waren. Ein Pfiff ertönte. Nächste Haltestelle Menopause, Frauen mit Kinderwunsch bitte zurücktreten. Vorsicht an den Gleisen.

Alles in mir sträubte sich dagegen, in den Zug einzusteigen. Vielleicht sollte ich doch zur Polizei gehen und sie die Drecksarbeit erledigen lassen, für die sie immerhin bezahlt wird.

Aber vielleicht würden sie mir nicht glauben, daß ich unschuldig war. Ich war günstigenfalls Mitwisserin, es sei denn, meine schauspielerischen Fähigkeiten steigerten sich in der Not zu einer oscarreifen Darstellung. Mein Freund hat mit Drogen zu tun? Das höre ich zum allerersten Mal. Natürlich hatte ich keine Ahnung, daß er etwas im Kinderwagen versteckt hat. Sie fragen, warum meine Fingerabdrücke auf den Tütchen sind?

Selbst wenn ich freikäme, Moritz hätte einen Knacki als Vater. Lebenslänglich.

»Melanie!«

Sascha stand in der Zugtür und winkte mir aufgeregt zu. »Komm schon, oder willst du den Zug verpassen?«

Ich zögerte. Gesetzt den Fall, ich stiege nicht ein, was würde mit Moritz passieren, wenn Sascha verhaftet würde?
»Wo ist Moritz?«
Sascha deutete hinter sich. Der Kinderwagen war schon im Zug.
»Steig endlich ein, verdammt noch mal«, brüllte Sascha.
Ich sprang auf, und der Zug fuhr an.
Moritz war durch den Ruck aufgewacht und schob seine Unterlippe beleidigt nach vorne.
»Hey, mein Schatz, wir fahren nach Hause«, sagte ich und lächelte, als sei das eine gute Nachricht, »Buzz auch. Er freut sich, daß er heute mal nicht fliegen muß.«
Ich ließ Buzz auf Moritz' Decke landen, und Moritz lächelte.
Im ersten Abteil neben dem Eingang waren noch Plätze frei, und ich stellte Moritz ab.
»Mußtest du es so spannend machen«, fragte Sascha wütend, als er ins Abteil kam.
»Ist ja gut«, sagte ich resigniert, »ich bin doch hier!«
In Wirklichkeit war überhaupt nichts gut.
Ich saß in einem Abteil mit einem Mann, der mich als Kurier benutzte und keine Skrupel haben würde, mich ans Messer zu liefern, um seinen Kopf zu retten. Es war unwahrscheinlich, daß er sich in der letzten Minute dazwischenwerfen würde, wenn Bullen mit blonden Schnauzbärten und Naziknüppeln mir Handschellen anlegen wollten. Halt, das ist ein Mißverständnis, verschont die Frau, sie weiß von nichts. Ich bin das Arschloch, haut mir den Knüppel über den Schädel. Eine starke Szene, aber unwahrscheinlich, daß sie sich so abspielen würde. Nicht nur unwahrscheinlich, sondern gänzlich ausgeschlossen. Ich war verloren.
Ich sah Paula im Gerichtssaal. Sie trug ein schwarzes Armanikostüm, für dessen Erwerb sie ihren Abnabelungsprozeß vorübergehend unterbrochen hatte. Bei der Urteilsverkündung würde sie theatralisch in Tränen ausbrechen, denn Sascha hatte die besseren Anwälte gehabt,

die das Gericht davon überzeugen konnten, daß ich unter dem Deckmäntelchen der braven Hausfrau und Mutter Drogen vertickte, während Sascha, der seriöse Manager eines bekannten Szene-Clubs, meine Sucht tapfer ertragen hatte und über dem vergeblichen Versuch, mich davon zu kurieren, so verzweifelt war, daß er sich trostsuchend in die Arme seiner selbstlosen Chefin flüchten mußte. Oder so ähnlich. Jedenfalls mußte ich den Knast, und Moritz wuchs bei Sascha und Doro auf.
Hilfe!
Ich guckte Sascha an. Er wirkte vollkommen gelassen, wie er so aus dem Fenster schaute. Auffällig war nur, daß er sich öfter durch die Haare strich als sonst.
»Sascha, laß uns in Mestre aussteigen und einfach hierbleiben!«
Sascha schreckte aus seinen Gedanken hoch. Dann verzog er seine hübschen Lippen, als hätte ich einen etwas mittelmäßigen Witz gemacht.
»Prima Idee, Mel! Ich könnte ja auf Gondoliere umschulen!«
»Es war so schön hier mit dir! Wenn wir zu Hause sind, wird alles anders.«
»Warum sollte es?«
Sascha machte eine wegwerfende Handbewegung.
»Mel, wir haben doch schon darüber gesprochen! Wir verbringen wieder mehr Zeit miteinander, aber ich muß halt arbeiten. Irgendwoher muß das Geld ja kommen!«
»Mhm.«
»Na, also! Hab ich dir übrigens schon gesagt, daß ich heute abend noch kurz in den Club muß?«
Er hatte es gesagt, aber mein Magen wollte es anscheinend nicht kapieren. Er zog sich zu einem harten Klumpen zusammen, der sich den Weg durch meine Speiseröhre bahnte.
»Ich muß mal kurz raus«, murmelte ich und stand auf.
»Aber verlauf dich nicht wieder!«
Das Klo war direkt neben dem Abteil. Es war klein und eng. Ich setzte mich auf den Waschbeckenrand und war-

tete darauf, daß ich mich übergeben mußte, bis mir die Idee kam, den Schnee hier hereinzuschmuggeln und ihn über die Alpen zu verteilen. Daraufhin beruhigte sich mein Magen, dafür arbeitete es jetzt in meinem Kopf weiter. Ich wollte Saschas Deal unbedingt verhindern, auch wenn ich keine Ahnung hatte, wie ich das anstellen sollte. Als ich zurück ins Abteil kam, hatte sich dort die islamische Drogenpolizistin mit ihrem Sohn breitgemacht. Moritz strahlte den Jungen honigkuchenmäßig an.
Sascha fuhr sich mit den Händen durch die Haare.
»Wo warst du so lange?«
»Ich habe zum Fenster rausgeguckt. Was meinst du, gibt es diesen Winter genug Schnee zum Snowboarden?«
Sascha zuckte mit den Achseln.
»Woher soll ich das wissen?«
Ich lächelte unverbindlich und gab ihm einen Kuß, dann ließ ich mich auf meinen Sitz fallen. Sascha beugte sich nach vorne.
»Jetzt mach doch nicht so ein Gesicht, Mel! Du tust gerade so, als ob das unser letzter gemeinsamer Urlaub war!«
Ich seufzte.
»Baby, wir fahren doch wieder zusammen weg. Entweder nach Venedig oder zum Snowboarden, das ist doch egal!«
Dann drehte er sein Gesicht zum Fenster und starrte hinaus. Er sah bedrückt aus.
Der Sohn der Drogenpolizistin guckte ihn neugierig an. Keiner redete ein Wort.
In Mestre stieg ein sportlich gekleideter Typ Anfang dreißig ins Abteil und quetschte sich auf den letzten freien Platz. Er nickte uns allen freundlich zu und verstaute seine verdächtig kleine Reisetasche unter dem Sitz. Kein Mensch verreist mit so wenig Gepäck. Entweder wechselte der Typ seine Unterwäsche zu selten, oder er wußte, daß die Reise nicht lange dauern würde, weil er seinen Auftrag schnell erledigen konnte. Er war der Kollege der islamischen Agentin, der die Handschellen dabeihatte.

Der kleine Nachwuchsbulle war natürlich über die bevorstehende Aktion informiert. Er guckte uns so neugierig an, weil er ein sadistisches Vergnügen daran hatte, zu beobachten, wie Leute die letzten Minuten ihrer Freiheit, ohne jede Vorahnung dessen, was gleich auf sie zukommen würde, unbefangen verbrachten. Dieses Kind war eiskalt. Jetzt hatte es seinen Blick so starr auf mich gerichtet, daß ich die Provokation erwidern mußte und zurückstarrte.
»Wie heißt das Baby«, fragte er plötzlich.
Als ob er das nicht längst wüßte? Ich hätte nie gedacht, daß ein Kind so hinterhältig sein kann.
»Schttt«, machte die Mutter und deutete auf den schlafenden Moritz. Sie wollte wohl nicht, daß ihr Kleiner Kontakt zum Feind aufnahm.
Ich dachte, daß ein bißchen Fraternisation die Fronten aufweichen könnte.
»Er heißt Moritz«, sagte ich.
»Und wo wart ihr im Urlaub«, führte der Kleine das Verhör in akzentfreiem Deutsch fort.
»In Venedig.«
»Wir waren bei meiner Tante«, behauptete der durchtriebene Kleine, »sie wohnt in Padua.«
»Aha«, sagte ich spitzfindig, »und wie sieht es da aus?«
Der Kleine war Profi. Er war auf Fangfragen vorbereitet.
»Es gibt da einen tollen Dom. Er ist riesengroß und die toten Knochen des Heiligen Antonius liegen dort in einem Glaskasten. Lauter Knochen und sein Gebiß.«
Er grinste mich an, doch ich ließ mich durch die schaurige Eröffnung nicht aus der Fassung bringen.
»Und wieso seid ihr in Venedig in den Zug gestiegen, wenn ihr vorher in Padua wart?«
Ich war gespannt, wie das Drogendezernat ihn für diese Trickfrage gebrieft hatte.
»Wir wollten das mal sehen, wenn wir schon in Italien sind«, behauptete der Kleine schnell.
»Und, was genau habt ihr gesehen?«
»Das Gefängnis«, sagte der Kleine herzlos.

Sascha stöhnte genervt, und der Mann, der in Mestre zugestiegen war, beobachtete uns mit hochgezogenen Augenbrauen.
»Das Gefängnis ist ganz schlimm und dunkel«, trampelte die kleine Ratte weiter auf meinen Nerven herum, »und in den Bleikammern sind über hundert Häftlinge gestorben! Einer davon war Casanova. Das war ein Mann, der ...«
»Ich weiß, wer Casanova war«, unterbrach ich den kleinen Polizisten barsch, »und meines Wissens ist er aus dem Gefängnis abgehauen!«
Wenn sein syphilitisches Gehirn eine Strategie entwickelt hatte, den Bleikammern zu entgehen, werde ich auch einen Weg finden, um nicht in den Knast zu kommen, kapiert, Kleiner? Ich werde Matthias anrufen. Er ist Anwalt. Er wird mich da rausholen. Und Paula wird mir auch helfen. Ich muß sie anrufen.
»Kann ich mal das Handy haben?«
»Wen willst du denn anrufen?«
»Paula«, sagte ich, »Bescheid sagen, daß wir wiederkommen.«
»Reicht es nicht, wenn du das von zu Hause aus machst?«
Nein, weil wir verhaftet werden, bevor wir unsere Wohnung überhaupt betreten können, und vom Knast aus darf man bekanntlich nur einen Anruf machen.
Ich schüttelte den Kopf. Sascha reichte mir das Handy.
»Ich glaube, der Akku ist leer«, sagte er.
Verdammt! Ich hatte vergessen, das Teil gestern abend wieder aufzuladen. Das war's dann.
»Dann such ich mal das Telefon. Keine Sorge, ich verlauf mich nicht!«
Sascha nickte und guckte wieder zum Fenster raus.
Als ich das Bordtelefon gefunden hatte, bekam ich keine Verbindung. Ich sollte es wieder probieren, wenn wir durch die Alpen waren, sagte der Schaffner, bei dem ich mich beschwerte.
Als ich wieder ins Abteil kam, war der Mann aus Mestre mitsamt Koffer verschwunden. Die islamische Polizistin

war gerade dabei, ihren Proviant auszupacken. Sie hielt mir ein Stück Fladenbrot vors Gesicht.
»Essen«, sagte sie.
Das sollte wohl meine Henkersmahlzeit sein. Ich schüttelte den Kopf.
»Nein danke.«
»Das ist Felafel«, sagte der Junge, »hat meine Tante gemacht. Es schmeckt sehr gut!«
Warum nicht? In Zukunft würde ich mich ohnehin auf Staatskosten ernähren, warum also nicht gleich damit anfangen? Ich biß in das Brot. Es war mit einer knoblauchigen Paste und Salat gefüllt und schmeckte sehr gut. Genau so einen Imbiss hatte ich jetzt gebraucht. Kalorien sind gut für die Nerven.
»Vielen Dank«, sagte ich, »das schmeckt prima.«
»Algerisch«, sagte die Frau und tippte mit der Faust an ihre Brust.
»Wir kommen aus Algerien«, bestätigte der Kleine.
Die Mutter nickte. Sie sah traurig aus.
Algerien ist ein hartes Pflaster. Ich war erschrocken.
»Wohnt ihr in Deutschland?« fragte ich den Kleinen.
Sascha rutschte unruhig auf seinem Platz hin und her.
»Kannst du nicht mal für eine Sekunde ruhig sein«, zischte er mich an.
Ich hielt ihm ein Stück Brot unter die Nase.
»Felafel?«
Er drehte sich wütend weg.
»Schuldigung«, sagte die Frau und hielt ihm ein Felafel hin, »essen!«
Sascha guckte sie zuerst etwas mürrisch an, doch dann nahm er das Brot und biß hinein. Dann drehte er sein Gesicht wieder zum Fenster.
Der Junge erzählte, daß sein Vater ermordet worden war, und er jetzt mit seiner Mutter bei dessen Bruder in Köln lebte. Seine Mutter wollte nach Algerien zurück, wenn der Bürgerkrieg zu Ende ist, aber er fühlte sich in Köln wohl, weil dort sein Freund war, der auch Überraschungseier sammelte wie er. Es ging den beiden nicht um

die Schokolade, sondern um die Figuren darin. Der Junge hatte es auf insgesamt hundertachtzehn Stück gebracht. Er holte eine Tüte mit Figuren aus seinem Koffer und zeigte sie uns stolz.
»Ich hab die Dinger auch gesammelt, als ich jünger war«, meldete sich Sascha zu Wort.
Kein Mensch hätte vermutet, daß er ein Dealer auf Geschäftsreise war.
»Wirklich?« fragte der Kleine, »dann haben Sie inzwischen bestimmt ganz viele?«
»Hatte! Ich hab sie irgendwann weggeworfen.«
»Oh!« Der Junge war entsetzt.
»Als ich die Serie zusammenhatte, war der Kick raus«, erklärte Sascha.
»Wow! Sie hatten eine ganze Serie? Welche war das denn?«
Sascha grinste verlegen.
»Ähm, ich glaube, das waren damals die Schlümpfe«, sagte er.
»Schade, daß Sie sie nicht mehr haben«, sagte der Junge trocken, »sie sind nämlich inzwischen eine Menge wert.«
Plötzlich blieb der Zug stehen. Ohne daß ich es bemerkt hatte, waren wir an der Grenze angekommen. Mein Herz fing wieder an zu rasen. Aus einem plötzlichen Impuls heraus riß ich Moritz aus dem Wagen, schnappte seine Tasche und ging zur Tür.
»Bin gleich wieder da«, sagte ich.
Das Klo neben unserem Abteil war besetzt. Also raste ich mit dem protestierenden Moritz quer durch den nächsten Waggon. Die Toilette war frei. Ich lehnte mich von innen gegen die Tür und preßte Moritz an mich.
»Sei leise«, sagte ich, »wir sind auf der Flucht.«
Moritz protestierte weiter, und ich muß zugeben, daß er recht hatte. Wie lange kann man sich in einer Zugtoilette verschanzen, die so beißend nach Pisse stinkt, daß man einen schnellen Klogang nur schwer hinter sich bringen kann, ohne ins Koma zu verfallen.

Ich öffnete das Fenster. Die frische Bergluft kämpfte vergeblich gegen den Eigengeruch, den konsequente Nachlässigkeit beim Putzen in diesem Raum geschaffen hatte. Ich guckte durch den kleinen Spalt nach draußen. Außer ein paar Kühen war niemand zu sehen. Don Camillo hatte frei. Moritz fuhr mit seiner Hand über die schmierige Wand der Toilette.
»Laß das«, zischte ich.
Er guckte mich erschrocken an und hörte auf zu weinen.
Als der Zug anfuhr, ging ich langsam zu unserem Abteil zurück.
Der Junge aus Köln stand auf dem Gang am Fenster und spielte mit den nikotinverfärbten Vorhängen. Es war keine Polizei in Sicht, und ich beruhigte mich wieder. Anscheinend war die Panik völlig überflüssig, denn es war überhaupt kein Problem, giftige Substanzen durch halb Europa zu transportieren. Was die Atomindustrie darf, darf der kleine Bürger auch.
»Was war denn das für eine Aktion«, fragte Sascha, als ich ins Abteil zurückkam.
»Moritz hatte 'ne volle Windel. Ich dachte, es ist leichter, ihn zu wickeln, wenn der Zug steht.«
»Ach so. Klar!«
Die Algerierin hatte ihre Füße auf meinen Sitz gelegt und war eingeschlafen. Ich nahm das als einen Wink vom Schicksal, daß ich mich nicht im selben Abteil mit dem Koks aufhalten sollte. Inzwischen machte ich mir zwar keine Sorgen mehr, daß unsere Fracht irgend jemanden interessieren könnte, aber wenn ich sie ständig vor Augen hatte, konnte ich nicht in Ruhe darüber nachdenken, wie ich sie unauffällig loswerden könnte. Außerdem mußte ich dringend mit Paula sprechen.
»Ich hab Hunger«, sagte ich, »ich geh mit Moritz in den Speisewagen.«
»Du hattest doch gerade ein Felafel!«
»Ich hab trotzdem noch Hunger.«
»Bleibt nicht so lange weg.«

Doch diesmal blieben wir bis München. Als wir die Alpen hinter uns hatten, erreichte ich Paula endlich. Wir telefonierten noch, als der Zug schon in den Bahnhof einfuhr. Als er stehenblieb, wartete ich, wie Paula es mir eingebleut hatte, bis alle ausgestiegen waren. Erst als der Bahnsteig leer und überschaubar war wie eine Mondlandschaft, traute ich mich, auszusteigen.
Sascha stand samt Gepäck am Kopfende des Zuges und blickte sich suchend um. Als ich auf ihn zuging, guckte er mich sauer an.
»Wo warst du?«
»Moritz ist auf meinem Arm eingeschlafen, und ich wollte ihn nicht wecken!«
Ich drückte Sascha einen Kuß auf die Lippen. Es war ein Judaskuß, aber er schmeckte so gut, daß ich ein schmerzhaftes Ziehen im Magen bekam. Wenn ich Sascha abservieren wollte, mußte ich aufhören, ihn zu küssen.
Ich legte Moritz vorsichtig in seinen Wagen, dann schulterte ich meine Reisetasche und ging los. Sascha blieb nichts anderes übrig, als seine Fracht selbst nach draußen zu rollen. Er war sichtlich nervös.
Wir gingen ohne ein Wort zu sagen zum Taxistand. Sascha hielt mir die hintere Tür auf. Ich setzte mich, und er schob den Kokstransporter neben mich auf den Sitz. Dann verstaute er die Taschen im Kofferraum und ließ sich auf den Beifahrersitz fallen. Als wir losfuhren, folgte uns niemand.
Kaum hatten wir die Wohnungstür aufgesperrt, sagte Sascha, er müsse gleich wieder los.
Ich wollte die Sache nicht unnötig verkomplizieren und zeigte mich kooperativ, indem ich den Wagen im Flur stehen ließ und mit Moritz in sein Zimmer ging und die Tür hinter uns zumachte.
Nach ein paar Minuten kam Sascha rein. Er hatte einen Ausdruck im Gesicht, den ich noch nie vorher bei ihm gesehen hatte. In seinen Augen flackerte eine Mischung aus Stolz und Angst. Adrenalin pur.
Er umarmte mich.

»Es macht dir doch nichts aus, daß ich noch mal weggehe«, fragte er, »glaub mir, ich würde am liebsten bei dir bleiben, aber ich muß.«
»Kein Problem. Ich geh sowieso zu Paula.«
»Ach wirklich«, sagte Sascha geistesabwesend, »hat sie mal wieder die Männerkrise?«
»Na ja, es haben nicht alle so viel Glück wie wir!«
Sascha guckte mich irritiert an.
»Manche Frauen haben nur Pech und laufen Typen über den Weg, die sie mies behandeln oder hintergehen. Ich versteh das überhaupt nicht? Kapierst du das?«
Sascha seufzte.
»Ich rede von Paula. Sie ist doch wirklich eine klasse Frau, findest du nicht?«
»Melanie, kannst du mir das ein anderes Mal erzählen? Ich muß jetzt wirklich los.«
»Klar, sorry! Ich wollte dir nur sagen, daß ich mit Moritz eventuell bei Paula übernachte. Falls sie mich braucht.«
»Alles klar!«
Er drückte mir einen flüchtigen Kuß auf die Backe.
»Ich seh dich dann morgen früh!«
»Hey, so einfach kommst du mir nicht davon!«
Ich umarmte ihn und küßte ihn.
»Bis morgen, Baby!«
Er stürmte die Treppe hinunter.
Als ich meine Hand unter die Matratze des Kinderwagens schob, waren die Tütchen verschwunden.

I'm dreaming of a white christmas

Sascha war noch keine Minute weg, als Paula klingelte. Als ich die Tür aufmachte, fiel sie förmlich in die Wohnung.

»Der Mistkerl ist weg«, sagte sie zur Begrüßung, »ich habe gewartet, bis er mit seinem Angebermobil aus dem Hof gefahren ist.«

»Ich muß auch los.«

Sie guckte mich eindringlich an.

»Ich hoffe, du weißt, was du tust!«

»Da bin ich mir nicht so sicher!«

»Melanie, sei bitte vorsichtig!«

Ich nickte und raste nach unten, wo mein Taxi schon wartete.

»Wohin geht's«, wollte der Fahrer wissen.

Wenn ich das nur wüßte?

Ich hatte keine Ahnung, was Sascha jetzt vorhatte. Der einzige Anhaltspunkt, den ich hatte, war der Club.

Ich nannte dem Fahrer die Adresse und wir düsten durch die Nacht.

Ich konnte nur hoffen, daß Sascha wirklich in den Club gefahren war, wie er gesagt hatte. Wollte er den Stoff dort deponieren? Der Mann hatte wirklich Nerven. Bei einer Razzia würde die Polizei doch das Koks sofort finden. Andererseits: Von wem sollte sie den Tip bekommen?

Am Eingang des Geländes standen zwei Sicherheitsfritzen, die aussahen wie Dick und Doof. Als wir vorbeifuhren, hoben sie grüßend die Hand, dann unterhielten sie sich weiter.

Der Turbo stand vor dem Club. Bingo.

Ich zahlte. Dann atmete ich tief durch und stieg aus.

Es roch nach Regen, und der Asphalt glitzerte naß.

Der Club und die meisten anderen Läden auf dem Gelände haben sonntags Ruhetag, deshalb war es hier heute wie ausgestorben. Die Fabrikschlote ragten schwarz in den Nachthimmel und die Eingänge zu den Amüsiertempeln waren dunkel und leer wie zahnlose Münder. Hinter jeder Ecke konnte jemand stehen und mich beobachten.
Ich war ein Bond-Girl in eigener Mission.
Die Tür zum Club war verschlossen.
Ich zückte den Schlüssel und schob ihn vorsichtig ins Schloß. Bevor ich ihn umdrehte atmete ich noch mal tief durch. Sauerstoff fördert die Gehirntätigkeit. Noch hatte ich die Chance umzukehren. Ich könnte einfach auf dem Absatz umdrehen und weglaufen. Von der nächsten Telefonzelle aus die Polizei anrufen, Sascha würde nie rausfinden, wer ihn verpetzt hatte. Aber ich hatte keine Übung im Petzen, weil mir schon als Kind eingebleut worden war, daß es widerlich ist, und jetzt war es zu spät, um damit anzufangen. Andererseits eignete ich mich auch nicht zur Gangsterbraut, das war mir auf der Zugfahrt klargeworden. Und die Hoffnung, daß Sascha, wenn der Deal einmal geklappt hatte, in der Zukunft damit aufhören würde, war zu schön, um wahr zu sein.
Ich hatte also keine Wahl. Mit einer ruckartigen Bewegung drehte ich den Schlüssel um.
Ab dann bewegte ich mich in Zeitlupe, als würde eine Katastrophe dadurch weniger verheerend, daß sie besonders langsam auf einen zukam.
Ich weiß nicht, was ich erwartete, als ich die Klinke runterdrückte und die Tür nach innen schob. Ein rauschendes Fest, auf dem Sascha kleine Spiegel herumreichte, auf denen die Lines elegant nebst Cocktailtomaten und Krabbenschwänzchen drapiert waren? Eine Wand aus lodernden Flammen, die sich auf mich zubewegte?
Aber drinnen war es ruhig. Der Club war leer. Unter der Bürotür gegenüber kam ein Spalt Licht hervor. Bis auf das laute Pochen meines Herzens war kein Laut zu hören.
Ich drückte die Tür hinter mir zu und schloß sie leise von innen wieder ab.

Sascha war also im Büro.
Was machte er so lange da drinnen? In der Zwischenzeit hatte er das Koks bestimmt schon längst versteckt und konnte jede Sekunde herauskommen. Mein Herz raste.
Was mache ich nur?
Ich schlich mich an der Wand entlang zur Bar, bis mir einfiel, daß das ein miserables Versteck war. In dem Fall, daß Sascha Durst bekam, war ich geliefert.
Also drehte ich wieder um und schlich auf Zehenspitzen in Richtung Garderobe. Hinter dem Vorhang, wo sonst immer die Jacken hingen, fühlte ich mich sicher.
Der Nachteil an diesem Versteck war, daß ich außer dem roten Samtstoff vor meiner Nase nichts sehen konnte. Der Stoff war voller ekliger Flecken. Er mußte dringend mal gewaschen werden. Ich nahm mir vor, Sascha darauf aufmerksam zu machen, bis mir einfiel, daß ich im Moment andere Sorgen hatte, auf die ich mich konzentrieren sollte. Ich hatte schließlich eine Mission.
Ich wollte Sascha eine Lektion erteilen, die er nie vergessen sollte. Ihn in Grund und Boden stampfen, so daß er, wenn ich mit ihm fertig war, auf allen vieren in ein Erdloch kriechen würde. Im Detail sollte das wie folgt ablaufen: Sascha hatte das Koks vermutlich hier irgendwo versteckt. Sobald er den Club verlassen hatte, wollte ich die Tütchen suchen. Dann würde ich das Koks in die Airconditioning schütten. Das war Paulas Idee gewesen. Ich war dafür gewesen, es in den Auspuff des Turbo zu stopfen, aber Paula meinte, wenn es durch die Aircon geblasen würde, würde es sich langsamer verteilen und deshalb sei der Effekt besser. Das überzeugte mich. Wenn Sascha oder Doro morgen abend bevor die Leute kamen, die Lüftung anschalteten, würde der Schnee in den Club geblasen werden. Weißer Puder wirbelt durch die Luft und rieselt dann langsam herunter und verteilt sich gleichmäßig über den Raum. Stille Nacht. Sascha würde ausflippen. Er würde sich auf den Boden schmeißen und ihn ablecken, um zu retten, was er konnte. Dann würde er heulend

zusammenbrechen. Bei der Vorstellung ging mir das Herz auf. Das war besser als Knast.
Jetzt mußte ich nur noch darauf warten, daß Sascha den Club verließ, damit ich meinen Plan umsetzen konnte. Was zum Teufel tat er noch im Büro?
Plötzlich hörte ich Stimmen. Eine Frau. Sie klang aufgeregt. Es war Doros Stimme. Er traf sich also heimlich mit ihr.
Oder war sie zufällig hier gewesen, als Sascha kam? Wußte sie von dem Deal, oder machte Sascha deshalb so lange im Büro herum, weil er darauf wartete, daß sie endlich nach oben ging und er den Stoff verstecken konnte? Oder hatte ihr Treffen gar nichts mit dem Koks zu tun? Vielleicht hatte Sascha seine Ware doch bei uns zu Hause versteckt und traf Doro jetzt auf ein mitternächtliches Liebesstündchen? Aber warum waren sie dann nicht oben in ihrer Wohnung? Womöglich fanden sie es besonders scharf, es im Büro zu treiben? Vielleicht vögelten sie genau jetzt auf dem Schreibtisch? Mein Magen klumpte sich wieder zusammen, aber vielleicht kam das ja daher, daß ich außer dem Felafel heute noch nichts gegessen hatte.
Dann fiel mir Doros Message auf der Mailbox ein. Sie hatte sich erkundigt, ob alles klar lief. Doro wußte Bescheid. Sie war Saschas Partnerin. Sie war diejenige, die den Traum vom Jackpot mit ihm teilte. Die beiden hatten gemeinsam überlegt, wie sie ihn knacken könnten. Sie hatten einen gefährlichen Weg gewählt, aber wer nichts wagt, gewinnt auch nichts. Da sie aber auf den Gewinn scharf waren, und nicht auf das Risiko, war ihnen die glorreiche Idee gekommen, die dumme kleine Melanie vorzuschieben.
Das Drama, das ich um den Kuß gemacht hatte, hatte mich von jedem Verdacht abgelenkt.
Die Vorstellung, wie die beiden hinter meinem Rücken über mich gelacht haben mußten, kochte meine Wut derart hoch, daß ich kurz davor war, ins Büro zu stürmen und ich weiß nicht was zu tun.
Was sollte ich tun?

Der Plan, den Club in eine Schneelandschaft zu verwandeln, war bisher die einzige Idee, die ich hatte. Und ich fand sie nach wie vor gut.
»Na, und womit begießen wir das jetzt?«
Doros Stimme war plötzlich ganz nah.
Der Schreck fuhr mir durch die Glieder und ließ mein Herz bis zum Hals schlagen. Sie waren aus dem Büro gekommen und standen, dem Ton nach zu urteilen, irgendwo zwischen mir und der Bar. Ich fürchtete, daß sie den Trommelwirbel, den mein Herz veranstaltete, hören und mich entdecken könnten.
»How about some champagne?« fragte Sascha.
»Not for me thanks«, sagte die zweite Männerstimme.
Augenblicklich hatte ich die Knarre auf unserem Küchentisch vor Augen. Die Stimme gehörte zu Ike.
»O. k., guys. It's always nice doing business with you.«
Seine Stimme bewegte sich auf mich zu.
Ike war der Dealer. Sie hatten sich hier getroffen, um ihm den Stoff zu verkaufen. So war es. Und jetzt hatte Ike das Koks, und damit war mein Plan gescheitert. Wenn ich Schnee rieseln sehen wollte, würde mir nichts anderes übrigbleiben als bis Weihnachten zu warten. Oder in meine Schneekugeln zu starren, eine Beschäftigung, mit der ich den Rest meines Lebens verbringen konnte, während ich darüber nachdachte, warum ich Sascha nicht bei der Polizei verpetzt hatte.
Schlüssel klapperten, dann fiel die Tür ins Schloß.
Ike war weg, und mit ihm ging mein toller Racheplan. Ich mußte mich zusammenreißen, um nicht auf der Stelle loszuheulen. In dem Moment wäre es mir egal gewesen, ob sie mich entdeckten, denn ich hatte nichts mehr zu verlieren.
»Um so besser«, sagte Doro mit lauter Stimme, »ich feiere sowieso lieber mit dir allein.«
Ich hielt den Atem an.
Sascha antwortete nicht. Statt dessen hörte ich ein metallenes Geräusch und fast gleichzeitig knallte ein Korken. Die beiden Geräusche kamen aus unterschiedlichen Richtungen.

»Bist du soweit?« rief Doro.
»Ich komme«, sagte Sascha.
Seine Stimme klang gedämpft, weit weg. Er war anscheinend im Büro. Dann hörte ich Schritte.
»Hier. Trink 'nen Schluck«, sagte Doro, »auf uns!«
Stille.
Ein Glas wurde klirrend abgestellt.
»Ich hau jetzt ab.« Saschas Stimme klang plötzlich sehr nah. »Ich bin k. o. Ich will nach Hause.«
Doro lachte laut auf. »Was ist denn mit dir los? Stehst du neuerdings unter dem Pantoffel von diesem Muttchen?«
Sie war wirklich mies. Die Wut kochte wieder in mir hoch.
»Was soll das? Melanie ist gar nicht zu Hause.«
Doro lachte höhnisch.
»Sag bloß, sie hat seit neuestem ein eigenes Leben?«
Spätestens jetzt war mir klar, daß ich nicht nur mit Sascha eine Rechnung offen hatte. Diese Schlampe sollte mich auch kennenlernen.
»Laß mich in Ruhe, Doro!«
»Sag bloß, du hast dich wieder in sie verguckt? Wie rührend!«
»Verdammt, Doro, du wußtest von Anfang an, daß ich mit Mel zusammen bin!«
Seine Worte gingen mir runter wie Butter. Es tat gut, zu erfahren, daß dieser Tonfall nicht ausschließlich für mich reserviert war, und ich triumphierte innerlich, als ich merkte, daß Doro sich genauso davon einschüchtern ließ, wie ich es immer getan hatte.
»Ich dachte nur, daß wir feiern sollten«, sagte sie mit einschmeichelnder Stimme, »immerhin haben wir hoch gepokert und gewonnen.«
»Du hast deinen Kopf nicht riskiert!«
»Stimmt. Aber wenn das Geld weggewesen wäre, hätte ich den Club verloren.«
»Weißt du, daß mir das in dem Moment scheißegal gewesen wäre?«
»Wieso bist du jetzt so stinkig? Es ist doch alles prima gelaufen!«

»Dann freu dich drüber. Was willst du denn noch?«
»Nichts. Mit dir feiern.«
»Ich hab aber keinen Bock, kapiert?«
»Warum denn nicht?«
»Mein Gott, Doro! Ich will nach Hause, und hab keine Lust, deswegen mit dir die ganze Nacht zu diskutieren.«
»Wer hat denn was von diskutieren gesagt?«
»Ciao, Doro!«
»Ist ja gut, ist ja gut! Und wann seh ich dich morgen?«
»Am besten, wir gehen gleich am Vormittag, dann haben wir es hinter uns.«
»Wie du meinst.«
Ich hörte Schlüssel klappern. Schritte kamen näher.
»Krieg ich wenigstens noch einen Kuß«, fragte Doro.
Sie standen direkt vor mir, nur durch den Vorhang getrennt. Als sie sich küßten, konnte ich sie atmen hören.
»Bis morgen, Baby«, sagte Sascha dann, »schlaf gut!«
Ich biß mir auf die Lippen, um nicht loszuschreien.
Schlüssel klapperten.
»Ich werde bestimmt nicht ruhig schlafen, mit dem ganzen Geld im Haus«, hörte ich Doro beim Rausgehen sagen.
Ich habe nicht mitbekommen, was Sascha geantwortet hat, denn die Tür war schon ins Schloß gefallen und der Schlüssel drehte sich um.
Der Turbo wurde angelassen und brauste davon. Kurz darauf hörte ich in der Wohnung über mir Schritte hin und her laufen. Doro machte sich bettfertig.
Ich atmete auf. Sie hatten mich nicht entdeckt. Das war die gute Nachricht. Aber der Stoff war weg, und Sascha hatte Doro geküßt und sie Baby genannt.
Das tat weh.
Dafür würden sie mir beide büßen müssen, dachte ich, doch gleichzeitig war mir klar, daß ich einen neuen Plan brauchte.
Jetzt.
Ich schob den Vorhang beiseite und setzte mich auf den Boden. Dann starrte ich in die Dunkelheit.

she's got her ticket

Doro lief über mir hin und her. Was tat die Frau um diese Uhrzeit noch? Putzte sie jetzt etwa die Wohnung? Sie legte Musik auf. Die Drums waren bis hier unten zu hören. Hardrock.

Ich mußte grinsen. Die coole Clubbesitzerin hörte in ihrer Freizeit biertrinkenden Machos zu, die zu Baßklängen ihren Weltschmerz durch die Gegend grölen und dabei ihre strähnigen langen Haare hin und her werfen. Sascha hatte ihre CD-Sammlung bestimmt nicht unter die Augen bekommen, sonst hätte er Doro niemals geküßt.

Das Gebrumme der Bässe war kaum auszuhalten. Warum ging diese Frau nicht endlich schlafen, damit ich auch abhauen konnte.

Doch der Lautstärke und den hektischen Schritten nach zu urteilen, konnte es dauern, bis Doro zur Ruhe kam. Sie hatte ja selbst gesagt, daß sie nicht glaubte, daß sie schlafen könnte. Nicht mit dem ganzen Geld im Haus.

Siedendheiß fiel mir ein, wie ich dem Abhilfe schaffen konnte.

Nur, wo sollte ich anfangen zu suchen?

Da sie die ganze Zeit im Büro gewesen waren, konnte das Geld nur dort sein.

In der Dunkelheit tastete ich mich zur Bürotür. Ich konnte kein Licht machen, denn das hätte Doro von oben gesehen. Als ich die Tür zum Büro aufstieß, traute ich mich kaum zu Atmen.

Der fahle Lichtstrahl aus Doros Fenster über mir verwandelte den Raum in ein Schwarzweißfoto.

Ich setzte mich auf den Boden und wartete.

Langsam kamen die Schritte über mir zur Ruhe. Doro sollte schlafen, immerhin würde sie morgen einen harten Tag haben.
Als sie endlich das Licht ausknipste, fing ich an zu suchen. Emma Peel hätte von mir lernen können, so leise und katzengleich glitt ich durch den dunklen Raum. Wenn man sich einmal an den Job gewöhnt hatte, machte er sogar Spaß. Die Schreibtischoberfläche war bis auf den Computer, drei Gläser und eine Flasche Cola völlig leer. An diesem Tisch wurde anscheinend nicht viel gearbeitet. Vorsichtig zog ich die Schubladen nacheinander auf. In der obersten Schublade waren Disketten. Die würden sie nicht mehr brauchen. Kurzentschlossen schraubte ich die Colaflasche auf und schüttete das klebrige Zeug über die Disketten.
Die Papiere in der Schublade darunter verschonte ich. In den restlichen Schubladen war ebenfalls Papierkram, aber keine Spur von dem Geld. Die unterste Schublade war ganz leer, bis auf eine zusammengeknüllte Aldi-Tüte.
Ich war ratlos. Wo sollte ich weitersuchen?
Außer dem Schreibtisch war das Büro praktisch unmöbliert. An der Wand stand ein Regal mit CDs und einer Anlage, aber ich konnte mir nicht vorstellen, daß sie das Geld dort versteckt hatten. Das wäre höchst auffällig gewesen, denn das Regal war aus Plexiglas, und ich konnte auf einen Blick sehen, daß nur CDs daraufstanden, es sei denn, sie hatten die Anlage aufgeschraubt und das Geld darin versteckt. Aber wieviel Scheine passen in einen CD-Player?
Ich hatte keine Ahnung, wonach ich genau suchte. Vorausgesetzt, es war Bargeld, dann mußte es ein Haufen Scheine sein. Wo zum Teufel versteckte man so viel Papier?
Auf einmal hörte ich vor dem Fenster Schritte.
Ich duckte mich blitzschnell unter den Schreibtisch und hielt den Atem an.
Männerstimmen unterhielten sich. War das Ike, der dieselbe Idee hatte wie ich, und mit einem Kumpel zurück-

gekommen war, um das Geld zu holen? Ich war fast zufrieden, weil Sascha und Doro ihre Aktionen anscheinend auch nicht besser planten als ich meine, doch dann kam es mir siedendheiß, daß ich verloren war, wenn Ike mich entdeckte. Er war bestimmt kein Typ, der lange herumfackeln würde, immerhin trug er seine Waffe nicht umsonst.
Als ich hörte, daß die Stimmen sich auf deutsch unterhielten, war mir augenblicklich wohler. Deutschsprachige Einbrecher schienen mir weniger gefährlich als ein Dealer, der nicht mehr sagen würde als ›Hi‹, bevor er einen erschoß.
Dann hörte ich Walkie-talkies.
Entwarnung. Es waren nur Dick und Doof auf ihrem Kontrollgang durch das Gelände.
Wenn sie mich entdeckten, würde ich spontan in Tränen ausbrechen und ihnen mein verwundetes Herz ausschütten. Der Vater meines Kindes, mein zukünftiger Mann, betrog mich mit seiner Chefin. Ich wollte ihn in der Arbeit überraschen und habe die beiden in flagranti erwischt. Sie haben es auf dem Schreibtisch getrieben, während ich daruntersaß. Das Ganze hat mich total geschockt, deshalb sitze ich immer noch unter dem Tisch, und jetzt muß ich nach Hause und die Telefonseelsorge anrufen. Dick und Doof würden, weil sie selbst verheiratet waren und Affären hatten, vor lauter schlechtem Gewissen Verständnis zeigen.
Doch im Moment sah es nicht so aus, als würden sie mich entdecken. Sie standen unter dem Fenster und spielten mit ihren Walkie-talkies. Mir blieb nichts anderes übrig, als herumzusitzen und darauf zu warten, daß ihnen langweilig wurde. Mein Blick wanderte durch den Raum. Er sah so aus, als könnte er einen neuen Anstrich gebrauchen. Rund um den Airconditioningschacht war die gelbe Farbe abgeblättert und man konnte erkennen, daß die Wände früher mal türkis und davor, vermutlich in ihrem Leben als Büro eines Knödelvorarbeiters, grau gestrichen waren. Kein Wunder, daß in diesem Gebäude keine Knö-

del mehr hergestellt wurden, denn selbst dem motiviertesten Vorarbeiter vergeht die Lust an seinem Job, wenn er acht Stunden lang graue Wände anstarren muß.
Plötzlich wußte ich, wo das Geld war.
Es konnte nur in der Airconditioning sein. Das war das einzig sichere Versteck.
Der Schacht war an der Wand über dem Fenster. Davor war ein Gitter aus Metall.
Mein Herz raste, während ich darauf wartete, daß Dick und Doof woanders weiterspielten.
Kaum hatten sie sich getrollt, stand ich auf und schob den Schreibtischstuhl vor das Fenster. Jetzt durften Dick und Doof nicht zurückkommen.
Das Gitter ließ sich leicht entfernen, es machte nur ein leises metallenes Geräusch. Als ich meine Hand in den Lüftungsschacht steckte, fiel mir das Geld praktisch entgegen. Viele, viele Päckchen gebündelter Scheine platschten auf den Boden.
Als nichts mehr nachkam, stocherte ich noch einmal mit der Hand in den Schacht und fand ein Tütchen Koks. Der Rest vom Schützenfest. Die eiserne Reserve. Ich riß das Tütchen auf und veranstaltete mein privates Schneegestöber. Es war weniger imposant als das, was ich ursprünglich geplant hatte, aber immerhin.
Dann schob ich das Gitter vorsichtig wieder vor den Lüftungsschacht und stellte den Stuhl zurück an seinen Platz vor den Schreibtisch.
Die Geldbündel lagen quer über den Boden verteilt.
Ich fing an, sie in meine Taschen zu stopfen. Als nichts mehr hineinpaßte, nahm ich die Aldi-Tüte zur Hilfe. Sie wurde bis oben hin voll. Als alle Bündel verstaut waren, hängte ich mir die Tüte über den Arm und legte meine Jacke drauf.
Dann ging ich eilig nach draußen und schloß die Tür hinter mir ab, was insofern überflüssig war, als es im Club nichts mehr zu klauen gab, woran Saschas und Doros Herzen hingen. Der Verlust von ein paar angebrochenen Flaschen Alk oder der Anlage würde ihnen bestimmt

nicht einmal auffallen, wenn sie erst festgestellt hatten, daß der Jackpot futsch war.
Automatisch guckte ich zu Doros Fenstern hoch. Sie waren dunkel. Die Frau hatte Nerven, und die würde sie morgen brauchen.
Ich atmete noch mal tief durch, dann ging ich los.
Am Ausgang des Geländes standen Dick und Doof und unterhielten sich. Als ich an ihnen vorbeilief, wünschten sie mir eine gute Nacht.
»Ebenso«, antwortete ich, »Gruß an die Familie.«
Auf der Straße warteten ein paar Taxis.
Ich stieg in das erste ein und nannte dem Fahrer Paulas Adresse.
Als ich klingelte, kam sie mir mit einem Glas Champagner entgegen.
»Gratuliere! Du bist noch am Leben!«
Ich erzählte ihr, das alles anders gekommen war, als ich geplant hatte, aber nicht unbedingt schlechter. Als sie in die Aldi-Tüte guckte, wurden ihre Augen so groß, daß ich fürchtete, sie würden ihr aus dem Kopf fallen.
»Das ist der helle Wahnsinn«, schrie sie.
»Ich weiß!«
»Das ist total abgefahren!«
»Ich weiß.«
Sie umarmte mich.
»Braves Mädchen! Und wie geht's jetzt weiter?«
»Keine Ahnung. Ach übrigens: Suchst du immer noch eine Mitbewohnerin? Ich zahle bar!«
Paula hob ihr Glas.
»Willkommen zu Hause!«

ray of light

Es ist klar, daß wir in dieser Nacht keine Sekunde geschlafen haben. Es gab Champagner bis zum Abwinken und diesmal hatten wir wirklich Grund, auf mein neues Leben anzustoßen.

Wir saßen im Schein der Ananas-Lampe in Paulas Küche, die von jetzt an unsere gemeinsame war, und kauten meine Story in allen Details durch. Nachdem ich mit der Discoversion fertig war, ließen wir uns die Highlights noch mal einzeln auf der Zunge zergehen.

»Wow! So kenn ich dich gar nicht«, sagte Paula immer wieder bewundernd.

Ich konnte selbst kaum glauben, daß ich es war, die das alles erlebt hatte, aber ein Blick auf die Aldi-Tüte überzeugte mich wieder. Und er machte mich zufrieden. Geld macht vielleicht nicht glücklich, aber zumindest auch nicht unglücklich. Es gab mir einen Stich, wenn ich daran dachte, daß Sascha mich hintergangen hatte, aber die Scheine in der Tüte waren heilende Pflaster auf der Wunde und die Vorstellung, wie das Gaunerpärchen ausflippen würde, wenn sie feststellten, daß ihr Plan nicht geklappt hatte, war Balsam für die Seele.

Paula sagte, daß der Mistkerl und diese Schlampe es nicht anders verdient hatten. Danach zählten wir das Geld und kamen zu dem Ergebnis, daß ich eine reiche Frau war.

»Der Mistkerl und diese Schlampe werden vor Wut sterben«, sagte Paula zufrieden.

Ich seufzte.

»Oder mich umbringen, wenn sie Lunte riechen.«

»Dann sei vorsichtig.«

»Danke für den Tip!«

Paula lachte.

»Du mußt mit den Waffen einer Frau arbeiten«, sagte sie, »notfalls mußt du das volle Programm auffahren!«
»Spinnst du? Ich will Sascha loswerden, und du schickst mich mit ihm ins Bett. Was soll denn das?«
»Bond-Girls arbeiten immer mit Körpereinsatz«, erklärte meine neue Mitbewohnerin, »zur Täuschung des Feindes. Überleg doch mal: Männer meckern immer, daß Frauen sich körperlich entziehen, wenn es in der Beziehung gefühlsmäßig nicht mehr stimmt. Wenn du also mit Sascha Sex hast, wird er keinen Verdacht schöpfen, daß du ihn in die Pfanne gehauen hast, kapiert?«
Ich seufzte.
»Wie schön waren die Zeiten, als man noch zum Spaß Sex gemacht hat.«
»Wer sagt denn, daß es keinen Spaß machen darf, nur weil es einen guten Zweck erfüllt«, grinste Paula, »und wenn alles vorbei ist, darfst du dich wieder ganz ohne Hintergedanken amüsieren. Wozu sonst habe ich Georgs Telefonnummer für dich aufbewahrt?«
Ich winkte ab.
»Nein danke. Ich brauche erst mal eine Pause.«
»Auch gut. Ich persönlich habe sie gerade hinter mir.«
»Dir geht's also gut mit Tomas? Ist es überhaupt noch Tomas?«
Paula nickte. Sie sah glücklich aus.
»Bis jetzt hab ich noch keine Macken an ihm entdecken können, na ja, mal abwarten!« Sie grinste. »Im Grunde habe ich das dir zu verdanken, Mel. Wenn du mir dieses Frühstück nicht so penetrant aufgezwungen hättest, wäre Tomas wahrscheinlich genauso in der Versenkung verschwunden, wie meine anderen One-nightstands.«
»Was tut man nicht alles für die Liebe!«
»Ob das mit Liebe zu tun hat, wird sich herausstellen. Vielleicht habe ich mich ja nur auf Tomas eingelassen, weil ich jemanden brauche, der meine Cocktails bezahlt, nachdem ich mich vom Geldbeutel meines Vaters emanzipiert habe?«

Sie versuchte, ein unbeteiligtes Gesicht zu machen.
»Tu doch nicht so cool«, rief ich, »du bist über beide Ohren verliebt!«
Paula grinste. »Wenn du es sagst!«
Als Moritz aufwachte, frühstückte ich mit meiner neuen WG und trank literweise starken Kaffee. Schließlich mußte ich die Augen offen behalten, wenn ich Sascha abservieren wollte.
Ich war hundemüde.
Das verlockendste an einem Leben ohne Sascha war, daß ich nie wieder nächtelang Arabella gucken oder über Gondelkäfer nachdenken mußte. Ich würde ruhig schlafen und eine tolle Haut haben. Wie Madonna. Die erzog ihr Kind schließlich auch alleine. Sie konnte bestimmt immer ruhig schlafen. Außerdem war ich ja nicht alleine. Ich hatte Paula. Ich freute mich darauf, mit ihr zusammenzuleben. Es ist auf alle Fälle schöner, mit jemandem die Wohnung zu teilen, mit dem man lachen kann, als mit jemandem, wegen dem man sich die Augen aus dem Kopf heult. Es war mir ein Rätsel, warum ich das so lange mitgemacht hatte. Ich hatte es für einen Traum getan, aber der war geplatzt wie eine Seifenblase und mit ihm hatte sich meine Angst vor einer Trennung in Luft aufgelöst. Wenn der Traum zum Alptraum wird, ist das Aufwachen eine Erlösung. Auf einmal machte ich mir auch keine Sorgen um Moritz mehr. Er sah seinen Vater ohnehin so selten, daß ihm sein Verschwinden kaum auffallen würde.
Aber bis es soweit war, hatte ich noch jede Menge zu erledigen.
Nach dem koffeinreichen Frühstück machte ich mich auf den Weg.
»Paßt auf euch auf«, sagte Paula.
»Und du paß auf die Alditüte auf!«
»Mach ich. Wenn Streß ist, ruf mich an. Ich bin den ganzen Tag zu Hause und räume eure Zimmer leer.«
»O. k.!«
Als ich mit Moritz in meine alte Wohnung kam, war Sascha schon wach.

Im Gegensatz zu mir war er ausgeschlafen und sah entsprechend umwerfend aus. Das Gefühl, Erfolg zu haben, zauberte einen so glücklichen Ausdruck auf sein Gesicht, daß es mir beinahe leid tat, daß er es nur für so kurze Zeit würde genießen können.

»Hi Baby!«

Das Wissen, daß ich dieses Kosewort mit Doro teilte, reduzierte mein Mitleid augenblicklich auf Null.

»Na du?«

Er gab mir einen Kuß. Seine Lippen fühlten sich traumhaft weich an.

»Wie war's bei Paula? Habt ihr schön über uns Männer abgelästert?«

Ich lächelte unverbindlich.

»Ich hab ihr von Venedig erzählt. Ich finde, sie sollte mit ihrem neuen Lover auch mal verreisen. Es geht doch nichts über einen gemeinsamen Urlaub, um Klarheit über seine Gefühle zu kriegen, findest du nicht? Und, wie war's bei dir gestern abend?«

Ein Grinsen huschte über Saschas Gesicht.

»Och, nichts Besonderes«, sagte er, »ich war früh zu Hause.«

Dann guckte er auf die Uhr und hatte es auf einmal sehr eilig, wegzukommen. Er müsse zur Bank, sagte er, geschäftlich. Ich fragte nicht nach.

»Wenn du Lust hast, können wir nachher den neuen Kinderwagen für Moritz kaufen«, sagte er.

Ich setzte ein Lächeln auf.

»Das ist eine prima Idee! Wann kommst du denn wieder?«

»So in einer Stunde etwa.«

»Super. Ich warte auf dich.«

»Na dann bis später.«

Ich erinnerte mich an Paulas Rat bezüglich des Ganzkörpereinsatzes zur Täuschung des Feindes und zog Saschas Kopf zu mir herunter und küßte ihn leidenschaftlich. Er mußte sich förmlich aus meinen Armen winden.

»Wow«, sagte er und ging zur Tür. »Bis nachher, Mel. Ich steh auf dich!«
Kaum war er weg, rief ich Paula an.
»Na du? Läuft alles nach Plan?«
»Bis jetzt schon. Er will jetzt das Geld abholen und damit zur Bank. Gott, ist mir schlecht!«
Doch Paula war zuversichtlich, besonders, als ich ihr von dem leidenschaftlichen Kuß erzählte.
»Gut gemacht«, sagte sie, »jetzt mußt du nur noch Ruhe bewahren, dann läuft alles wie von selbst.«
Aber das einzige, was im Moment wie von selbst lief, war mein Puls. Er raste. Ich hätte nicht so viel Kaffee trinken sollen.
»Du schaffst das, Mel«, sagte Paula, »du bist ein Profi.«
Kaum hatte ich aufgelegt, klingelte das Telefon wieder. Es war Doro.
»Ist Sascha da?«
»Nein.«
»Ich muß aber mit ihm reden.«
»Dann versuch's auf dem Handy.«
»Das hab ich schon getan, was glaubst du denn? Er hat es abgeschaltet, die feige Sau!«
»Kein Wunder, wenn du so mit ihm redest!«
»Paß mal auf, du Dornröschen, sag deinem Prinzen, daß er gefälligst sofort mit dem Geld auftauchen soll, sonst ...«
»Was?«
»Sonst zeig ich ihn an.«
»Wieso denn das?«
»Hör mal, der Typ hat mich ruiniert. Ohne das Geld kann ich den Club zumachen und einen Offenbarungseid leisten. Ich hab gerade mit meinem Anwalt geredet.«
»Das hört sich nicht gut an.«
»Du sagst es. Verdammt, das Arschloch hat mich so reingeritten. Dem zahl ich's heim, das kannst du mir glauben. Ich mach dem das Leben zur Hölle, daß das klar ist.«
»Ich richte es ihm aus. War es das?«

»Nein. Du kannst ihm sagen, daß ich ihm nie getraut habe. Deshalb habe ich zur Sicherheit etwas in seinem Auto versteckt, das die Polizei interessieren wird.«
»Jetzt mach mal halblang, Doro! Sascha hat im Moment genug um die Ohren.«
»Auf seinen privaten Streß kann ich wirklich keine Rücksicht nehmen, Melanie.«
»Solltest du aber. So ein HIV-Test wirft jeden aus der Bahn.«
»Was?«
»Ach herrje, das hätte ich jetzt besser nicht gesagt.«
»Was ist mit Sascha los?«
»Ich dachte, das weißt du. Ihr seid doch sonst so eng!«
»Was redest du da? Ich habe keine Ahnung!«
»Dann vergiß es einfach.«
»Sag mir sofort was los ist!«
»Vergiß es. Es betrifft dich doch gar nicht. Ich sage nur, sei einfach nicht so hart mit Sascha. Er braucht jetzt seine Freunde.«
»Das kann doch nicht wahr sein! Sascha ist HIV-positiv?«
Ich schwieg.
»Melanie, sag was!«
»Was soll ich denn sagen? Wenn Sascha dir was anvertrauen will, dann wird er das schon tun.«
»Offensichtlich nicht!«
»Es geht dich ja auch nichts an, oder?«
»Ich bring das Schwein um!«
Es tutete in der Leitung. Doro hatte den Hörer aufgeknallt.
Ich war so nervös, daß ich Paula noch mal anrufen mußte.
»Es läuft doch alles ganz prima«, sagte sie zufrieden.
Ich war mir da nicht so sicher.
»Am besten finde ich die spontane HIV-Einlage«, kicherte Paula, »und jetzt mach einfach weiter im Text.«
Ich fand die Einlage weniger witzig, immerhin hatte ich bis dahin noch gehofft, daß Sascha nicht mit Doro geschlafen hatte.
»Wenigstens diese Illusion hätte mir bleiben können«, jammerte ich.

Aber Paula war anderer Meinung.
»Je weniger Illusionen um so besser«, behauptete sie.
Sie war gerade dabei, mich mit ein paar ermutigenden Sprüchen mental auf das vorzubereiten, was hoffentlich der Endspurt sein würde, als ich hörte, wie der Turbo in den Hof einfuhr. Eine Minute später knallte die Tür ins Schloß. Ich ging mit dem Hörer am Ohr in den Flur, um zu sehen, in welcher Verfassung Sascha war.
Er stand vor dem Kühlschrank und fluchte, weil kein Bier darin war. Er machte die Tür zu und schlug mit der Faust dagegen.
»Ich muß jetzt Schluß machen«, sagte ich zu Paula so, daß Sascha es hören konnte, »wir gehen jetzt den Kinderwagen für Moritz kaufen.«
Ich legte auf. Sascha guckte mich wütend an.
»Vergiß den Scheißkinderwagen«, sagte er.
»Was ist denn los?«
»Ich hab einen Ärger am Hals, das kannst du dir nicht vorstellen.«
»Was ist passiert?«
»Doro hat mich beklaut. Die dumme Schlampe hat mir das Fell über die Ohren gezogen. Ich bin ruiniert.«
»Das ist ja der Hammer! Was ist denn passiert?«
»Das ist zu kompliziert zu erklären.«
»Verstehe. Doro hat übrigens vorhin angerufen.«
»Was? Wann? Was wollte sie?«
»Ich soll dir etwas ausrichten. Sie hat etwas in deinem Auto versteckt.«
Sascha wurde bleich und ließ sich auf einen Stuhl fallen. Da er jetzt sowieso saß, verpaßte ich ihm den nächsten Schlag.
»Sie hat gesagt, wenn du ihr Geld nicht sofort wiedergibst, ruft sie die Bullen. Sie sagt, du hast sie beklaut! Sag mal, was ist denn da los?«
Sascha sprang von seinem Stuhl auf.
»Nichts da«, zischte er, »die Schlampe kriegt mich nicht dran.«
Er rannte nach draußen und ließ die Türe krachend hinter sich ins Schloß fallen.

Ich ging auf den Balkon und wartete, was passieren würde.
Sascha tauchte im Hof auf. Er riß die Autotür auf und fing in einer rasenden Geschwindigkeit an, den Turbo in seine Einzelteile zu zerlegen. Die Fußmatten und Türverkleidungen flogen raus, dann diverse Plastikteile, und zum Schluß der CD-Player. Als er immer noch nichts gefunden hatte, schraubte er die Radkappen ab.
Ich genoß das Schauspiel von meinem Logenplatz aus, und kam mir dabei vor wie einer der beiden Alten in der Muppetshow. Die hätten ihm jetzt bestimmt Tips gegeben, wie er sein Herzstück am effektivsten zu Kleinholz verarbeiten könnte.
»Sascha, was tust du da? Kann ich dir helfen«, rief ich scheinheilig in die Arena.
»Wirf mir ein Messer runter«, schrie er zurück.
Ich ging in die Küche, suchte das große Brotmesser und warf es in den Hof, wo es klirrend auf dem Asphalt landete.
Mit seiner Hilfe machte sich Sascha an die weitere Zerstörung seines geliebten Cabrios. Er leistete ganze Arbeit. Er schnitt die Sitze auf und versuchte sogar, die Reifen zu zerfetzen.
»Sascha! Der schöne Turbo!«
»Ruf den Abschleppdienst«, rief Sascha mir zu, »das Auto wird verschrottet.«
»Warum das denn?«
»Frag nicht, sondern tu es! Jetzt.«
Ich nahm den Hörer mit auf den Balkon und rief den Abschleppdienst, während ich dabei zuguckte, wie Sascha in den Turbo beziehungsweise das, was von ihm übrig war, stieg, und ihn mehrmals gegen die Wand setzte. Nach der Aktion sahen beide aus wie reif für den Schrott. Der Lärm hatte eine Nachbarin ans Fenster gelockt, die jetzt neugierig nach unten glotzte. Aber die Show war vorbei.
Sascha kam schon wieder die Treppe hochgerannt und stürmte in sein Zimmer. Er nahm die Reisetasche, die noch von Venedig gepackt auf dem Sofa stand, und ging damit zur Tür.

»Ich muß für eine Weile abhauen, Mel«, sagte er mit gehetzter Stimme, »falls die Polizei auftaucht, weißt du nicht, wo ich bin, o. k.?«
»Aha. Und wo bist du?«
»Keine Ahnung. Am besten, du verschwindest auch für ein paar Tage.«
»Was ist denn passiert? Warum mußt du so plötzlich weg?«
»Ich hab jetzt keine Zeit, dir das lang und breit zu erklären.«
»Dann mach's kurz!«
»Doro hat mich ausgetrickst, und jetzt hetzt sie mir die Bullen auf den Hals, um mich auszuschalten. Es geht um Geld. Um viel Geld.«
»Bei Geld hört für viele die Liebe auf. Schade, nicht?«
»So ist das Leben, Prinzessin!«
»Vielleicht ist Doro sauer, weil du mich nicht für sie verlassen hast und rächt sich deshalb an dir?«
»Keine Ahnung. Ich hätte jedenfalls nie gedacht, daß die Frau so durchtrieben ist!«
»Man darf die Leute eben nicht unterschätzen.«
»Wie auch immer. Ich muß los.«
»Und wann kommst du wieder?«
»Keine Ahnung. Ich melde mich. Du bist ja hier.«
Träum weiter, Baby, dachte ich, aber Sascha erwartete keine Antwort. Er riß die Tür auf und wollte schon losstürmen, doch dann drehte er sich noch mal um.
»Hey Baby, es tut mir leid, daß es so gelaufen ist.«
»Mir auch!«
Es war das erste Mal, daß ich Sascha traurig sah, doch als er mich umarmen wollte, schob ich ihn weg.
»Hau jetzt besser ab. Mit rachsüchtigen Frauen ist nicht zu spaßen.«

RECLAM-BIBLIOTHEK

Andrea Brown
Frösche und Prinzen

Roman

341 Seiten. RBL 1592. 16,90 DM
ISBN 3-379-01592-X

»Kurzweilig«

Joy

»Köstlich, komisch und unterhaltsam: Andrea Browns Roman über die aufgewühlten Gefühle einer jungen Single-Frau auf der Suche nach dem Richtigen«

Journal für die Frau

»Süffisant-komisch«

Petra

»Ein leichter und fröhlicher Roman über Lust und Frust in der City«

YoYo

RECLAM-BIBLIOTHEK

Bettina Brömme
So toll kann doch kein Mann sein

Roman

353 Seiten. RBL 1613. 16,90 DM
ISBN 3-379-01613-6

Wie schön ist es, als Single durchs Leben zu stolpern … das zumindest redet sich Eva den lieben langen Tag ein. Gerade neunundzwanzig geworden, quält sie sich durch ihren Frustjob in einem Fotoladen, während sie klammheimlich ganz andere Ambitionen hegt: Eva will sich als Fotografin beweisen und plant eine Ausstellung mit Schnappschüssen der besonderen Art: Männer, die der Leidenschaft des öffentlichen Wasserlassens nachgehen, auf Parkplätzen oder hinterm Bierzelt.
Streicheleinheiten holt sich Eva im Kreis ihrer Freundinnen, die ihrerseits mit den Tücken des Lebens (und der Liebe) zu kämpfen haben: Isa wird ihrer wechselnden One-night-Stands nicht recht froh, Katrin übt sich im Verlassen ihres Freundes … Ach ja, die Männer hingegen … keiner genügt den ohnehin zurückgeschraubten Anforderungen und keiner weiß, was er will. Auch Tibor, seines Zeichens Radio-DJ bei einem Schnulzensender, scheint da keine Ausnahme zu machen …
So toll kann doch kein Mann sein ist ein putzmunterer Roman über die Ups und Downs einer Frau, die sich nicht unterkriegen läßt. Ein Buch über das Alleinsein, das Zuzweitsein und über wunderbare Freundschaften.

RECLAM-BIBLIOTHEK

Marlene Faro
Frauen die Prosecco trinken

Roman

163 Seiten. RBL 3002. 15,– DM
ISBN 3-379-03002-3

Dieses Frauenbuch legen wir allen »Hera-Lind-Geschädigten« ans Herz. Wohltuende Bösartigkeit, freche Dialoge und Selbstironie können sooo unterhaltsam sein.

Fritz

Schnell, amüsant und spöttisch führt Marlene Faro in die glitzernde Welt zwischen Emanzipation und Männerfang ein.

Sonntags-Zeitung, Zürich

RECLAM-BIBLIOTHEK

Marlene Faro

Die Frau des Weinhändlers

Roman

166 Seiten. RBL 1618. 16,– DM
ISBN 3-379-01618-7

Ein schönes, kultiviertes Paar, so empfinden es die Freunde. Agnes liebt ihren Beruf als Restauratorin, während Simon, der prominente Weinhändler von Erfolg zu Erfolg, von Diner zu Diner eilt. Die beiden haben sich in einer Terrassenwohnung hoch über dem Rhein behaglich eingerichtet, und nichts deutet darauf hin, daß dieses Glück, so harmonisch komponiert wie ein Stilleben, jemals zerbrechen könnte.
Als Agnes jedoch den Auftrag erhält, eine Kapelle in St. Petersburg zu restaurieren, verschiebt sich unmerklich das Gefüge ihrer Beziehung. Sie lernt den russischen Alltag kennen, und sie lernt die ausgestoßenen Straßenkinder von St. Petersburg kennen. Diese Eindrücke setzen sich fest und wollen nicht mehr zur mondänen Geschäftigkeit ihres ›alten‹ Lebens passen. Eine Entscheidung bahnt sich an … und Agnes, die selbstbewußte Frau des Weinhändlers, weiß, was sie zu tun hat.
Marlene Faros neuer Roman beschreibt mit großer Prägnanz und untergründigem Witz, wie zwei Menschen, die sich lieben, ganz leise einander fremd werden – und wie es vielleicht doch noch gelingt, einen neuen Weg einzuschlagen.

RECLAM-BIBLIOTHEK

Margit Hähner
Zwei Männer sind keiner zuviel

Roman

287 Seiten. RBL 3005. 15,00 DM
ISBN 3-379-03005-8

Marie steht zwischen zwei Männern und denkt nicht daran, diesen keineswegs unangenehmen Zustand Knall auf Fall zu beenden. Das alles will überlegt und beredet sein, im Kreis der stark interessierten Freundinnen, vor allem, als sich die Dinge nach und nach zuspitzen. Was tun? Wer bekommt den Zuschlag? Andreas oder Christian? Alle beide? Oder keiner?

Margit Hähners spritziger Roman ist eine freche Komödie aus den beziehungsreichen Neunzigern. Moral? Anstand? Sitte? Ach, wenn das so einfach wäre: »Man hätte mich mit verbundenen Augen in einen Raum mit hundert Männern stellen können, und ich hätte mit schlafwandlerischer Sicherheit genau den einen herausgepickt, der verheiratet, von höchster Instanz berufen oder anderweitig verhindert gewesen wäre.«

Margit Hähner, geboren 1960 in Leverkusen, studierte Germanistik und Katholische Theologie. Sie lebt heute als freie Journalistin in Köln.

RECLAM-BIBLIOTHEK

Margit Hähner
Auch nur ein Mann

Roman

255 Seiten. RBL 1645. 16,90 DM
ISBN 3-379-01645-4

Schwere Zeiten für starke Frauen: Da schlagen sie sich dynamisch durchs Leben, verdienen ihre Croissants als Journalistinnen, treten als Polygamie-Expertinnen in Talk-Shows auf und hoffen dennoch vergeblich, im Männerschlußverkauf ein halbwegs vorzeigbares Exemplar aufzugabeln – wenn schon nicht für immer, so doch wenigstens für einen netten Sommerurlaub. Karla, Anfang Dreißig, freilich scheint trotz dieser unfreundlichen Großwetterlage vom Glück begünstigt: Rainer, ihr Herzblatt, überzeugt durch zärtlichen Charme, ist gutaussehend und – o Wunder – nicht anderweitig gebunden.

Einen klitzekleinen Haken hat die Sache jedoch: Rainer dient der katholischen Kirche als Priester und darf deshalb seinen Leidenschaften, schönen Frauen und schnellen Autos, nur in aller Verschwiegenheit nachgehen. Karla und Rainer: Was für ihn anfänglich bloß eine nette Affäre ist, entwickelt sich zu einer Liebe mit allem Drum und Dran. Und als sich der bindungsscheue Kleriker – auch nur ein Mann! – aus dem Staub machen will, beginnt Karla, versehen mit den guten Ratschlägen ihrer Freunde, um ihre ungewöhnliche Beziehung zu kämpfen. Ob was draus wird?

Lotte Kinskofer
Agentur der bösen Mädchen

Roman

256 Seiten. RBL 1649. 16,90 DM
ISBN 3-379-01649-7

Annette, 30, ohne Job, ohne Mann, schreibt lustlos an ihrer Doktorarbeit. Auch Eva, alleinerziehende Emanze und schlechtbezahlte Lektorin im Frauenbuchverlag, sieht mit ihren 33 Jahren im Moment ziemlich alt aus. Ricarda, Ende 50, ist reich geschieden und vertreibt sich die Zeit mit jüngeren Bettgefährten. Fragt sich nur, wie lange noch! Allmählich wird dem Trio eines klar: Als Einzelkämpferinnen haben sie im Hürdenlauf des Alltags nur wenig Chancen. Gemeinsam etwas aufziehen – das wär's.
Evas Tochter hat einen glänzenden Einfall: »Dich müßte man vermieten, Mama. Bei dir könnten die Männer wenigstens lernen, daß sie harten Zeiten entgegensteuern. Damit könnte man viel Geld verdienen.« Die Idee für eine Agentur ist geboren.
Das Konzept geht auf. Das Geschäft blüht. Für Annette, Eva und Ricarda hat ein neues Leben begonnen. Natürlich bleiben Turbulenzen nicht aus …

Lotte Kinskofer, geboren 1959, studierte Germanistik und Anglistik. Sie lebt als Journalistin und freie Autorin in München. *Agentur der bösen Mädchen* ist ihr erster Roman.

RECLAM-BIBLIOTHEK

Birgit Pflüger
Champagner, News und Liebesträume

Roman

203 Seiten. RBL 1655. 15,90 DM
ISBN 3-379-01655-1

Kein Job, pleite und mal wieder Single. Vanessa könnte verzweifeln, wäre da nicht diese dubiose Wahrsagerin, die ihr eine interessante neue Stelle und die Begegnung mit einem aufregenden älteren Mann prophezeit. Und tatsächlich: Nach einem Vorstellungsgespräch landet Vanessa dort, wo sie immer hin wollte: beim Fernsehen.
Sie fängt bei einem großen TV-Nachrichtensender an und findet sich schnell im chaotischen und champagnergetränkten Studioleben zurecht. Aber sie muß sich auch gegen mißgünstige Kolleginnen und Kollegen zur Wehr setzen. Denn der Sender ist eine Schlangengrube, in der man nur überlebt, wenn man eine kesse Zunge hat. Als Vanessa plötzlich ihren Traummann über den Weg läuft, bleiben Verwicklungen nicht aus …
Champagner, News und Liebesträume ist ein spritziger, komischer Roman über das turbulente Treiben in einem Nachrichtensender und über eine junge Frau, die eine unverbesserliche Optimistin bleibt.

Birgit Pflüger, geboren 1960 in Bremerhaven, arbeitete zehn Jahre in einer Fernsehnachrichtenredaktion und lebt in Hamburg. *Champagner, News und Liebesträume* ist ihr erster Roman.